U0083518

民國文化與文學_{研究}文叢

研究文叢

七　編

第 21 冊

黑布鞋：
1936～1937 年現存國防電影文本讀解

袁慶豐著

國家圖書館出版品預行編目資料

黑布鞋：1936～1937年現存國防電影文本讀解／袁慶豐 著——
初版 —— 新北市：花木蘭文化事業有限公司，2017〔民106〕
序 8+ 目 2+228 面；19×26 公分
（民國文化與文學研究文叢 七編；第 21 冊）
ISBN 978-986-485-062-4（精裝）
1. 電影文學 2. 文學評論
820.9   106013224

ISBN-978-986-485-062-4

9 789864 850624

民國文化與文學研究文叢
七 編 第二一冊   ISBN：978-986-485-062-4

黑布鞋：
1936～1937 年現存國防電影文本讀解

作　　者　袁慶豐
總 編 輯　杜潔祥
副總編輯　楊嘉樂
編　　輯　許郁翎、王 筑　美術編輯　陳逸婷
出　　版　花木蘭文化事業有限公司
社　　長　高小娟
聯絡地址　235 新北市中和區中安街七二號十三樓
　　　　　電話：02-2923-1455／傳真：02-2923-1452
網　　址　http://www.huamulan.tw 信箱 hml 810518@gmail.com
印　　刷　普羅文化出版廣告事業
初　　版　2017 年 9 月
全書字數　136730 字
定　　價　七編 31 冊（精裝）新台幣 58,000 元　　版權所有・請勿翻印

黑布鞋：
1936～1937 年現存國防電影文本讀解

袁慶豐　著

作者簡介

　　袁慶豐，內蒙古呼和浩特市人(1963)。上海華東師範大學文學博士(1993)。北京大學(1996～1998、2000～2002)、美國 TCC 社區學院（1999）、北京電影學院（2009～2013）訪問學者。北京廣播學院副教授（1996）、電影學碩士生導師（2000），中國傳媒大學教授（2002）、電影學專業博士生導師（2009）。

　　著有《黑皮鞋：抗戰爆發前的新市民電影——1933～1937年現存中國電影文本讀解》（上下冊，臺灣花木蘭文化出版社2016年版）、《黑乳罩：1949年後外國電影在中國大陸的文化傳播和世俗影響》（上下冊，臺灣花木蘭文化出版社2015年版）、《黑馬甲：民國時代的左翼電影——1932～1937年現存中國電影文本讀解》（上下冊，臺灣花木蘭文化出版社2015年版）、《黑棉襖：民國文化中的舊市民電影——1922～1931年現存中國電影文本讀解》（上下冊，臺灣花木蘭文化出版社2014年版）、《新世紀中國電影讀片報告》（中國傳媒大學出版社2014年版）、《黑夜到來之前的中國電影——1937年現存國產影片文本讀解》（中國廣播電視出版社2012年版）、《黑白膠片的文化時態——1922～1936年中國早期電影現存文本讀解》（上海三聯書店2009年版）、《欲將沉醉換悲涼——郁達夫傳》（上海文藝出版社1998年第一版、香港花千樹出版有限公司2001年海外繁體字版、中國傳媒大學出版社2010年增補版）、《靈魂的震顫——文學創作心理的個案考量》（學術論文集，北京廣播學院出版社2002年版）、《郁達夫：掙扎於沉淪的感傷》（山東文藝出版社1997年版）。近十餘年來致力於中國電影歷史理論、中外經典電影文本讀解，以及外國電影在中國大陸的傳播和影響等方面的教學與科研。

提　要

　　1936年年初，上海電影界發起「國防電影運動」。現存的、公眾可以看到的國防電影文本，出品於1936年的有三部，即聯華影業公司的配音片《狼山喋血記》和「聯華」的第一部有聲片《浪淘沙》、新華影業公司的有聲片《壯志淩雲》；1937年出品的有兩部半，即聯華影業公司的《聯華交響曲》中的五個短片、新華影業公司的《青年進行曲》，以及改組後的「聯華」的《春到人間》（均為有聲片）。國防電影是左翼電影基本元素被容納和整合後強行轉型的結果，反映了面對日本全面侵華戰爭日漸逼近時，中國在民族主義和民族解放訴求引導下高昂的抗日呼聲和社會情緒。從電影發展史和這五部半影片來看，國防電影對左翼電影在多有繼承的前提下又有所揚棄，譬如以民族矛盾和民族戰爭取代階級矛盾和階級鬥爭，用民族正義取代階級暴力。

　　1937年7月抗戰全面爆發後，國防電影成為中國「抗戰文藝」的一個必要組成，因此在概念和形態／類型上不復存在，其持續時間只有不到兩年。國防電影的最大功績，是在思想和形式上為不同黨派、階層的海內外同胞，提供了一個啓動宣傳民族戰爭正義程序和暴力編碼的低端啓蒙接入端口；在貢獻了一個後來不幸被歷史證實了的天才寓言版《浪淘沙》的同時，又在主題思想和藝術模式方面，整體上深深嵌入並作用於1949年以後中國大陸電影的魂靈，影響至今猶在。本書復原歷史語境並建構中國電影理論體系的努力、獨特的微觀電影史研究方法以及強烈的學術原創性和極具個人風格的學術表達，值得讀者關注體察。

謹以此書獻給

1930年代的民國電影編導吳永剛
（1907～1982）
和
男星金焰
（1910～1983）

中國現代文學史研究中的「民國文學」概念——《民國文化與文學研究文叢》第七編引言

李　怡

與政治意識形態淵源深厚的文學學科

　　大陸中國現代文學研究，最近 10 來年逐漸失去了 1980 年代的那種「眾聲喧嘩」、「萬眾矚目」的熱烈景象，進入到某種的沉靜發展的狀態，如果說，在這種沉靜之中，有什麼值得注意的現象的話，那就是「民國文學」概念的提出以及引發的某些討論。

　　對於海外中國文學研究者而言，現代中國很自然地分作「民國時期」與「人民共和國時期」，這是一種相當自然的歷史描述，作為文學史的概念，也完全有理由各取所需地採用不同的概念：現代中國文學、中國現代文學、中國文學（民國時期）、中國文學（中華人民共和國時期）等等，這裡有思想的差異或者說審美意識形態的分歧，但是卻基本不存在嚴重的政治較量和衝突。站在海外漢學的立場上，人們難免困惑：現代文學也好，民國文學也罷，不過就是一種文學史的稱謂而已，是不是有如此鄭重其事地加以闡發、討論的必要呢？

　　這裡就涉及到對大陸中國現當代文學學科存在格局的認識。其實，嚴格的學科意義上的「中國現當代文學」並不是在 1949 年以前的民國時期建立的，儘管那時已經出現了「中國現代文學」的大學教育，也誕生了為數可觀的「中國現代文學史」著作，但是主要還是講授者（如朱自清）、著作者的個人選擇，體系化的完整的知識格局和教育格局尚不完整。真正出現自覺的「學科建設」的意識是在 1949 年中華人民共和國成立以後，各學科教育大綱的編訂、樣板

式教材的編寫出版乃至「群策群力」的從思想到文字的檢討、審查，都意味著「中國現代文學」學科由此納入到了政治意識形態的一體化架構之中，因此，討論「中國現代文學」學科的任何問題──從內容、結構到語言、概念都是非同小可的「國家大事」，在此基礎上的任何一次新的概念的設計和調整，都不得不包含著如何面對政治意識形態以及如何回答一系列「思想統一」的結論的問題，這裡不僅需要學術思想創新的智慧，更需要政治突圍的勇氣和決心。

回頭看大陸新時期以來的每一次文學史概念的提出，都兼有如此的「智慧」和「勇氣」：例如最有影響的概念──二十世紀中國文學。提出這一概念，其意義主要不是重新劃分晚清──近代──現代──當代的文學史時間，不在於從過去的歷史分段中尋找歷史的共同性；而是為了從根本上跳脫政治化的「現代」概念對於文學的捆綁。

作為學科史意義的「中國現代文學」的「現代」概念，其實已經與它在五四文壇出現之初就有了巨大的差異，完全屬於一種政治意識形態的產物。眾所周知，最早的「現代」概念與「近代」概念一樣都來自日本，最早用「近代」更多，到 1930 年代以後「現代」的使用頻率則超過了「近代」──在那時，中國的「現代」基本上匯通著世界史學界的理解框架，將資本主義發展、傳統世界自我封閉格局得以打破的「現時代」當作「現代」；但是，1949 年以後作為學科史意義的「中國現代文學」的「現代」概念卻又不同，它更多地師法了前蘇聯的歷史觀念：由斯大林親自審查、聯共（布）中央審定、聯共（布）中央特設委員會編的《聯共（布）黨史簡明教程》和由蘇聯史學家集體編著的多卷本的《世界通史》重新認定了歷史的意義和分段方式，〔註1〕馬列主義的五種社會形態進化論成為劃分歷史的理論基礎，1640 年英國資產階級革命由於「階級局限性」屬於不徹底的「現代」，只能稱作是「近代」的開始，而「現代」演進關鍵點是十月社會主義革命的重大勝利，中國的歷史劃分是對蘇聯思維的仿傚：1840 年的鴉片戰爭被當作「近代」的開端，而標誌著「工人階級登上歷史舞臺」、「馬克思主義開始傳播」的「五四」運動則被當作了「現代」，後來考慮到「五四」之時，中國共產黨尚未成立，無法認定

〔註1〕 《聯共（布）黨史簡明教程》於 1938 年在蘇聯出版，人民出版社 1975 年正式出版中譯本。《世界通史》於 1955～1979 年出版，全書共 13 卷。中譯本《世界通史》（1-13 卷）於 1978～1987 年分別由三聯書店、吉林人民出版社和東方出版社出版。

其十月革命式的政治勝利，所以又在「現代」之外另闢 1949 年以後為「當代」，以彰顯社會主義與共產主義社會的到來，由此確定了中國文學近代／現代／當代的明確格局——這樣的劃分不僅時間分段上不再模糊，而且更具有明確的思想的內涵與歷史文化質地：資產階級文學（舊民主主義革命文學）、新民主主義革命文學與社會主義文學就是近代——現代——當代文學的歷史轉換。

「二十世紀中國文學」是中國文學研究界學術自覺，努力排除前蘇聯「革命」史觀影響、尋求文學自身規律的產物。正如論者當年意識到的那樣：「以前的文學史分期是從社會政治史直接類比過來的。拿『近代文學史』來說，從一八四○年鴉片戰爭到一八九八年戊戌變法，半個多世紀裏頭，幾乎沒有什麼文學，或者說文學沒有什麼根本的變化。」「政治和文學的發展很不平衡。還是要從東西方文化的撞擊，從文學的現代化，從中國人『出而參與世界的文藝之業』，從文學本身的發展規律，從這樣的一些角度來看文學史，才比較準確。」「『二十世紀中國文學』這一概念首先意味著文學史從社會政治史的簡單比附中獨立出來，意味著把文學自身發生發展的階段完整性作為研究的主要對象。」〔註 2〕

自「二十世紀中國文學」開啓歷史性的「重寫文學史」以來，中國現代文學的研究一直是富有勇氣地走在這一條「學術創新——政治突圍」的道路上，力圖讓文學回歸文學，歷史還原給歷史。可以說，「民國文學」也屬於這樣的努力，是「重寫文學史」的一種方式。

可疑的「現代性」

當然，這種方式也體現出了對既往文學研究的一種反思。

「二十世紀中國文學」這一歷史架構顯然具有重大的學術價值，直到今天依然是影響最大的文學史理念。然而，在「民國文學」的視野之中，它也存在著需要克服的問題：「二十世紀中國文學」這一概念是否已經具備了學科的穩定性？例如，在「二十世紀」業已結束的今天，它是否能有效地參照當下文學的異質性？如果說，「二十世紀中國文學」曾經闡發過的諸多概念都依然適用於今天，如果「新世紀文學」的基本性質、使命、遭遇的問題等等幾

〔註 2〕 黃子平、陳平原、錢理群：《二十世紀中國文學三人談》36 頁、25 頁，北京：人民文學出版社 1988 年。

乎都與「舊世紀」無甚區別，那麼這一概念本身的內涵和外延至少也是不夠確定，需要我們重新推敲的了。對於「二十世紀中國文學」而言，其擺脫政治意識形態束縛的核心理念是文學的現代性（當時提出者稱之為「現代化」）追求。但是，隨著 1990 年代中期以來，「現代性」話語逐漸演變成了我們文學研究的基本語彙，它內在的一系列矛盾困擾也日顯突出了。

在新時期，「現代化」與「現代性」主要指代我們打破封閉、「走向世界」的強烈渴望，在那時，「現代」的道義光芒與情感力量要遠遠重於其知識性的合理與完整，或者說，呼喚文學的現代性就如同建設「四個現代化」一樣天經地義，我們根本無暇追問這一概念的來源及知識學上的意義和限度，所以才會出現如汪暉所述的「現代」之問。在 1980 年代，汪暉曾就何謂「現代」向唐弢先生質詢，而作為學科泰斗的唐先生也只是回答說，這是一個「很複雜」的問題。〔註3〕到了 1990 年代，中國學術界開始惡補「現代」課，從西方思想界直接輸入了系統而豐富的「現代性知識」，先是經過了短時間的「現代性終結」之論，接著便是在西方學術的鼓勵之下，迅速舉起「未完成的現代性」旗幟，對各種文化現象展開檢視分析，我曾經借用目前收錄最豐富、檢索也最方便的中國期刊網 CNKI 對 1979 年以後中國學術論文上的一些關鍵詞作數理統計，下面就是「現代性」一詞在各年的出現情況：

	79	80	81	82	83	84	85	86	87	88	89	90	91	92
按篇名統計	0	0	0	0	0	0	0	0	0	2	0	0	0	0
按關鍵詞統計	0	0	0	0	0	0	0	0	0	0	0	0	0	0

	93	94	95	96	97	98	99	00	01	02	03	04
按篇名統計	4	16	26	28	48	60	108	128	166	213	268	381
按關鍵詞統計	0	0	5	11	11	20	69	109	165	225	287	443

表格說明：

1. 統計單位為「篇」。

2. 檢索的學科涵蓋「文史哲」、「經濟政治與法律」、「教育與社會科學」。

3. 自動檢索中有極少數詞語誤植的情形，如「現代性愛小說」「現代性」統計，另外個別長文（如高遠東《未完成的現代性》分上中下發表，被統計為三篇，為了保證檢索統計的統一性，以上數據有意識忽略了

〔註3〕 汪暉：《我們如何成為「現代」的？》，《中國現代文學研究叢刊》1996 年 1期。

　　這些情形。

　　研究一下以上的表格我們就可以知道，從 1979 年到 1987 年整整九年中，中國人文社科的學術論文中沒有出現過一篇以「現代性」爲題目的文章，1988年出現了兩篇，但很快又消失了，直到 1993 年以後才連續出現了「現代性」論題。這些論文的代表作包括張頤武的《對「現代性」的追問──90 年代文學的一個趨向》（《天津社會科學》1993 年 4 期）、《「現代性」終結──一個無法迴避的課題》（《戰略與管理》1994 年 3 期）、《重估「現代性」與漢語書面語論爭──一個 90 年代文學的新命題》（《文學評論》1994 年 4 期），韓毓海的《「現代性」與「現代化」》（《學術月刊》1994 年 6 期），韓毓海與李旭淵《第三世界的現代性痛苦與毛澤東思想的雙重含義──兼說中國當代文學》（《戰略與管理》1994 年 5 期），汪暉的《傳統與現代性》（《學術月刊》1994 年 6期），彭定安《20 世紀中國文學：尋找和創造現代性》（《社會科學輯刊》1994年 5 期），文徵《後現代性與當代社會思潮》（《國外社會科學》1994 年 2 期），趙敦華《前現代性、現代性與後現代性的循環關係》（《馬克思主義與現實》1年 4 期）等。

　　對概念的提煉和重視反映的是一種學術目標的自覺。當然，按照中國學術期刊的學術規範，由作者列舉「關鍵詞」的慣例是 1992 年以後才逐漸推行開來的，整個 20 世紀 80 年代的中國學術論文之前都不存在這樣的標誌性的「關鍵詞」，這也給我們通過統計來顯示中國學者概念的提煉製造了難度，不過即便如此，分析表格中作爲「篇名」的「現代性」話題的增長與作爲關鍵詞的現代性概念的增長，我們也依然可以十分清晰地看出：隨著 1993 年以後中國學者對「現代性」話題的越來越多的關注，「現代性」理念作爲重點闡述的對象或立論的主要依託才逐漸堂皇地進入學術文本，構成其中的關鍵詞語，大約在 1995 年以後開始「傲然挺立」起來。到新世紀第一個十年的中期，無論是作爲論題還是語彙的「現代性」都達到了空前的規模，對西方文化意義的「現代性」含義的追溯和「考古」業已成爲了我們的學術「習慣」。同時，在中國文化範圍之內（包括古代與現代）所進行的「現代性闡釋」更層出不窮，幾近成爲了現代中國文學與文化研究的基本語彙。到 2004 年，我們的統計已經可以見出歷史的重要轉變。可以說至此，「現代性批評話語」眞的正在實現著對於 20 世紀 80 年代一系列基本概念的置換。

　　這樣的置換當然首先還是得力於同一時期西方文學理論與文化理論的引

入，1990 年代中期以後，活躍在中國理論界的主流是後現代主義、解構主義、後殖民批判理論與西方馬克思主義，而「現代性」則是這些理論的核心概念之一，正是借助於這些西方理論的輸入，中國現代文學界可以說是獲得了完整的「現代性知識」。在這個知識體系中，人們對現代、現代性、現代化、現代主義的辨析達到了前所未有的深入和細緻，對文學的觀照似乎也獲得了令人激動不已的效果和不可估量的廣闊前程，中國現代文學史至此有望成為名副其實的「現代性」或「現代學」意義的文學敘述。

應當承認，1990 年代對「現代」知識的重新認定的確是為我們的文學史研究找到了一個更具有整合能力的闡釋平臺，借助福柯式的知識考古，我們固有的種種「現代」概念和思想得到了清理，現代、現代性、現代化，這些或零散或隨意或飄忽的認識都第一次被納入到了一個完整清晰的系統當中，並且尋找到了在人類精神發展流程裏的準確的位置。最近 10 年，「現代性」既是中國理論界所有譯文的中心語彙，也幾乎就是所有現當代文學史研究的話語支撐點。

但是，從另一方面來看，我們的「現代」史學之路卻難以掩飾其中的尷尬。追溯「現代性」理論進入中國的歷史，我們都會發現一個有趣的轉折：在 1990 年代初期，恰恰也是其中的一些論斷（後現代主義對社會現代性的批判）導致了我們對現代文學存在價值的懷疑和否定，而到了 1990 年代中後期，當外來的理論本身也發生分歧與衝突的時候（例如哈貝馬斯對現代性的肯定），我們竟又神奇地獲得了鼓勵，重新「追隨」西方理論挖掘中國文學的「現代性價值」——中國文學的意義竟然就是這樣的脆弱和動搖，只能依靠西方的「現代」理論加以確定？！這足以提醒我們，中國學者對「現代性」理論的理解和運用在多大的程度上是以自身的文學體驗為依據的？同樣，在「現代性」視野下的中國現代文學研究當中，中國現代文學的種種現象也一再被納入到全球資本主義時代的共同命題中，例如「兩種現代性」、「民族國家理論」、「公共空間理論」、「第三世界文化理論」等等……跨越了歷史境遇的巨大差異，東西方文學的需要是否就這麼殊途同歸了？他者的理論是否真讓我們的文學闡釋一勞永逸？中國文學的現代之路難道就沒有自成一格的更豐富的細節？

較之於直接連通西方「現代性」闡釋之路的言說，「民國文學」這一概念首先試圖表達的就是擺脫先驗的理論、返回歷史樸素現場的努力。

1997 年，陳福康借助史學界的概念，建議中國文學的現代／當代之名不妨「退休」，代之以中華民國文學／中華人民共和國文學之謂。後來，張福貴、湯溢澤、張中良、李怡等人都先後提出這一新的命名問題，〔註4〕我將這樣的命名方式稱之為「還原」式，就是因為它所指示的國家社會的概念不是外來思想的借用──包括時間的借用與意義的借用──而是中國自己的特定生存階段的真實的稱謂，借助這樣具體的國家社會形態框架，我們的文學史敘述有可能展開為過去所忽略的歷史細節，從而推動文學史研究的深入。

在多少年紛繁複雜的理論演繹之後，中國文學研究需要在一種相對樸素的歷史描述中豐富起來，自我呈現起來。

「民國文學」研究的幾種可能

當然，「民國文學」概念提出來以後，各方面也不無爭論和質疑，這些爭論和質疑的根本原因有二：長期以來「民國」概念的陰影不去，至今仍然以各種「成見」干擾著我們的思想，或者對我們的自由探索構成某種有形無形的壓力；新概念的倡導者較長時間徘徊在概念本身的辨析之中，文學史的細節研究相對不足，暫時未能更充分地展示新研究的獨特魅力，或者其他的同行業也未能從林林總總的研究中發現新思路的廣闊空間。

關於「民國文學」研究，有這樣幾個方面的問題可以澄清和深發。

一、「民國文學」是民國時期的現代文學，可以涵蓋絕大多數的現代文學現象。不僅可以對傳統的新文學傳統深入解釋，而且可以將舊體文學、通俗文學等等「新文學」之外的文學現象有效納入，在一個更高的精神性框架中理解古今中西的複雜對話關係；不僅可以包括從北洋政府到國民黨政府控制區域的文學現象，而且也能有效解釋紅色蘇區文學、抗戰解放區文學，因為後兩者也發生在民國歷史的總體進程當中，民國文學的概念不僅可以解釋後

〔註 4〕 參看張福貴《從意義概念返回到時間概念──關於中國現代文學的命名問題》
（香港《文學世紀》2003 年 4 期）；湯溢澤、郭彥妮《論開展「民國文學史」
研究的必要性與可行性》（《當代教育理論與實踐》2010 年 2 卷 3 期）；湯溢澤、
廖廣莉：《論開展「民國文學史」研究的迫切性》（《衡陽師範學院學報》2010
年 2 期）；趙步陽、曹千里等：《「現代文學」，還是「民國文學」？》（《金陵
科技學院學報》2008 年 1 期）；張維亞、趙步陽等：《民國文學遺產旅遊開發
研究》（《商業經濟》2008 年 9 期）；楊丹丹《「現代文學史」命名的追問與反
思》（《長春師範學院學報》2008 年 5 期）。

者，甚至是擴大了後者研究的新思路，解放區文化不是靠拒絕「人民之國」（民國）的理想而生存，它恰恰是以民國理想眞正的捍衛者自居，最終通過批判了國民黨政權贏得了在「全民國」範圍內的聲響；對於投降賣國的汪僞政權，它也不敢輕易放棄「民國」之號，在這裡，民國的「名與實」之間存在一個值得認眞分析的張力，並影響到南京僞政府統治下的寫作方式；到華北、蒙疆特別是東北淪陷區，日本文化與僞滿洲國文化大行其道，但是，我們能不能斷定淪陷區文學就理所當然屬於滿洲國文學、蒙古文學或者日本文學呢？當然也不能，近幾年的淪陷區文學研究，相當敏銳地發掘出了存在於這些殖民地的「中華情結」，而民國文化作爲現代中華文化的一種形態，依然對人們的精神發揮著根深蒂固的作用──雖然不是名正言順的「民國文學」，但是「民國文學」研究的諸多視角卻依然有效。

　　二、「民國文學」本身不是一個政治性的概念，就如同「民國」本身既有政權性含義，但同時也有政權政治所不能涵蓋的民族、社群等豐富的內涵一樣，而作爲精神文化組成部分的「民國文學」更具有超越政治的豐富的意義空間。我同意張中良先生的分析：「民國作爲一個國家，在政黨、政府之外，還有軍隊、司法機關、民間社團等社會組織，除了政治之外，還有新聞出版、學校教育、宗教信仰、民族傳統、地域文化、文學思潮、百姓生活等等，民國文學是在多種因素交織的社會文化背景下發生、發展起來的，因而其歷史化研究的空間無比廣闊。」〔註5〕事實在於，越是在一個現代的形態中，國家政權的強制力越有限，而作爲社會文化本身的力量卻越大，包含文學藝術在內的社會精神文化，恰恰努力在民國時期呈現出了自己的獨立性和自主性。所以，「民國文學」並不等於就是國民黨的文學，自由主義文學與左翼文學都是民國文學的主體，而且由左翼文學所體現的反抗、批判精神也可以說是民國文學主要的價值取向，「民國批判」恰恰是「民國文學」的基本主題。曾經有大陸學者擔心「民國文學」研究會重新推動中國現代文學研究走入政治的死胡同，相反，也有臺灣學者對大陸「民國文學」研究刻意切割文學與政權制度的關係有所不滿，〔註6〕我覺得這兩方面的意見雖然有異，但都是出於對民國時期文學獨立性、自主性的認知不足。民國文學本身就是知識分子追求

〔註5〕張中良：《民國文學歷史化的必要與空間》，《文藝爭鳴》2016 年 6 期。
〔註6〕王力堅：《「民國文學」抑或「現代文學」？──評析當前兩岸學界的觀點交鋒》，《二十一世紀》2015 年第 8 期。

政治自由的體現，對政治自由的嚮往當然是將我們的精神帶離了專制政治的陷阱；而民國政權在文學政策上的某些讓步和妥協從根本上講並不來自統治者的恩賜，恰恰也是民國的社會力量、民間力量蓬勃發展、持續抗爭的結果，現代國家出現之後，其文化發展最可寶貴之處就是「明君」與「賢臣」文化的逐步消失（雖然政治家的開明和理性依然重要），同時社會性力量不斷加強、民間力量日益發展，後者才是最值得我們注意和總結的文化傳統，只有在後者被充分發掘的基礎上，政治制度的種種歷史特徵才有可能獲得真實的把握。

三、「民國文學」研究其實有別於隸屬於大眾文化、流行文化的「民國熱」。作為對長期以來「民國史」的粗暴化處理的背棄，「民國熱」已經在大陸中國流行有年，民國掌故、民國服飾、民國教育，還有所謂的「民國範兒」等等，這本身不難理解，而且我以為在「各領風騷三五年」的各種「熱」當中，「民國熱」依然保留了更多的自我反省的因素，因而相對的「健康性」是明顯的。儘管如此，我認為，當代中國社會出現的「民國熱」歸根結底屬於大眾文化潮流，而「民國文學研究」則是中國學術多年探索發展的結果，是文學研究「歷史化」趨向的表現，兩者具有根本的不同。其實，「民國文學」研究雖然與當今的「民國熱」差不多同時出現，但中國學界本著實事求是的精神，努力救正「以論代史」的惡劣現象、盡可能尊重民國史實的努力卻是由來已久了。在大陸中國，雖然因為政治原因，「民國」一詞一度包含了某種政治禁忌，需要謹慎使用，但總體來看，除了「文化大革命」這樣的極端的文化專制時期之外，對「民國史」的關注和研究一直有學人勉力進行。從新中國成立到1980 年代初，「民國史」的考察、研究一直都得到來自國家層面的高度重視，並不斷被納入各種國家級的科研計劃與出版計劃。《中華民國史》的編修工作早於《劍橋中國史》的編寫計劃，「民國史」的研究也早在 1956 年就已經列為了國家科學發展十二年規劃，民國史的出版也在1971 年就進入了國家出版規劃。呼籲「民國史」研究的既包括董必武、吳玉章這樣的「民國老人」，又包括周恩來總理這樣的黨和國家領導人。「民國文學」的研究借概念之便，當更能夠順理成章地汲取「民國史」的研究成果，以大量豐富的歷史材料為基礎，對中國現代文學研究的「歷史化」進程作出堅實的貢獻。

當然，民國文學研究，一方面固然應當強調加強學術研究的自覺性，與大眾文化的趣味相區分，但是，也不是要刻意區隔和拒絕那些來自社會民間

的寶貴情懷，相反，有價值的研究總能從現實關懷中汲取力量，讓學術事業擁有的豐沛的社會情懷，本身也是在健康和積極的方向上爲中國的當代文化貢獻自己的智慧和力量。

四、「民國文學」研究可以形成與華文文學研究諸多問題的有益對話。當「民國文學」這一概念的使用跨出中國大陸，尤其是與海峽對岸學界形成對話之時，可能就會遇到嚴重的困擾：在我們大陸學界的立場來看，它理所當然就是一個歷史性的概念，「民國」在 1949 年已經結束，我們的「民國文學」研究如果不加特別說明，肯定是指 1912 民國建立到 1949 年中華人民共和國成立這一段歷史時期的文學，使用「民國文學」概念，存在著一個嚴肅的政治的界限；但是，繼續沿用著「民國」稱號的對岸，是否就是大張旗鼓地書寫著「民國文學史」呢？弔詭的現實恰恰是，當代臺灣學界似乎比我們離「民國」更遠！在經過了日本殖民文化──國民黨統治──解嚴後思想自由──政黨輪替、「去中國化」思潮這樣一系列複雜過程之後，在一個被稱作「後民國」的時代氛圍中，「民國」論述照樣承受了「政治不正確」的壓力，其矛盾曖昧之處，甚至也不是「一個民國，各自表述」就能夠概括得了的。也就是說，在海峽兩岸這最大的華人世界裏，「民國文學」都存在相當的糾纏矛盾之處。如何解決這樣的尷尬呢？如何在兩岸學術界，建立起彼此都能夠接受的論述呢？我覺得這裡有兩個可以展開的思路。

首先是集中研討那些沒有爭議的時段。例如民國成立到 1949 年中華人民共和國成立這一歷史時期，我稱之爲民國文學的典型時期，對臺灣而言，1945 年光復之後，特別是國民政府遷臺之後，民國文化與文學當然也完成了移植與建構，不過解嚴以來，本土化傾向日益強化，與「典型時期」比較，情況已經大爲不同，固有的「民國文化」發生了變異、轉換與遮蔽，只有首先清理那些「典型」的民國文化，才最終有助於發掘現存的「民國性」。目前，對於研討「民國文學典型時期」的設想，在兩岸學界已經有了基本的共識。

其次是通過凸顯「民國文學」研究方法的獨特性與華文文學的其他學術動向形成有益的對話。所謂「民國文學」研究不過是一個籠統的稱謂，指一切運用「民國文學」概念創新解釋現代文學現象的嘗試，它至少包括兩個大的方向，一是對民國時期文學發展的種種問題進行新的梳理和闡述；二是通過對於「民國是中國的現代形態」這一思路的認定，生發出關於如何挖掘、描述中國知識分子「現代追求」的種種學術思路，進而對現代中國文化獨創

性問題作出令人信服的闡發，借助這一的闡發，「現代性」視野才不至於單純流於西方的邏輯，而成爲中國現代精神生產的一種獨特形式，這些努力的背後，樹立著發現現代中國精神主體性與學術主體性的深遠目標，這可謂是「民國作爲方法」的特殊價值。對於這種「文化主體性」的重視，我們同樣可以從作爲臺灣學術主流的「臺灣文學」以及史書美、王德威等人倡導的「華語語系文學」那裡看到，彼此對話的空間值得開拓。

「臺灣文學」一度有意識與中華文學相區隔，尋求自己的獨立空間，然而身居「民國」卻是寫作者不能不面對的事實，「民國」與「臺灣」在現實中相互糾纏，在歷史中前後延續、滲透、轉化、變異，無論從哪一個方向來看，離開「民國文學」的歷史與現實，都無法清晰道出現代「臺灣文學」的脈絡與底蘊，這一理念，似乎已經爲越來越多的臺灣學者所認可，臺灣文學研究者如陳芳明、黃美娥都多次出席兩岸舉辦的「民國文學研討會」，發表了梳理民國文學與臺灣文學關係的重要論文。

「華語語系文學」（Sinophone literature）是當今華文文學界的最有代表性的命題。儘管其倡導者史書美、王德威、石靜遠等人的具體觀念尚有不少的差異，但是突破華文文學的「中國中心」立場，在類似於英語語系、法語語系、西班牙語系的多樣化格局中建立各華人世界的文化獨立性和主體性，確實是他們的共同追求：「中國內地各種討論海外華文文學的組織、會議、出版，其實存在著一個不可摒除的最後界限，即要歸納在一個大中國的傳承之下，成爲四海歸心的一個象徵。很多海外學者會覺得這種做法是過去的、老派的、傳統的帝國主義的延伸，於是提出華語語系文學，使之成爲對立面的說法。」〔註7〕擺脫「西方中心主義」來談論「全球文學」，去「中心」、解「權力話語」，不再將華語文學當作某種「中國」本質的「離散」，而是始終在流動性、在地化、變異與重構中生成，這是「華語語系文學」的基本追求。應當說，「民國文學」的研究理念剛好可以與之構成有趣的對話：作爲文化主體性與學術主體性的建構，兩者顯然有著共同的意願，

不過，在不斷表述擺脫西方理論模式束縛的同時，「華語語系文學」卻將主要的批判矛頭對準了「中國性」與「中國文化」，史書美甚至爲了執著地對抗「中國」，將中國文學排除在「華語語系文學」之外。這裡就產生了一個需

〔註7〕李鳳亮：《「華語語系文學」的概念及其操作——王德威教授訪談錄》，載《花城》2008 年第 5 期。

要認真探討的問題：阻擾現代華語世界精神主體性建構的力量是否就主要來自「中國」，而非實力更爲強大的歐美？或者說，在普遍由歐美文化主導的「現代性」格局中，各種現代中華文化形態的經驗更缺少相互啓迪、相互借鑒與相互支撐的可能？如果考慮到「現代性」的言說模式迄今基本還是爲歐美強勢文化所壟斷，「大華文區域」依然共同承受著這些文化壓力之時。以「在地」華文世界各自的經驗獨特性構製各自的「主體性」固然重要，在華文世界與其他世界的比照中尋找我們共同的經驗、重建華文文學本身的認同和主體價值，同樣不可或缺。而「民國文學」的經驗梳理，也就是華文世界的「現代認同」的基礎，也是華文文學主體性的主要根據，「作爲方法的民國」需要在這樣共同的文化經驗的基礎上加以提煉。

這裡具有中華文化的共同傳統與民族記憶，又都在不同的條件下融入了全球現代化的過程。文學發展的背景同樣經歷了農業文明到工業文明、後工業文明的歷史過程，同樣遭遇了從威權專制到現代民主的轉變。

就文學本身而言，同樣具備了中國古典文學的修養和基礎的積澱，同樣進入到現代白話文學的時代，雖然因爲政治意識形態的介入，中國新文學傳統的理解和繼承方式有別，彼此有過對新文學傳統的不同的認識——大陸以左翼文學爲正統，臺灣等區域可能更認同以胡適爲代表的自由主義，但是作爲大的現代文學經驗依然具有相當的同一性。〔註8〕

對主體性的任何形式的尋找最終都不是爲了將自身的族群從周遭的世界中分裂出來，而是爲了更深刻地認識自我，發現自我的價值，最終也可以與「他者」更好地溝通與共存。大陸「中國中心」意識值得警惕和批判，但是與其徑直將大陸中國的華文文化視作對立的「他者」，毋寧將其當作既挑戰自我又激發自我的「他者」，而且這樣的「他者」也不能取代我們從歐美強勢文化的「他者」中承受的壓力，換句話說，大陸中國的華文世界並不是包括臺灣在內的華文世界的唯一的壓力，各區域華文文學的成長同時也不斷感受著來自其他文化力量的持續不斷的擠壓和挑戰。如果我們能夠面對這樣的事實，那麼，就會發現，華文文學世界的「共同經驗」的分享依然有效，依然重要，依然值得進一步挖掘和發揚，而在民國——這樣一個由華人所建立的現代意義的文化形態中，存在著值得我們共同珍惜的精神遺產。正如王德威

〔註 8〕 參見李怡：《命運共同體的文學表述——兩岸華文文學視野中的「民國文學」》，《社會科學研究》2013 年 6 期。

所意識到的那樣：「在我看來，將海外與中國內地相對立，是另一種劃地自限的做法……如果只強調海外的聲音這一面，就跟大陸海外華文文學各種各樣的做法沒有什麼兩樣，只不過站在反面而已。」「對於分離主義者來說，我覺得華語語系文學這個概念也適用……如果你不知道中國是什麼樣子的話，你有什麼樣的能量和自信來聲明你自己的一個獨立自主的自為的狀態（不論是政治或是文學的狀態呢）？〔註9〕

〔註 9〕 李鳳亮：《「華語語系文學」的概念及其操作──王德威教授訪談錄》，載《花城》2008 年第 5 期。

「多研究些問題，少談些主義」
——我給老師寫個序

　　「多研究些問題，少談些主義」，胡適的這句話，一直像支小針似的扎著我。臨近畢業論文選題，腦子裏除了一些遍地即是的現代主義、後現代主義這些腳踩棉花不落實地的內容，就找不到切實的問題來琢磨一番。

　　2015 年入學時，跨專業的我除了生啃了幾本低配版中外電影史，憑著一點對理論的喜好，也敢在課堂上理直氣壯的跟老師說自己是個「女權主義者」。現在想來，也是無知無畏，所幸老師欣賞直言不諱的人，一直鼓勵學生在課堂上說自己的切實感受。老師在課堂上引導著公開自由說自己的意見，將會是未來路上敢於發聲發言的經驗源頭。

　　從課堂經驗來講，我並沒有「少談些主義」。為什麼？因為具體的問題需要耗費大量的時間去鑽研。嚴耕望在《治史經驗談》中提到一句格言：「看人人所能看得到的書，說人人所未說過的話」。若想真的找出些問題，想必是要「看人人所能看得到的書」，對於歷史研究來講，遍觀能夠拿到手的原始文獻，才能夠說出他人未說之話，之於早期中國電影，只對電影史中的二手資料有皮毛的理解，連「主義」都談不下去。

　　其實，在電影史和電影理論研究領域，80 年代有一位著名的美國學者和他發出類似的聲音。美國學者大衛·波德維爾在《當代電影研究與宏大理論的嬗變》中也提出「中觀研究」的方式來試圖改變 1970 年代結構主義、語言學、精神分析等文化研究對電影研究的滲透，比如他曾從認知科學的角度來回答「電影演員為什麼不眨眼」的問題。從具體的問題來進入電影研究領域，在如今已經是為大家所接納的電影研究的基本原則。

當我第一次接觸老師的文章時，對他所研究的中國早期電影領域並不感興趣，甚至暗暗下定決心：自己以後堅決不要從事這方面的研究。為什麼？因為當時我所看到的電影史，千篇一律的對早期電影按照「先進的、落後的、反動的」標準來劃分。對於二十幾歲的人來講，這些太無聊了，太枯燥了，我感受不到作為中國電影源頭文化對我的任何吸引力，它們好像一個個帶著枷鎖的屍體陳列在我眼前，發出腐朽的氣味。我不知道它們曾經是怎樣的鮮活過，為當時的觀眾熱捧過，那時電影裏也有明星，他們也曾引領時代的風尚和潮流。

2015 秋季學期，按著每週兩部的節奏，老師帶著我們持續性的觀摩早期電影，大家在課堂上嘲笑老電影的說話方式，比如「宣佈你的秘密」、「妖冶女」這些遣詞造句，半文半白的對話讓大家獲得智力上的愉悅。這一點的愉悅，對我來講可以等同於觀看現代電影中獲得的「視覺快感」，早期電影不再像貼著標籤的怪物一樣讓人嗤之以鼻。那時對早期電影的瞭解無異於小學生，因此，我把老師的課堂觀摩視作「啟蒙」並不為過，我想對整個班級的同學都是這樣。也許有的人繼續不喜歡，但是書裏學來的「標籤」大家都明白不是真理了。

關注早期中國電影，除了能夠獲得這種低層次的智力愉悅，有什麼價值和意義呢？當我只是在課堂的氛圍裏獲得簡單的快樂，這怎麼能夠支撐一個人將研究這些電影作為自己畢生的事業呢？這個問題我曾在課堂上直截了當的問過，老師沒有回答我，讓我自己去理解。他只是帶著我們從 1920 年代的電影看起，和我們分享他目前的研究成果（他隨時歡迎我們提出自己的質疑，總是說「我說的不一定對」），從舊市民電影、到新市民電影、左翼電影、國防電影和國粹電影，它們的定義和特徵特點。即使你對早期中國電影全貌還沒有足夠的瞭解，在看完一部具體的電影之後，在老師和學生之間你來我往的互動裏，順著老師的思路基本一部電影的核心和它在體系中的定位就明確了。

和我同班的一個同學對早期電影比較感興趣，不過他經常看一些國外學者寫美國早期電影的研究文章。他在看完一些國外學者對於卓別林、巴斯特·基頓的喜劇研究之後，才去關注的這些默片喜劇，看完之後還要對我煽風點火，「卓別林的喜劇簡直太讓我著迷了，你一定要看看！我最近看了《馬戲

團》⋯⋯推薦你看看《pie and chase》這篇文章⋯⋯」。如果喜歡一部電影需要一個契機的話，他人對一部電影的熱情一定能夠引發你的好奇和興趣。他喜歡讀電影史和電影理論方面的文章，但主要是國外的研究，他毫不避諱的說：「我就是有點崇洋媚外」。

這位同學這麼說只是自嘲，如果真的對比國內外對早期電影的研究文章，幾乎沒有人會喜歡讀國內學者的文章。你可以認為這是年輕人無知的偏見，或者換個角度講，他們喜歡有活力、有趣的「吸引力文章」。「吸引力」借自湯姆・岡寧的「吸引力電影」──他使用的「吸引力」又是源自愛森斯坦──這是他給早期美國電影一個定義。他說「我發覺這個術語，部分是為了強調後來的先鋒電影實踐與早期電影所共享的觀眾關係：赤裸裸地碰撞，而不是沉醉於故事世界。」他對早期電影的研究，不是局限在某一個領域裏，用一堆資料為自己的某一奇想築上圍牆，在學術領域圈地紮營，而是試圖激活早期電影與現代電影的關係。

老師回到早期電影源頭梳理電影形態，也有著一樣的目的。即便是對電影史和電影理論有偏好的這位同學，也難以真正的投入到中國早期電影的研究中。為什麼？就像老師在書中為每部分析的電影打的觀影指數一樣直白：這些電影不好看。同樣是黑白默片，同一時期拍攝，為什麼美國的能成為「吸引力電影」，現在依舊能夠引起世界範圍內學者和觀眾的興趣，而中國早期電影卻讓人望而卻步？

回答這個問題，對於我們年輕人來說，用不夠審慎的態度來講，一點也不難。中國早期電影偏重用故事說教，道理在現在看來已經過時；視覺上沒有動作奇觀，電影中的場景對旅遊已成日常的年輕人來講沒有吸引力，場面調度幾乎為「0」，有觀看障礙也就在所難免了。縱使真的願意人生投注到學術研究，誰又有信心一生做關於這些枯燥的影像的研究呢？看中國早期電影，聽電影中的人像家裏的媽媽一樣嘮叨些道德倫理，對於秉著「知道了那麼多道理，依然過不好這一生」的年輕人來講，只能望而卻步。這位同學數次跟我提到想要做關於早期電影的研究，但是又在之後一臉痛苦的跟我說，「我還是決定去做點感興趣的事情吧」。無論我們如何站在一個道德制高點上去評判這位同學的行為，無法改變的事實就是，沒有興趣支撐的研究無以為繼。

「興趣」需要維持，打不開思路，沒有新的想法，興趣也會漸漸像感情一樣消退。關於中國早期電影的研究著作中，張真的《銀幕豔史：都市文化與上海電影（1896～1937）》稱得上是一部嚴謹又視野開闊。書中提到「白話現代主義」來源於德國學者米蓮姆·漢森在一篇經典的文章《大批量生產的感覺：作為白話現代主義的經典電影》一文。按著這位學者的思路，《銀幕豔史》倒一定程度上補充了中國早期電影研究的空白。

老師努力建構電影形態劃分體系也有著拓展成為一個學術增長點的野心，可惜目前還沒有真正的得到學術界同行的認可。用那位同學的話說就是：「（袁）老師如果能夠更多的與同行之間切磋對話就好了，現在有點自說自話的嫌疑。」這個意見很中肯，但是我認為現階段更重要的是，依據自己的能力，能夠做的是發現老師研究的價值，理清楚研究方法，以期讓類似於我的讀者決定是否要沿著這條路繼續往下走。

「有一分證據，說一分話」，是老師一直以來堅持的原則。

到目前為止，老師的理論仍然不能夠完全讓我信服，那個點就是孫瑜1934年的《體育皇后》，這部電影被老師劃入左翼電影的形態。在他最近更新的理論體系裏，左翼電影的幾個特點是：思想性、宣傳性、階級性、革命性、批判性和暴力性。我就《體育皇后》中女運動員死於心臟病而非階級鬥爭，以及女主角的中產階級而非底層代表的身份這兩點和老師彼此不能說服。可以說，孫瑜的《體育皇后》是一個我深入理解這套闡釋框架的奇點。帶著這個疑問，進入老師的理論體系中也能夠保持一定程度的清醒：一個人為建構起來的體系真的能夠囊括中國早期電影的所有形態嗎？《體育皇后》的爭論是暴露體系的人性而非神性的缺口。在承認有缺陷存在的基礎上，老師闡釋的理論框架是否還有意義和價值呢？

這又可以從孫瑜說起。

某種意義上講，孫瑜作為一個在電影史上有過「問題」的影人，其影片也跟著被污名埋藏，在當時意識形態為導向的正統學術界是可以理解的。可問題在於，目前我們的電影史書寫上對他的正名力度是不夠的，史實的釐清是亟待解決時，宏大的「主義」卻又席捲了研究領域。孫瑜和他的電影的問題在這裡作為一個點，卻可以投射出老師在治學和治史的嚴謹態度。

在老師的研究成果裏，孫瑜以 1932 年拍攝的《野玫瑰》、《火山情血》兩部早期左翼電影而被老師認為是「左翼電影的開山鼻祖」。儘管除此之外，孫瑜一直迷戀於拍攝女性的大腿，即使在典型的左翼電影《小玩意》中，仰拍黎莉莉那雙健美的大腿站在高處做早操、坐滑梯的鏡頭也令人印象深刻。孫瑜提拔了兩個一線的女明星，黎莉莉和王人美，兩人都以陽光健美的身材著名，明顯不同於阮玲玉的悲情風味。老師打趣的戲稱她們是「大腿王」。也許在思想上，孫瑜沒有符合我們要求不斷進步的價值觀，沉迷於影像中展現女性健康的身體，但這不應該成為忽視他在電影史上歷史地位的理由。

老師總提到他自己的博士生導師上海華東師範大學終身教授錢穀融先生對他的教導：「現成的結論，不要輕易推翻，如果你要推翻它，一定要有充分的證據。」在研讀電影文本之後，老師真正做到了摒棄書寫者個人喜好的客觀態度，將導演的個人喜好與其電影的開創意義區分開，經得起多方推敲，最終還歷史本來面貌。

總的來說，老師這本書的貢獻就在於，第一，豐富了國防電影文本資源，確立了《浪淘沙》獨特的歷史地位，它的正確歸類應該是「國防電影」，而且是高端國防電影文本，這麼多年來被誤讀，包括老師自己；第二，國防電影是在左翼電影的基礎上發展而來的，它是左翼電影的強行轉型。1936 年發起國防電影運動時，日本已經幾乎佔領了整個華北地區，情況已經很緊急。怎麼辦呢？轉向國防電影。怎麼轉？新市民電影顯然不行，國粹電影乃至舊市民電影也不行，於是把左翼電影的階級矛盾、階級鬥爭和階級暴力，提升、轉化為民族矛盾、民族戰爭、民族暴力和民族解放。

所以老師舉例說，《春到人間》就是典型的例證。地主欺負丫鬟小紅，類似《白毛女》中地主欺負喜兒。《春到人間》的劇本成於 1932 年，當時如果拍攝，必定是一部徹頭徹尾的左翼電影，階級壓迫和階級暴力，結局一定是小紅和哥哥從肉體上消滅欺壓者的地主階級；但是，現在國防電影時期，編導安排亂兵消滅地主階級，小紅和哥哥參軍，這是典型的左翼電影文本強行轉型到國防電影的力證。

中國早期電影形態的劃分也有其方法論內涵。老師的體系是根據當時的社會背景和文化生態生發出的具有動態性的理論框架。這與秉承某一種理論觀念，對電影進行強行歸類有很大的不同。這種動態性決定了它隨時準備迎

接新出現片例的挑戰——是否一定的文化背景下只能衍生出那些形態的電影？影響這些形態不斷變化發展的因素又有哪些？

回答這個問題就會回到電影本體以及電影生產的多元性問題。

在電影的發展過程中，政治的影響力一直是占重要地位的。在這個理論框架裏，老師闡釋了新市民電影和左翼電影在市場中的競爭，分別指向了普通觀眾觀影消費心理和精英知識分子以電影為媒介為理想發聲的兩種狀況。而在具體的電影形態或類型方面，新市民電影抽取左翼電影的元素並針對市場對「大團圓結局」的觀影期待作出改良調整，不同的電影形態之間有著和諧共生的狀態。以政治為導向的左翼電影儘管有著思想性和革命性作支撐，但電影本質裏的商業性無法被人為消除，市場才是重要的影響力元素。

有時學生覺得，進入到老師的體系裏，思路就很難打開，只是按著劃定好的路繼續走下去。顧龍學長在給老師寫的《黑白膠片的文化時代》的序言裏提到的一個問題是，「一味側重於文本意義及其文化生成背景，並且可以忽略技術語言層面，難免有主題先行的嫌疑」（《黑白膠片的文化時態——1922～1936年中國早期電影現存文本讀解》，袁慶豐著，上海三聯書店2009年10月第1版）。這個問題和缺陷的確存在，這與我打不開思路是同一個困惑。除了老師對自己研究邊界的轄定之外，更重要的因素是我們這一代人對1920年代和1930年代的文化背景有著知識性缺失，因此很難進入老師的語境中與他平等切磋並開疆拓土。為什麼一定要有這個框架，哪怕它讓人有固化之感？

所謂「矯枉必須過正」，電影史書寫受意識形態把控時間長，書寫模式和評價模式已經成為一種近乎無意識的話語，就像我們日常還會使用「落後」等一些詞彙一樣，想要讓它有一個整體的轉變，必須給它脫胎換骨，僻開一條新路。在此前提之下，老師對早期電影的形態劃分，在給具體的電影文本正名，釐清史實之外，還多了一層思維上突破既有模式的意義和價值。當然，也正因如此，老師的研究成果難以得到眾人的贊許和關注，這條路走的人太少，還沒有被稱為「路」。

一個學者最大的貢獻不在於他自己有多麼厚重的學術著作出版，而在於其為所屬的學科指出一個前人沒有開掘的方向，一個好的學者的原創性體現在對學科體系性的整體的把握，即使他沒有寫出來，但卻為後人提供了許多可以發掘的點與面的書寫空間。老師要做的正是這樣的工作。馬克思·韋伯

在《學術作為一種志業》裏講到的，「在學術工作上，每一次『完滿』，意思就是新『問題』的提出：學術工作要求被『超越』，要求過時。任何有志獻身學術工作的人，都必須接受這項事實」。這就是老師課堂常講的，「我不需要你們讚同我的觀點，我倒是希望你們能有能力質疑。」

　　老師一個人在這條路上，憑著自己堅持的學術信念，艱難的行進著。他的內心，也許期待著更多的後來者，能夠把這條道路真正地走實、走寬。

中國傳媒大學電影學專業 2015 級碩士研究生　劉佩佩
2017 年 3 月 18 日　於河南

目
次

本書體例申明

甲、本書中所有以個案形式讀解的影片，其版本有以下兩種情形：《浪淘沙》、《狼山喋血記》、《壯志凌雲》、《聯華交響曲》、《青年進行曲》的 VCD 版本，均屬於中國大陸公開發行的「俏佳人」品牌系列（廣州俏佳人文化傳播有限公司總經銷）。《春到人間》的 DVD 碟片雖然不是出自這個系列，但亦是中國大陸市場公開售賣的合法產品。〔註1〕

乙、本書中以個案形式討論的全部影片，均按照其出品年月或公映時間排序，並以《中國電影發展史》第一卷（程季華主編，中國電影出版社 1963 年版）標注的年月爲主要依據。同一年內以及同一公司出品的影片先後順序，除非有確切的依據，一般按照類型敘述的方便排序。所有影片的時長標注，則均以 VCD/DVD 版本之實際時長爲準，因此，可能會與相關資料譬如 IMDB（Internet Movie Data Base，互聯網電影資料庫）的標注有些許出入。其原因，有可能是原膠片本身的缺失或官方轉錄時有意無意地疏漏造成，因此，不能保證其原始時長資料的準確性。

〔註 1〕 中國電影藝術研究中心專業人士公開表示：「現在我們能夠看到的 1949 年以前的中國電影只有二百多部。……中國電影資料館現存的 1949 年前的中國電影應該在 380～390 部左右。也就是說，加上殘缺不全的和不能放映的，至少還有 100 部以上的電影可以挖掘」（饒曙光：《關於深化中國電影史研究的斷想》，載《當代電影》2009 年第 4 期，第 72 頁）。因此有前輩專家呼籲：「資料開放，資源分享！」（酈蘇元：《走近電影，走近歷史》，載《當代電影》2009 年第 4 期，第 63 頁）。我同意業內專家的意見，籲請（北京）中國電影資料館無條件地向公眾公映館藏影片，或者至少允許公眾免費調閱其已經數位化的館藏影片部分，以恢復其公共學術資源全民享有的本來面目，更好地爲社會發展和學術研究服務。

丙、專業鏈接的說明

子、每章正文前面的**專業鏈接1**中放入圓括弧即「（ ）」裏面的文字，是我爲讀者方便做的補充說明，如《浪淘沙》：〉〉主演：金焰（飾水手、逃犯阿龍），章志直（飾警察探長）。唯《狼山喋血記》一片，由於原片頭《演員表》缺失，所以根據盡可能找到的資料補充，即：〉〉主演：黎莉莉（飾村姑小玉），張翼（飾獵户老張）、劉瓊（飾村民劉三）、藍蘋（飾劉三的妻子）、韓蘭根（飾啞巴牧羊人）、尚冠武（飾小玉的父親李老爹）。

丑、**專業鏈接 2** 中的原片片頭，以及演職員表字幕，一律按照原有的樣式列出（即使字幕是反向出現的）。以《浪淘沙》爲例：

品出華聯

沙淘浪

主　焰　金

演　直志章

製　監

佑明羅

任主片製

偉　民　黎

……

演　導

剛　永　吳

寅、**專業鏈接3**的影片鏡頭統計和波形圖下面的「說明」，以及正文中的統計表格，本是我平時對研究生學術訓練的日常作業組成之一，基本是各個年級多人次重複統計的結果。此次收入，採用的是最新版本。**專業鏈結 4** 的**影片經典字幕與臺詞選輯**也都是由學生扒錄，但最後臺詞的選用我有個人標準，故其「經典」與否，由我個人負責。

卯、考慮到即使是專業觀眾群體譬如高校影視專業的在讀學生，對本書具體讀解的六部影片，也未必都有完整和耐心觀賞的興趣，因此，根據十餘年來我個人的研究心得和學生們課堂上的觀摩反映，於每部影片的文字分析之前，給出了一個純個人標準的**影片觀賞推薦指數**（即**專業鏈接 5**）供讀者參考批判。實際上，我認爲二星★★☆☆☆及以下的影片大多只具有專業史料性質，三星★★★☆☆及三星以上的影片至今還有觀賞價值，而四星★★

★★☆及四星以上的，仍然具有強烈的現實意義和重新讀解甚至是重新公映之價值。

　　丁、本書所有的原稿，均以我歷年來在本科生和研究生課堂教學中使用的演講錄音原始稿為基礎，雖經多次補充、完善並最終修訂成文，但並沒有從根本上改變我的固有觀點和原有論證體系。而由於研討時間、聽課對象以及演講場合的不同，在涉及多部電影相同的時代背景和藝術發展脈絡時，不得不保留多有近似甚至是重複性的觀點、表述以及同樣的參考文獻。考慮到讀者讀取時的理解方便，對此基本上不做大的改動或刪削，依然保持各篇章（影片）相對獨立、自成體系的面貌，以盡可能復原現場觀摩後的感性氛圍和觀照角度。

　　戊、包括《導論》在內，本書主要文字在收入本書前，不惟皆曾先行公開發表於中國大陸各層級的學術刊物，而且亦先後分別收入拙著《黑白膠片的文化時態——1922～1936 年中國早期電影現存文本讀解》（上海三聯書店 2009 年版）和《黑夜到來之前的中國電影——1937 年現存國產影片文本讀解》（中國廣播電視出版社 2012 年版）。為讀者讀取時對比方便和統一格式計，此次輯入本書時，各章的主標題和副標題均參照原成書版題目和格式有所調整，正文中的小標題，則一律保留有面貌，唯將其序號，譬如一、二、三、四等，統一改為甲、乙、丙、丁，小標題或分論點序號，譬如 1、2、3、4 或（一）（二）（三）（四）等，均改為子、丑、寅、卯；此外，除了個別部分被融入正文外，原成書版的**相關鏈接**一律植入歸併於注釋之中。

　　己、需要特別說明的是，由於眾所周知的原因，包括《導論》在內的各章文字主體部分，在大陸發表時都被不同程度地刪改，即使後來收入《黑白膠片的文化時態——1922～1936 年中國早期電影現存文本讀解》和《黑夜到來之前的中國電影——1937 年現存國產影片文本讀解》兩書時也不例外、很難融通。因此，此次編輯本書時：

　　子、除了訂正已發現的錯訛文字或標點符號外，全部恢復我最初原始稿的本來面貌，並用黑體字標識——黑體字部分也適用於我對舊版的修訂情形。

　　丑、新增加了**專業鏈接 3：影片鏡頭統計**（及其說明）和**專業鏈結 4：影片經典字幕與臺詞選輯**。

　　寅、將以往成書版的**閱讀指要**和雜誌發表版的**內容摘要**部分酌情整合，（雜誌版的些許**參考文獻**條目亦酌情補入），補入雜誌版的**關鍵詞**並將雜誌發表版的**英文摘要**附在每章文末，（當初沒有的，現今統一翻譯補入），以資檢索。

　　卯、爲每章新選配了三十至九十張所討論影片的截圖或相關影片截圖、圖片，新增圖片一般不再專門撰寫說明性文字。

　　因此，包括《導論》在內，我特別於每一章的最後一條注釋中，對其收入本書前的發表及此次結集的修訂情況包括增加的圖片數量等情況，都逐一做了具體交代，敬請鑒定核查。

　　庚、包括《導論》在內，本書討論的六部影片，無論是已經以學術論文的格式先行發表，還是幾年前已經先後收入《黑夜到來之前的中國電影——1937年現存國產影片文本讀解》和《黑夜到來之前的中國電影——1937年現存國產影片文本讀解》兩書，這幾年間我都又逐一完成了二讀工作，也就是又先後重新寫了第二稿的文字。但此次成書，並不打算添加這些更新的版本，還是以最初的面目示人，以期得到更多讀者的深入批評——新舊版本的結集成書，須假以時日。

　　辛、本書對現存的、公眾可以看到的1936～1937年國防電影文本的集中討論，建立此前我對1922～1937年現存電影文本討論的前提和基礎之上。其中，討論舊市民電影的部分（涉及十五部影片個案），此前已經收入《黑棉襖：民國文化中的舊市民電影——1922～1931年現存中國電影文本讀解》（上下冊，臺灣花木蘭文化出版社2014年9月版，「民國文化與文學研究文叢」第三編，第十一、十二冊），討論左翼電影的部分（涉及十六部影片個案），收入《黑馬甲：民國時代的左翼電影——1932～1937年現存中國電影文本讀解》（上下冊，臺灣花木蘭文化出版社2015年9月版，「民國文化與文學研究文叢」第五編，第二十三、二十四冊），討論新市民電影的部分（涉及十六部影片個案），收入《黑皮鞋：抗戰爆發前的新市民電影——1933～1937年現存中國電影文本讀解》（上下冊，「民國文化與文學研究」文叢六編，第八、九冊，臺灣花木蘭文化出版社2016年9月版），敬請讀者諸君參照批判。

　　壬、本書中的一切文字表述，但有借鑒、參考或引用他人著述及資料、論點的情形，我都嚴格依照學術研究之慣例通則，逐一鄭重注明了詳細出處，不敢掠美。本書中所使用的所有影片截圖，無論原版權是否失效，我亦逐一注明了出處。

癸、除非引用，本書所有的見解和觀點的表達，我都一如既往、自始至終地堅持使用第一人稱單數，以表明本人獨立完成研究的學術原創性立場，以及對論述中出現的所有個人見解和學術觀點持負責之嚴肅態度。

袁慶豐　丁酉年殘春　啓
北京東郊定福莊養心廊第三分廊

導論：1922～1936 年中國國產電影之流變 ——《黑白膠片的文化時態——1922～1936 年中國早期電影現存文本讀解》導論

圖片説明：左圖爲《黑白膠片的文化時態——1922～1936 年中國早期電影現存文本讀解》（上海三聯書店 2009 年 10 月第 1 版）封面照（設計效果圖之一），右圖爲紙質版封底照。

　　據說，公曆 1905 年（清朝光緒三十一年）秋季，北京豐泰照相館創始人，同時又是西藥房、中藥鋪、桌椅店、汽水廠和大觀樓影戲園老闆的任景豐，用一架法國製造的木殼手搖攝影機，為當時著名的京劇演員譚鑫培拍攝了京劇《定軍山》中的幾段武打戲場面 [1] P14。以往的中國電影研究界一般不僅將其視為本國人士在本土拍攝的第一部影片，同時也基本將這一年看作是中國電影歷史的開端 [1] P13~14。

　　我個人一直對這類論述半信半疑——因為現在誰也沒有看到那部影片〔註1〕；比較公允的史料也只承認《定軍山》不過拍攝了 3 個片段而已 [2]。如果姑且承認這樣的事實和論斷，（而在此不做進一步的深入研討），那麼，從 1905 年秋～1937 年 7 月，現存的、公眾可以看到的中國影片（包括殘本），只有區區 45 部（個）。

　　本書對中國電影文本的實證性討論，之所以從 1922 年開始，是因為現存最早的影片，就是那一年由明星影片公司出品的《勞工之愛情》（又名《擲果緣》）；實際上，出於篇幅平衡和對後一時期（1937 年 7 月～1945 年 8 月「抗戰時期」現存中國電影研究）後續研究的考量，本書展開討論的文本對象，又局限於 1922 年～1936 年年底（以出品或公映時間為標準）的 36 部（個）影片。

　　按照我個人的觀點、研究和劃分，現存的、同時又是公眾可以看到的這36 部（個）影片，以時間為順序，大體上可以被歸納為如下幾個類型或流派，即舊市民電影、左翼電影、新市民電影、**國粹電影即新民族主義電影**、國防電影（運動）。其中，左翼電影和國防電影，無論作為概念還是現象，在以往的中國電影歷史研究中多有界定和論述，其餘的類型或流派，乃至稱謂，則是我個人根據對現存文本的歸納和分類，並在本書中以個案的方式逐一予以論證。

〔註 1〕這種猜疑顯然不僅僅屬於我個人。實際上，對所謂譚鑫培之戲曲電影《定軍山》為中國第一部電影之說，有學者指出當屬誤傳，而且現在一些電影史所使用的電影劇照也靠不住（參見黃德泉：《戲曲電影〈定軍山〉之由來與演變》，原載《當代電影》2008 年第 2 期，第 104～111 頁，轉引自人大複印資料《影視藝術》2008 年第 5 期）。

圖片說明：左為《勞工之愛情》（又名《擲果緣》，無聲片，明星影片公司 1922 年出品）片頭；右為《一串珍珠》（無聲片，長城畫片公司 1925 年出品）片頭。

1922 年～1931 年：舊市民電影

在我看來，從中國電影誕生之日起，到 1932 年之前，中國只有舊市民電影一種類型或曰形態。或者說，舊市民電影在這二十八年的發展歷程中，作為中國電影的主流或全部面貌基本沒有本質性的變化。

就相關資料來看，1910 年之前的中國電影基本上是翻拍傳統戲曲尤其是京劇，而且全部是片段，除此之外就是幾部香港製作的短片[1] P517～646。1912 年中華民國成立後的電影，單單從片名就大致可以看出這一時期電影的文化價值和審美趣味。譬如《難夫難妻》（又名《洞房花燭》）、《五福臨門》（又名《風流和尚》）、《二百五白相城隍廟》、《店夥失票》（又名《發橫財》）、《老少易妻》（以上均為亞細亞影戲公司 1913 年出品）和《莊子試妻》（香港華美影片公司 1913 年出品）。

到 1931 年為止，凡是在當時引起社會巨大反響的電影，譬如《黑籍冤魂》（幻仙影片公司 1916 年出品）、《閻瑞生》（中國影戲研究社 1921 年出品）、《紅粉骷髏》（新亞影片公司 1921 年出品）和《火燒紅蓮寺》（1～18 集，明星影片公司 1928～1931 年出品）等，無不圍繞鬼神迷信、家庭婚姻、男女戀情、黑幕兇殺、武俠打鬥和噱頭鬧劇聳人耳目。

因此，舊市民電影的特徵大致是，一、本土（民族）性；二、世俗性；三、倫理性；四、底層性；五、娛樂性。而上述特點又都是市場化的直接產物，所以又都具有明確、顯著的市場性。

舊市民電影的內容主要是講述家庭婚戀以及宣揚傳統倫理道德，以窺視他人隱私、暴露社會黑幕、醜惡現象以及光怪陸離的事情爲意旨趣味，表現手法低級，趣味至上，追求商業利益最大化。題材相對狹窄，思想意識與審美趣味大多落後於時代。

在舊市民電影的文本資源——舊文學或曰通俗文學——的發展過程中，雖然經歷了中國新文化運動（1915年）和新文學運動（1917年）的衝擊，但一直固守於舊文化或曰俗文化的範疇和層面，擁有以下層市民爲主要群體的巨大的觀眾市場，並在一定程度上和以知識分子階層爲主體的雅文化和新文藝形成對立[3] P93。

舊市民電影的鼎盛時期的代表是武俠片《火燒紅蓮寺》（1928），而1932年明星影片公司籌集鉅資打造出品的《啼笑因緣》在市場回報上的全面失敗，則預示著舊市民電影在電影發展中開始逐步退出歷史舞臺。實際上，就現存的、公眾可以看到的影片而言，1932年的舊市民電影本身正處於蛻變前夜，譬如多少加入一些時尚元素以求新生。

現存的舊市民電影有9部，而且全部是無聲片（默片），即：《勞工之愛情》（又名《擲果緣》，明星影片公司1922年出品）、《一串珍珠》（長城畫片公司1925年出品）、《西廂記》（殘篇，民新影片公司1927年出品）、《情海重吻》（大中華百合影片公司1928年出品）、《雪中孤雛》（華劇影片公司1929年出品）、《怕老婆》（又名《兒子英雄》，上海長城畫片公司1929年出品），以及《一翦梅》、《桃花泣血記》和《銀漢雙星》（均爲聯華影業公司1931年出品）和《南國之春》（聯華影業公司1932年出品）。對這些影片片名的直觀感性判斷，可以輕易地窺探出它們與1910年代舊市民電影一脈相承的精神面貌。

圖片説明：左爲《海角詩人》（無聲片，殘片，民新影片公司1927年出品）片頭；右爲《西廂記》（無聲片，殘片，民新影片公司1927年出品）片頭。

1932年～1936年：左翼電影

　　作爲新電影形態，左翼電影出現於舊市民電影開始沒落的1932年，在其發展初期（我稱之爲早期左翼電影），雖然帶有濃重的舊市民電影痕跡，但它的性質與前者截然不同；如果說舊市民電影是不革命的電影，那麼左翼電影不僅是革命的、還是先鋒和前衛的電影。

　　左翼電影興盛於1933年，退潮於1936年。其主要特徵是：一、思想性：立場激進，具有先鋒意識；二、宣傳性：政治述求和集團利益表達至上，致力於傳播新思想、新理念；三、階級性：以階級立場和階級意識刻畫和表現人物；四、革命性：顛覆現有體制；五、批判性：反對一切強權勢力和強勢階層，同情弱勢階層和邊緣群體；六、暴力性：主張以暴力革命和暴力手段改變現狀。

　　左翼電影的藝術表現手法在繼承舊市民電影的基礎上多有新穎之處，新人物、新形象層出不窮，思想與煽情並重，雖然多有時代局限（譬如二元對立模式），但依然是電影市場的潮流產物和時代選擇的必然結果。所以左翼電影的出現，不僅徹底地終結了舊市民電影一家獨大的時代，而且迅速獲得以青年知識分子爲主體的新觀眾群體的熱烈擁躉、成爲主流電影，從根本上爲中國電影在1930年代的繁榮和整體走向奠定了思想與藝術基礎。

　　需要特別注意的是，早期左翼電影往往在借助舊市民電影傳統的愛情主題、故事框架和敘述模式的基礎上，將舊市民電影中旺盛活躍的個體性暴力基因移植到影片當中，爲以後完全意義上的左翼電影架構中階級暴力意識和暴力革命模式奠定了基礎，譬如聯華影業公司1932年出品的《野玫瑰》和《火山情血》（均爲孫瑜編導）。

　　在左翼電影興盛時期，其反強權特徵、對階級性的強調（以及由此生發的革命性決定的人性，乃至血統論）和階級暴力模式的全面覆蓋，其政治功利考量不僅被帶入到1936年興起的國防電影（運動），而且由此產生的倫理遮蔽效應，又與1949年後中國大陸電影中的人物行爲意識及其表述，存在著政治、社會和藝術範疇內直接的邏輯關係。二者在一個更爲狹窄的思想領域裏和藝術空間中，被有選擇地激活、複製、放大並最終作爲隱形基因完成超越時空的隔代傳遞

　　現存的、公眾可以看到的左翼電影大部分是無聲片或配音片，而且基本上出自聯華影業公司，（兩部完全意義上的有聲片由電通影片公司出品）：《野

玫瑰》、《火山情血》（均爲聯華影業公司1932年出品）、《春蠶》（明星影片公司1933年出品）、《天明》、《小玩意》、《母性之光》（均爲聯華影業公司1933年出品）、《惡鄰》（月明影片公司1933年出品）、《體育皇后》、《大路》、《新女性》、《神女》（均爲聯華影業公司1934年出品）、《桃李劫》（電通影片公司1934年出品）、《風雲兒女》（電通影片公司1935年出品）、《孤城烈女》（聯華影業公司1936年出品）。

圖片說明：左爲《情海重吻》（無聲片，大中華百合影片公司1928年出品）片頭；右爲《雪中孤雛》（無聲片，華劇影片公司1929年出品）片頭。

1933年～1936年：新市民電影

明星影片公司1933年出品的有聲片《姊妹花》，不僅是中國有聲片時代第一部高票房電影，還是新市民電影出現的標誌。

新市民電影和在它前一年出現的左翼電影一樣，雖然也脫胎於舊市民電影，但它同樣自成體系、面目新鮮。一方面，新市民電影的題材與當下聯繫緊密，世俗審美述求第一，在全盤繼承舊市民電影的倫理性、世俗性、娛樂性、市場性的基礎上，更注重注重電影的城市意識、奉行電影新技術主義路線；另一方面，新市民電影積極借助除了階級意識、暴力革命和激進立場之外的諸多左翼電影元素，即使出於市場考量予以引進，也是盡可能淡化其激進色彩。因此，新市民電影始終具有相對的政治保守性和改良色彩的調和性。從這個角度說，新市民電影擁有比以往的舊市民電影和同時期的左翼電影更廣泛的市場覆蓋性。

從大的時代背景上看，新市民電影是1930年代中國雅、俗文化交融互滲的自然結果[3] P337～338。以明星影片公司1933年出品的《姊妹花》爲例，它在本質上還沒有完全脫離舊文學、舊藝術的思想範疇，其主題和情節設

置乃至具體的藝術表現手法，都還基本依賴舊市民電影的套路，譬如大團圓結局的設置和苦情戲的使用。新市民電影的興起，既與1930年代中國城市化進程加速、大批失去土地的農民進入城市謀求生路的現實境況相對應，也與以激進的思想性、階級性見長的左翼電影的興盛潮流相呼應，進而迎合了包括男女農民工在內的普通觀眾，對自身命運的情感檢索和道德訴求。

1930年代之前的舊市民電影，基本上可以視爲中國舊文學或俗文化的電子影像版，主題、人物尤其是思想了無新意，落後於時代發展變化，大多沉溺於老舊的傳統倫理宣揚和煩瑣、庸俗的日常生活尤其是男女情感的描述，使得它不能被以新文學所代表的主流文學接納。左翼電影之所以能將舊市民電影全面取代並大行其道，就是佔了一個「新」字，譬如新的價值觀念、新的思想潮流、新的人物形象、以青年學生爲代表的新知識分子等等。

但同時，左翼電影大多不考慮或者排斥市民電影對現實人生細密的、世俗層面的關注。因此，左翼電影和新文學都多少與常態人生有些生分和距離，即使有所表現，也多少都有自上而下的概念化傾向。而新市民電影是在直接繼承舊市民電影對城市中世俗民生關注的基礎上，積極借助、吸收和多少容納了左翼文藝對底層大眾精神予以觀照的姿態。

因此，不論是市民階層還是知識分子階層、不論是舊人物還是新人物，在新市民電影當中，更多地是從世俗人間、平等眾生的角度去被看待和表現的，譬如明星影片公司1936年出品的《新舊上海》就是如此。因此，左翼電影與新市民電影攜手走過1935年之後，終於在一定程度上解決了左翼電影有深度但相對沒趣味、新市民電影又單純注重趣味卻常常缺失思想的癥結，並且成爲左翼電影在1936年消亡後直至1937年（7月之前）的主流電影。

和舊市民電影全部是無聲片不同，現存的、公眾可以看到的新市民電影全部是完全意義上的有聲片，而且幾乎由明星影片公司一家獨攬：即《脂粉市場》（1933）、《姊妹花》（1933）、《女兒經》（1934）、《船家女》（1935）、《新舊上海》（1936），只有《漁光曲》（配音片）出自聯華影業公司、《都市風光》（1935）出自電通影片公司。

圖片說明：左爲《怕老婆》（又名《兒子英雄》，無聲片，長城畫片公司 1929
年出品）片頭；右爲《紅俠》（無聲片，友聯影片公司 1929 年出品）片頭。

1935 年：國粹電影（即新民族主義電影）

　　1937 年 7 月之前的 1930 年代中國電影，從製做到發行、放映，幾乎都被
當時的三大公司即聯華影業公司、明星影片公司和天一影片公司壟斷瓜分。
市民電影則無論新舊與否，基本是由成立於 1920 年代的「明星」和「天一」
兩家包辦，成立於 1930 年的「聯華」公司，不僅是率先製作新電影譬如左翼
電影的製片公司和出品中心，而且也是 1930 年代幾乎所有新類型電影的嘗試
者和領跑者。這與「聯華」公司的創始人和主導者羅明佑、黎民偉的政治、
商業和文化背景密切相關。

　　羅、黎二人雖然分別出生於中國香港和日本橫濱，但他們的祖籍同屬中
國近現代革命的策源地廣東，而且其家族和個人與國內政、商兩界淵源深廣。
黎民偉是孫中山 1905 年在日本東京成立的同盟會（中國國民黨前身）資深成
員之一，1910 年代初期於香港涉足電影製片，旋即投身革命，在 1925 年孫中
山逝世於北京之前，一直追隨其行蹤拍攝新聞紀錄片。孫氏曾爲他的電影拍
攝專門簽發「大總統手令」、並題寫「天下爲公」條幅予以表彰[4]。羅明佑亦
出身巨商之家，其三叔曾出任北洋政府司法總長，1919 年羅明佑就讀北京大
學法學院二年級時，即開始介入北平電影放映市場，至 1929 年，他的華北公
司掌控的放映網和院線已經將經營範圍擴展到了東北地區[5]。

　　1930 年，以羅明佑的華北電影有限公司和黎民偉的民新影片公司爲主的
聯華影業公司成立，其股東既包括英國籍貴族和前任香港總督、北洋政府的
總理、內務部長、司法總長和財政大員，也包括南京國民黨政府的外交部長，

以及江浙財閥、華僑巨商、煙草公司和洋行買辦[1] P147。官僚買辦背景和現代資本主義的經營方式，並不意味著「聯華」的電影製作是反動的和不革命的，恰恰相反，最革命的左翼電影基本上就是在此生產出品的。因為它是時代精神、歷史潮流以及電影市場走向和新觀眾群體的主動選擇合力完成的結果。

1935年，由國民政府黨軍政領袖蔣介石及其夫人發力，自上而下發起提倡波及全國的「新生活運動」。從運動始作俑者的角度，其主旨除了有維護文化傳統、提升國民道德水準和倡導文明生活方式的良苦用心之外，還有試圖借助本土的倫理綱常及其傳統文化資源，從黨國一體、領袖至上的專制獨裁高度，整肅人心、統一思想，進而擺脫左翼思潮尤其是共產主義思想的影響，以強化其合法統治。

在當時中國社會本土經濟實力增強，現代民族意識和文化意識開始顯露的情形下，像羅明佑、黎民偉這樣的民族主義者和現代知識分子未必認同國民政府的黨派意識，但雙方對傳統文化的厚愛和民族主義立場的堅持，顯然在「聯華」的電影製作中找到了立足點和重合之處，這就是無聲片《國風》和配音片《天倫》（以及《慈母曲》）的出現。

從公司製片路線的角度看，《國風》和《天倫》（以及《慈母曲》）是羅明佑、黎民偉在和明星影片公司等對手的市場競爭中，在得到政府的政策扶持和鼓勵下，有意識地在左翼電影之外另創新路的表現。不幸的是，影片的主旋律在實際操作中被生硬地置換為主旋律電影。加之套用舊市民電影套路，處理手法僵直，與時代潮流和市場需求脫節，結果不僅導致票房慘敗，而且從此動搖了羅明佑在「聯華」公司的主導地位[1] P457。

現在來看，**國粹電影（或曰新民族主義電影）**（原先我稱之為高度疑似政府主旋律電影或曰新民族主義電影），在當時的出現雖然沒有撼動左翼電影和新市民電影所形成的國產電影主流格局，但卻意味著主流政治話語和國家主義對電影生產的介入和實質性濫觴——早在兩年前的1933年，國民黨中央宣傳部在南京主持成立了東方影片公司，雖然在製片上始終毫無建樹[1] P295，但黨營製片機構的出現，標誌著中國電影史上民營／私營企業單一性質的電影生產歷史的結束。

圖片説明：左爲《女俠白玫瑰》（即《白玫瑰》，無聲片，華劇影片公司1929年出品）片頭；右爲《戀愛與義務》（無聲片，聯華影業公司1931年出品）片頭。

1936年2月：《浪淘沙》

1930年代日本對中國的侵略，始終既是中華民族、中國社會被迫面對的生死存亡問題，也是從根本上左右中國電影歷史發展的決定性因素。1931年日本侵佔東北的九·一八事變、1932年日本侵略上海一·二八事變，不僅進一步激起中國人民的反日浪潮，還直接導致反抗強權勢力、堅持激進民族主義立場的左翼電影的出現。1935年侵華日軍和民國政府代表簽訂的《何梅協定》（「華北事變」），意味著中國華北繼東北之後成爲由日本軍事勢力實際控制的地區。

它在中國現代政治歷程中的直接後果，就是當年年底北平學生大規模的抗議遊行（一二·九運動）和次年年底東北軍、西北軍將領扣押最高軍政領袖、籲請停止內戰、立即武力抗日的雙十二事變（西安事變）。對電影製作而言，前者直接催生了1936年年初上海電影界發起的「攝製鼓吹民族解放」的「國防電影運動」[1] P416～417，後者則是《浪淘沙》出現的現實性政治印證。

面對日本加緊全面侵略中國的緊張局勢和國內各政治、軍事集團和勢力錯綜複雜、角鬥不已的混亂格局，聯華影業公司在羅明佑、黎民偉的強力主導下，於1936年2月攝製完成了公司有史以來第一部完全意義上的有聲電影《浪淘沙》。《浪淘沙》的表現形式與影片的主題（內容）具有同等重要的價值，它打破了藝術理論對內容和形式慣常的主、次地位之分，而且給人的震撼是前所未有的。換言之，《浪淘沙》具備的電影現代性和文本前衛性，不僅賦予在以往幾種類型的電影中從未提供過的主題思想和藝術氣質，而且在以後的幾十年間也依然表現出後繼無人的前衛姿態和巔峰地位。

《浪淘沙》包括結構、節奏、鏡頭、構圖、音響、光線等在內的藝術要素，以及由此生成的擊穿庸常人生哲理底線的力度，不僅在當時體現出超越敘述本體的主體意義，在一定程度上，還是 1980 年代中期中國大陸所謂第五代導演崛起的直接的藝術源泉和間接的思想資源。《浪淘沙》的故事架構雖然是典型的**新、舊市民電影**模式，集中了兩者的一切經典元素，具備市民文化的低端消費接口，但它的主題思想不僅容納了左翼電影能夠表達的一切主要元素，譬如階級意識、階級鬥爭、暴力反抗，還包括了即將興起的國防電影運動所影射承載的民族矛盾和國家立場，以及**國粹電影即新**民族主義電影中的知識分子價值判斷。

更值得注意的是，《浪淘沙》成功地將上述種種放置於殘酷和封閉的自然環境中，對人與人、人與自然關係及其哲理化的終極性思考意義。《浪淘沙》是 1936 年抗戰爆發之前中國國家和民族命運的象徵，如果單純從電影製作的角度來看，它恰恰是「聯華」公司一年前製作的國粹電影的一個反動，即反主旋律電影。《浪淘沙》發出的聲音、表達的意象和強烈的現實象徵性，既與以往的左翼電影局限於階級鬥爭觀念的激進立場和政治態度有所區別，也和新市民電影一貫的政治保守性和主題思想的庸常性有高下之分，甚至半年以後出現的國防電影，在主題思想上也直接繼承了《浪淘沙》清醒的政治判斷、切實的操作主張。

《浪淘沙》的出現，打破了左翼電影、新市民電影和國粹電影對中國主流電影話語權利共同把持、競爭的既定格局，一種新的話語體系和政治立場開始出現。不幸的是，《浪淘沙》在思想層面不亞於當年左翼電影的激進取向和高端姿態，使得它既沒有被當時的人們理解接受，也沒有獲得市場應有的商業回報——市場不是永遠正確或萬能的，它還有劣幣驅除良幣的一面——相反，因為成本高昂，加重了「聯華」原本就已存在的經濟困難，結果不僅直接迫使羅明佑、黎民偉等公司高層的離去[1].P458，而且也導致像吳永剛這樣超一流編導的流失[1] P459。這種令人遺憾的結局，既造成中國電影不可估量的歷史性損失，也象徵著現代知識分子所承擔的憂患意識、自由精神、獨立姿態和批判立場在以後中國電影發展歷史中的長期缺席——現在來看，內容和形式上都特立獨行的《浪淘沙》，應該歸屬於國防電影序列：因為這是一個後來不幸被歷史證實了的清醒者的寓言。

圖片說明：左為《一翦梅》（無聲片，聯華影業公司1931年出品）片頭；右為《桃花泣血記》（無聲片，聯華影業公司1931年出品）片頭。

1936年6月：國防電影

　　現存的、公眾可以看到的國防電影文本，除了聯華影業公司1936年出品的配音片《狼山喋血記》和第一部有聲片《浪淘沙》，以及新華影業公司的有聲片《壯志淩雲》外，還有 1937 年《聯華交響曲》（有聲片，聯華影業公司出品）中的五個短片、《青年進行曲》（有聲片，新華影業公司出品）和《春到人間》（有聲片，聯華影業公司出品）。國防電影實際上是左翼電影基本元素被容納和整合後的轉型的結果，突顯了左翼電影的抗敵（抗日）品質，反映了面對日本對中國全面侵略戰爭的日漸逼近時、在民族主義和民族解放訴求引導下日漸高昂的抗日呼聲和社會情緒。

　　從電影發展史和這六部可供讀取相關信息的樣本來看，國防電影對左翼電影的思想主題、題材選擇和表現模式，在多有繼承和保留的前提下又有所揚棄，譬如以民族矛盾取代階級矛盾和階級鬥爭的暴力元素，將人物的善惡二元對立模式應用於敵我雙方等。由於從1935年的「華北事變」到1937年7月抗日戰爭全面爆發，在時間上只有兩年，國防電影運動整體上缺乏左翼電影相對長久的藝術實踐、意識培養和思想資源積累，因此，這種轉型又可以視為因外部環境突然發生巨大改變後的強行轉型。

　　國防電影對民族獨立立場和民族解放精神的宣揚，顯然決定了它是左翼電影暴力意識和暴力革命最直接的受益者和繼承者，也是其主要特徵之一。但就現存的、公眾可以看到的樣本而言，國防電影在藝術成就上、在總體上還不能與左翼電影相比。譬如《狼山喋血記》就是一個由左翼電影強行轉型、但相對而言並不能說是成功的作品。國防電影最偉大的貢獻，是從世界現代史的高度，培養了底層民眾視角的現代意義上的民族國家觀念。

國防電影運動的生成、演進和成就，一方面得益於左翼電影發展的歷史和傑出成就所奠定的思想、藝術、和人才基礎；另一方面，對張善琨和新華影業公司在中國電影界乃至文化領域的出現和成功而言，由吳永剛編導的《壯志淩雲》，其提供的既是一個判斷解讀的樣本和角度，也是電影市場對時代和社會發展潮流做出的及時反應和結晶。

《壯志淩雲》最大程度地剝離了左翼電影思想元素和諸多表現模式與左翼思想根源的產權關係，然後成功地借用國防電影的殼資源轉型上市，進而爲啓動宣傳民族戰爭正義程序和暴力編碼的不同黨派、階層和受眾群體，提供了一個低於左翼電影版本的接入端口。

張善琨和新華影業公司在順應時代潮流和電影市場演進中，不僅就此取代了聯華影業公司的領袖地位，而且其在國防電影和新市民電影基礎上整合出品的影片，擁有比前兩者更長久的生命力：無論是在 1937～1945 年抗日戰爭的特殊歷史時期，還是在 1949 年之前中國電影的格局演變中，張善琨掌控的電影企業始終立於不敗之地，成爲華語電影最有代表性和凝聚力的民族文化品牌。

值得注意的是，包括其他四部影片在內的所有的國防電影，其思想資源、主題題材和藝術模式，都深深嵌入並作用於 1949 年以後中國大陸電影的魂靈，影響至今揮之不去。

圖片說明：左爲《銀漢雙星》（無聲片，聯華影業公司 1931 年出品）片頭截圖（VCD 版）；右爲《南國之春》（無聲片，聯華影業公司 1932 年出品）片頭截圖（VCD 版）。

結語：軟性電影及其他

1933～1935 年，在中國電影史上曾經出現過對所謂軟性電影的激烈爭論[1] P395~411。從對幾方的陳述論點來看，所謂軟性電影，大概是舊市民電影在新電影（左翼電影和新市民電影）興盛時期的迴光返照，以及官方意志及其話語試圖侵入電影製作領域不成功的努力。近幾年，中國大陸一些研究者開始跳出狹隘的意識形態束縛，對此多有討論[註2]。但由於現在沒有公眾可以看到的文本作爲佐證和參與分析的對象，因此，對這一問題的實證性討論我只能付諸闕如並表示遺憾。

從現存的、公眾可以看到的 1922～1936 年 36 部（個）影片來看，1932年之前是舊市民電影的一統天下，進入 1930 年代後，中國電影的主流是左翼電影—國防電影和新市民電影，至於**國粹電影即新民族主義電影**，（乃至所謂「軟性電影」），則無疑都具有邊緣性質，除非出於意識形態的單邊政治文化需求，一般不會進入研究者的觀照視野予以實證考量。

從 1905 年所謂中國電影誕生，到 1949 年後中國電影一分爲三（大陸、香港、臺灣），上海始終是中國最大的和最主要的電影生產中心和消費市場。實際上，本書中討論的所有影片幾乎都在上海出品公映的。因此，對中國電影任何角度和意義上的討論，都必然涉及以上海爲代表的文化背景、都市意識和市場走向。在這個意義上，對中國電影歷史發展的討論，其實不過是對上海所具備的現代都市文化的實證研究。[註3]

〔註 2〕 請參見李今：《從「硬性電影」和「軟性電影」之爭看新感覺派的文藝觀》（《中國現代文學研究叢刊》1998 年第 3 期）、石恢：《三十年代「軟性電影論」檢視》（《南京社會科學》1999 年第 2 期）、黃獻文：《對三十年代「軟性電影論爭」的重新檢視》（《電影藝術》2002 年第 3 期）、安燕：《再讀「軟性電影論」》（《電影藝術》2003 年第 5 期）、孟君：《話語權・電影本體：關於批評的批評——「硬性電影」與「軟性電影」論爭的啓示》（《當代電影》2005 年第 2 期）等相關論述。

〔註 3〕 本文最初曾以《1922～1936 年中國國產電影之流變——以現存的、公眾可以看到的文本作爲實證支撐》爲題，先行發表於《學術界》2009 年第 5 期（合肥，雙月刊），後作爲《導論》收入《黑白膠片的文化時態——1922～1936 年中國早期電影現存文本讀解》。需要說明的是，這十幾年來經過不間斷的後續文本實證，我認爲我對這一時期中國電影的理論框架體系的適用性依然有效，但做了如下調整。第一，《浪淘沙》不應單獨列爲「新浪潮電影」，應該劃入由左翼電影升級轉換而來的國防電影序列；第二，《漁光曲》不應被視爲左翼電影而屬於新市民電影；第三，所謂「高度疑似政府主旋律電影或曰民族主義電影」，我已改稱其爲**國粹電影**（或曰新民族主

初稿日期：2007 年 5 月 4 日
二稿日期：2008 年 2 月 14 日～7 月 27 日
圖文修訂：2017 年 3 月 16 日～6 月 27 日

圖片說明：左爲《戀愛與義務》（無聲片，聯華影業公司 1931 年出品）複製版片頭（視頻版）；右爲《戀愛與義務》拷貝版片頭（視頻版）。

參考文獻

〔1〕程季華，中國電影發展史：第 1 卷〔M〕，北京：中國電影出版社，1963。

〔2〕酈蘇元，胡菊彬，中國無聲電影史〔M〕，北京：中國電影出版社，1996：15。

〔3〕錢理群，溫儒敏，吳福輝，中國現代文學三十年（修訂本）〔M〕，北京：北京大學出版社，1998。

〔4〕香港電影之父——黎民偉（DVD），監製：蔡繼光、羅卡；資料、編劇：羅卡、吳月華；導演：蔡繼光。香港藝術發展局資助，香港龍光影業有限公司 2001 年出品。

〔5〕朱劍，電影皇后——胡蝶（上），西陸-> 社區-> 文學-> 書王〔EB/OL〕. http：//forum.xilu.com/msg/wqh550816/m/4987.html〔2007-4-5〕.

義電影）。此次收入本書，除增加十八幅插圖並將原相關鏈接改爲注釋外，對這些觀點均一併修正，爲讀者對比批判計，所有的改訂之處均用黑體字標示。特此申明。

圖片說明：《黑白膠片的文化時態——1922～1936年中國早期電影現存文本讀解》
出版前的封面設計方案之一（效果圖）。此圖片以前未曾刊用。

第零壹章 《浪淘沙》(1936年)——
國防電影的高端版本和反主旋律的批判立場

圖片說明:中國大陸市場銷售的《浪淘沙》VCD碟片(「俏佳人系列」)包裝之封面、封底。

閱讀指要:

    《浪淘沙》的主題思想,不僅容納了包括左翼電影在內的左翼文藝的一切主要元素,還包括了即將興起的國防電影運動所影射承載的民族矛盾和國家立場,以及新民族主義電影中的知識分子價值判斷。《浪淘沙》的出現,**不僅**終結了左翼電影和新市民電影對當時主流電影話語權利把持、競爭的強勢格局,**也**確立了戰前新話語體系和第三種視角的政治立場。更重要的是,影片以其現代性和前衛性的**視聽語言**徹底顛覆了在傳統文化籠罩下的中國文藝審美心理和觀眾形成已久的觀影模式——除了故事和人物是中式本土的,其他無論是節奏、音響、畫面、光線乃至對白,至今前無先例、後乏同類。現在看來,我當初將其歸入1930年代中國新浪潮電影的判斷有誤,《浪淘沙》應該是一部國防電影的高端版本——也正因如此,幾十年來它被誤讀和錯判不斷。

關鍵詞:新浪潮;現代性;文本;前衛;音響;光線;國防電影;

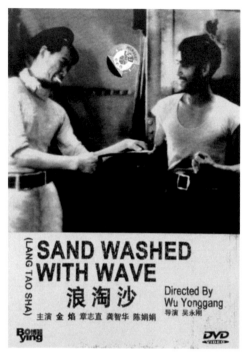

圖片說明：中國大陸市場上銷售的《浪淘沙》DVD 碟片包裝之封面、封底。

專業鏈接 1：《浪淘沙》（故事片，黑白，有聲），聯華影業公司 1936 年 2 月出品。VCD（單碟），時長 68 分 32 秒。

>>> **編劇、導演**：吳永剛；**攝影**：洪偉烈。

>>> **主演**：金焰（飾水手、逃犯阿龍），章志直（飾警察探長）。

專業鏈接 2：原片片頭字幕及演職員表

一個善良的人，在偶然不幸的遭遇中會犯罪，一個奉公守法的偵探，
他永遠追逐者他所要逮捕的罪犯。當他們兩個人站在同一的生命線上
時，他們會放棄了敵視而變成極高貴的友情；但，一旦遇到厲害的衝
突和人欲的激動，他們會立刻恢復了敵意。這一類的悲劇永遠在人與
人之間產生著。

品出華聯

沙淘浪

主 焰 金

演 直志章

監製

羅明佑

製片主任

黎民偉

攝影

洪偉烈

佈景

許可

錄音

廓贊

劇務

邢少梅

導演

吳永剛

專業鏈接 3：影片鏡頭統計

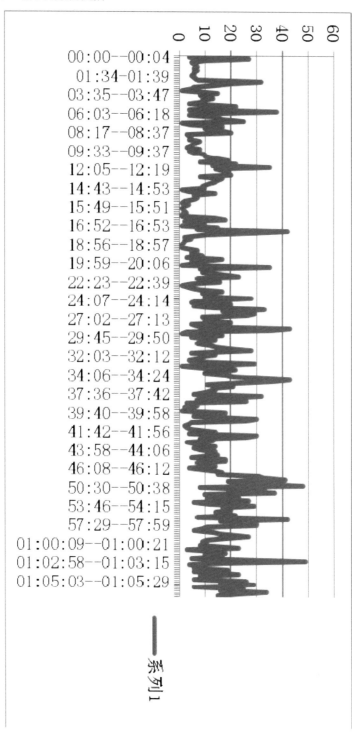

説明：《浪淘沙》全片時長 68 分 31 秒，共 289 個鏡頭。其中：

甲、小於和等於 5 秒的鏡頭 68 個，大於 5 秒、小於和等於 10 秒的鏡頭 78 個，大於 10 秒、小於和等於 15 秒的鏡頭 47 個，大於 15 秒、小於和等於 20 秒的鏡頭 42 個，大於 20 秒、小於和等於 25 秒的鏡頭 14 個，大於 25 秒、小於和等於 30 秒的鏡頭 19 個，大於 30 秒、小於和等於 35 秒的鏡頭 11 個，大於 35 秒、小於和等於 40 秒的鏡頭 3 個，大於 40 秒、小於和等於 45 秒的鏡頭 5 個，大於 45 秒的鏡頭、小於和等於 50 秒的鏡頭 2 個，大於 50 秒的鏡頭 0 個。

乙、片頭鏡頭 13 個，片尾鏡頭 0 個；字幕鏡頭 12 個，其中交代劇情的鏡頭 12 個，交代人物鏡頭 0 個；對話鏡頭 0 個。

丙、固定鏡頭 231 個，運動鏡頭 45 個。

丁、遠景鏡頭 2 個，全景鏡頭 142 個，中景鏡頭 42 個，中近景鏡頭 17 個，近景鏡頭 26 個，特寫鏡頭 47 個。

（數據統計與圖表製作：玄莉群）

專業鏈結 4：影片經典字幕與臺詞選輯

「阿龍啊，你這一趟回家帶些什麼東西孝敬你老婆啊？」——「這次我只帶了一塊印花布給老婆做件掛子，還買了一雙小皮鞋，給小蓉，不知道她能不能夠穿得上……」

「哎！阿龍，你回來了嗎？前兩天好大的風啊！我們以為你們船是沒有了」——「哈哈，那幾天風可不小，我們真是死裏逃生哪！哈哈，回頭見吧」。

「喂！你想得什麼啊？你想家了？」——「哈哈哈，我沒有家」。

「你是誰？怎麼這樣黑呢？」——「我的臉嗎？我在底下生火的，這麼生火，我生了火呀！這船它才走呢！」

「你這麼大的人,還要哭呢?」——「哈哈,我告訴你啊,我也有個女兒,現在恐怕也有你這麼大了……」。

「哈哈哈哈……我看你這樣害怕,真是高興的很!哈哈哈……我現在並不想打死你,我想,誰曾想呢,一個貓抓到一隻耗子的時候,哈哈哈……這真是冤家路窄,咱們又會碰頭。哈哈哈……我恨你,但是,我也知道,我們當中沒有什麼深仇大恨。你呢,天下的獵狗沒有不追兔子的。我呢,犯了罪,弄得家破人亡,我的一切怨毒,我現在只好都發在你身上,哈哈哈……你不要動!我把你從海裏救起,我不會再把你的性命在我手裏送掉。這裡還有半桶淡水,大概可以再活幾天,到喝完的時候,我們一塊兒嘗嘗,慢慢的,不大好受的死味。哈哈哈哈,哈哈哈哈……」

「哈哈哈哈,哈哈哈哈……你安心地呆著吧,這是一個荒島,四面只有一些海水和一些看不見的暗礁,島上呢,只有些石頭和沙子,沒有淡水,沒有一點兒活的東西。因為這裡暗礁太多,所以也不大有船經過。現在咱們兩個人在這裡,是一對冤家,也是一對朋友,哈哈哈……咱們來談談解個悶吧——我想起我從前每趟回家的時候,我總是帶點東西給我的老婆和孩子,我的孩子總是抱著我親親熱熱的喊聲『爸爸』,但是,現在呢,一切都完了!我在外面這些年,最使我心疼的,就是那孩子。我想,你家裏一定也有老婆,也有孩子,她們在等你,等著你回家去。她們做夢也想不到你會在這裡,在這裡,在和一個罪犯談天,她們絕想不到……」——「別說了!你做點好事吧!請你打死我!!我受不了了!!!我不能夠這樣……」——「哈哈哈……我?我才不打死你呢!要麼你就打死我吧!我在外面漂泊了這些年,隨時都有死的機會。現在呢,我願意慢慢的死,並且陪著你,哈哈哈……」。

「水是喝完了,等著死的日子快到了!哈哈哈哈哈哈……」——「謝謝你,再給點兒水吧」——「別那麼快的把水喝完,喝完了,不是死得更快點嗎?哈哈哈……」——「唉……我希望,這時候,也許會有條船經過」——「哈哈哈……我也替你這樣想」。

「讓我去死!你讓我去死!!謝謝你,讓我去死!!!我是不行的啦……」——「剩下的水,你再去喝點兒吧」——「謝謝你的好意。

遲早，總是要死，你又何必叫我多受罪呢？勞您駕，打死我吧！我求你！這是一椿好事。我心裏頭絕不會怨恨你的！只要，拿一塊石頭，一下子，就可以把我解決了」——「我現在，不把你打死，因為，我把你當作了一個朋友」。

「等著死！等著死！為什麼？！為什麼我們要死？我們是人！！我們有老婆孩子！！我們要活！！！」

「你看！那船！！你看船！救命！！救命啊！！！……」

「我們，等著死吧。天下，沒有比這再公平的了……哈哈哈哈，哈哈哈哈……」——「哈哈哈……哈哈哈哈……」。

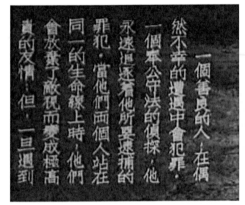

專業鏈接 5：影片觀賞推薦指數：★★★★★

甲、前面的話

任何文本都可以納入一定的類型，當然類型本身就有許多分類。應該承認，1930 年到 1937 年 7 月抗日戰爭全面爆發前，即所謂 1930 年代，是中國電影發展的成熟期和高峰時代。證據是電影的多元格局已經形成，許多經典作品湧現並經受住了時間的考驗。所謂多元格局，指的是，到 1936 年，中國電影在 1920 年代的主流電影——舊市民電影——的基礎上，先後出現了左翼電影（1932 年）、新市民電影（1933 年）、「軟性電影」（1933 年）、**國粹電影**即新民族主義電影（1933 年）和國防電影運動（1936 年）。

在基本瓜分國產影片市場的幾家製片公司中，以激進姿態宣揚階級性、暴力性和新理念的左翼電影，基本由聯華影業公司（1930～1937）和電通影片公司（1934～1935）包攬；在保留舊市民電影價值審美取向和藝術表現手

法基礎之上，借助左翼電影元素並加以改造形成的新市民電影，則主要出自明星影片公司（1922～1937）和天一影片公司（1922～1937）；國粹電影（即新民族主義電影）基本出自「聯華」，而「聯華」、「明星」與新華影業公司（1934～1939），又共同為國防電影運動推波助瀾。迄今為止，凡是被人們經常討論提及和高度評價的早期中國電影經典文本，幾乎全部出自這一時期〔註1〕。

　　1935年，聯華影業公司重點推出了《國風》、《天倫》和《慈母曲》，標誌著政府主導的官方話語及其相關思想，與一部分上層知識分子在傳統文化理念層面和民族文化價值觀上的交織重合，進而形成我先前所謂的高度疑似政府主旋律電影（即新民族主義電影）類型——**國粹電影**。1936年，面對新老競爭對手的崛起和更加壯大、國粹電影的全面失敗，以及公司主打產品左翼

〔註1〕這一章和本書中一再提到的舊市民電影、新市民電影、國粹電影（即新民族主義電影），都是我個人提出和給以定性分析的概念與類型（形態）。其他電影類型或電影（運動）的劃分以及出品方的主要貢獻，譬如左翼電影[1] P171～199、軟性電影[1] P395～411、國防電影[1] P413～423等均來源於《中國電影發展史》，請參考。先前我個人對舊市民電影、新市民電影、新國粹電影（即新民族主義電影）以及左翼電影的具體討論意見，請參見拙著《黑白膠片的文化時態——1922～1936年中國早期電影現存文本讀解》（上海三聯書店2009年10月第1版）、《黑夜到來之前的中國電影——1937年現存國產影片文本讀解》（中國廣播電視出版社2012年1月第1版）、《黑棉襖：民國文化中的舊市民電影——1922～1931年現存中國電影文本讀解》（上下冊，「民國文化與文學研究」文叢第三編第十一、十二冊，臺灣花木蘭文化出版社2014年9月版）、《黑馬甲：民國時代的左翼電影——1932～1937年現存中國電影文本讀解》（上下冊，「民國文化與文學研究」文叢第五編，第二十三、二十四冊，臺灣花木蘭文化出版社2015年9月版），以及《黑皮鞋：抗戰爆發前的新市民電影——1933～1937年現存中國電影文本讀解》（上下冊，「民國文化與文學研究」文叢六編，第八、九冊，臺灣花木蘭文化出版社2016年9月版）。

電影的日漸式微，在羅明佑和黎民偉的主導下，聯華影業公司出品了無論在思想還是在藝術形式上，都要比左翼電影還要新穎和激進的《浪淘沙》。

顯然，《浪淘沙》帶給人們的，首先是對上述分類的困惑。換言之，它兼具新市民電影、左翼電影乃至其後出現的國防電影各自的主要特色或獨特性，卻一時很難把它確切歸類。不僅不能在上述電影的類型劃分中找到近似的位置，而且，任何一種主題思想都無從將其概括歸納。實際上，就我個人而言，這種分類上的困惑帶給我的是欣喜，因爲在影片出品至今70多年後，重新審視《浪淘沙》就會發現，它在中國電影史上，前無先例、後乏同類，只能自成一體、獨樹一幟。

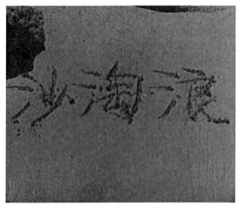

乙、《浪淘沙》：電影的現代性與文本前衛性

影片拍攝於1936年2月初，是「聯華」的第一部有聲對白影片[1] P459。總的來說，《浪淘沙》的出現，不僅終結了左翼電影和新市民電影對當時主流電影話語權利把持、競爭的強勢格局，也確立了戰前新話語體系和第三種視角的政治立場。更重要的是，《浪淘沙》以其現代性和前衛性的視聽語言徹底顛覆了在傳統文化籠罩下的中國文藝審美心理和觀眾形成已久的觀影模式——至今前無先例、後乏同類，是中國電影在新時代下新的獨特貢獻。

如果先大致總結一下影片的表象特徵就會發現，《浪淘沙》的故事架構是最典型的新、舊市民電影模式，集中了二者的一切經典元素，因而具備市民文化的低端消費接口：家庭倫理、男女私通、暴力兇殺、冒險災難。就主題思想而言，影片不僅容納了左翼電影能夠表達其主題的一切主要元素，譬如階級意識、階級鬥爭、暴力反抗，還包括了即將興起的國防電影運動所影射承載的民族矛盾和國家立場，以及新民族主義電影中的知識分子價值判斷。更值

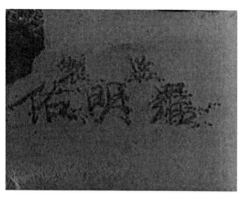

得注意的是，《浪淘沙》成功地將上述種種放置於絕對封閉的自然環境中，對人與人、人與自然關係及其終極性思考予以哲理化、藝術化的震撼表達。

而就藝術表現手法而言，《浪淘沙》的表現形式與影片的主題（內容）具有同等重要的價值，實際上，它打破了藝術理論對內容和形式慣常的主、次地位之分。譬如，其鏡頭組合如果拆分開來，不僅多有奇特之處、獨立發揮敘事功能，而且其組合成《浪淘沙》後給人的震撼是前所未有的，也就是以往幾種類型的電影從來沒有提供過的，（事實上在以後的幾十年間也依然表現出後繼無人的前衛姿態和巔峰地位）。因此，1936 年的《浪淘沙》，具有電影現代性和文本前衛性的雙重特徵。

影片的電影現代性，首先體現在，它對故事本體的架構和情節線性展開的同時，側重於主人公和觀眾心理層面的互動感受。就前一點而言，影片與傳統電影的敘事策略是相同的（倒敘、閃回都屬於這個範疇），心理介入由外及內，觀眾安全地踞守文本之外，界線清晰。不同之處在於，《浪淘沙》打破了明顯的觀賞界限，譬如影片一開始，即快速完成情節和背景交代：水手回家，殺掉妻子的情人，然後在警察的追捕下逃亡，……。

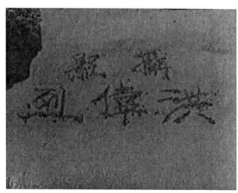

　　整部《浪淘沙》幾乎不在細節上費力，重心壓在水手阿龍成爲在逃殺人犯的心理感受和觀眾的視聽衝擊上。譬如逃犯奔逃時，一路上幾乎聽不見什麼聲音，只有隱隱漸強的內心獨白，直接調動觀眾的恐懼體驗和心理層面的融入〔註2〕。影片從開始到阿龍殺人，只有10分鐘的篇幅，剩下的58分鐘是逃亡以及在孤島上與警探的心理對峙和意志較量——兩人之間的對話和共同的絕望處境，直接局限和作用於生與死的終極話題和殘酷現實。

　　其次，影片的故事背景和主人公身份的設定，幾乎完全不同於與當時和後來所有的國產電影，幾乎屏蔽了觀眾現實體驗中一切相對熟悉的生活場景乃至話語編碼和生成體系，譬如城市或鄉村環境和日常用語。而由一次偶然情殺所引發的對立雙方，其強烈的寓言象徵身份，又是當時絕大多數電影沒有深入的層面：

　　左翼電影和新市民電影涉及的是農村或城市中的善惡、貧富對立的階級鬥爭和群體在政治、道德和經濟領域的對立，後來的國防電影雖然也寓言象徵涉及民族戰爭（譬如「聯華」在本片之後出品的《狼山喋血記》），但並沒有進入到如此幽深的個體心理層面。換言之，《浪淘沙》的故事背景、話語體系和人物心理諸多層面和領域，皆具備相對完全的多重前衛性和獨特的藝術封閉特性。

〔註 2〕編導對這種心理的獨白和表述，拿捏的極其到位。生活中的絕大多數人雖然沒有實際殺人體驗，但卻經常在非現實層面譬如在遊戲、意識活動和夢境中模擬殺人。現實生活中殺人之後的心理活動雖然因人而異，但由於對道德底線的突破所帶來的極度震撼和恐懼大概是一個共通的集體感受。這一點，可以參考《靜靜的頓河》[5]對主人公葛利高里第一次參加戰鬥殺人後真實到位的刻畫與描述。

　　電影的傳統性與現代性的區別之一，就是人物心理刻畫的多少和深入程度。《浪淘沙》在這一點上手段高超。水手阿龍淪爲逃犯的身份轉換在他回家之前就開始鋪墊，譬如臨下船之前，他帶給妻子的花布、給女兒的小皮鞋。正是帶著這份憧憬和熱愛，回到家裏以後激情殺人就順理成章的，因爲愛與恨的能量不僅對立生成而且能夠相互轉化。

　　他和警探在孤島絕境中的心理對峙，實際上，先是海上生存智慧與陸地生存經驗的對決，前者勝利之後，表面上看，阿龍與警探一樣，最後也陷於崩潰。但深究下去就會發現，警探是求生希望破滅，而阿龍則是絕望中的必然——這種人物精神心理層次的開掘表現，只有 64 年後的馬大三可以與之比肩[2]。

　　然而，《浪淘沙》同時具備的文本前衛性，又賦予影片主題思想和藝術體系的開放性。從總的方面上說，這種開放性即後面我要專門討論的超越敘述本體的主體意義。因此，與影片現代性和文本前衛性密切相關的，就是包括結構、節奏、鏡頭、構圖、音響、光線在內的藝術要素，以及由此生成的擊穿庸常人生哲理底線的力度。

　　首先，《浪淘沙》的結構有很強的拉伸力度，體現在整個影片的戲劇衝突的設置上就是繁簡得當。由於影片的中心在於追捕者和被追捕者在生存困境當中的思考和象徵，因此，水手成爲逃犯被追捕的流程都快速完成，否則會沖淡主題敘事。整個影片 69 分鐘，如果完全鋪開，按照一般影片的時長，還有 20 或 30 分鐘可用，但被編導吳永剛全然捨棄。

　　這是對的，越是宏大的主題，越是大的意義和價值，越需要有一個好的故事和框架。因爲形象大於主題。形象立住了，主題才能充分展開。追捕者和被追捕者困守荒島、面對死亡的長篇敘事，一再打破觀眾的心理預期、拷問其精神承受能力，可以明顯地體會到編導抻著講這個故事的意圖和努力。

　　其次是影片的音響配置，不僅在當時是出乎其類、拔乎其萃，而且直至1980 年代中國電影創作的語境中都不失其先鋒意識和前衛品質。從阿龍殺人和逃亡之際，漸次增強的畫外音、隱約敲打的鼓點，到兩個對手困死荒島時，神秘的鼓點轉換為鑼聲，（使人自然聯想到古典小說中常常描述的刑場行刑前催命的鑼音），既符合敘事主題的情境，更符合人物和觀眾的心理受激反應，讓人不寒而慄。

　　這是 1930 年代中國電影藝術和技術水準的自然體現〔註3〕，更是《浪淘沙》獨特的藝術風格表現。譬如，電通影片公司在 1934 年出品《桃李劫》後，1935 年出品的中國第一部音樂喜劇片《都市風光》對音響的運用更加成熟。所以，聲畫的完美結合雖說並非《浪淘沙》首創，但它達到的高度是前所未有的。實際上，音響不僅僅是《浪淘沙》的必要的和基本的構成元素，更重要的是，它已然成為敘事元素，獨立發揮功效。

〔註 3〕在此之前的有聲電影，「都是機械地用聲音來配合畫面的，而在《桃李劫》裏，音響則第一次地成為了一種藝術表現手段」[1] P384。

　　影片對同期聲有意識地屏蔽使用是一個最突出的例證：阿龍回家路上的背景音被如實收錄，進家後，爲了凸顯發現妻子和情夫後的廝殺，立刻把街面上噪雜的聲音濾掉，而是以房間內鐘錶的滴答聲替代。這種捨棄靜場的手法運用，目的是以動致靜，「蟬噪林愈靜，鳥鳴山更幽」（南朝·梁·王籍：《入若耶溪》），有聲更能顯出無聲。其中的動、靜之別，顯然與生活眞實有別，獲取的是藝術眞實。同樣，阿龍殺人後一路狂奔，漸次增強的畫外音獨白（「阿龍打死人啦，阿龍打死人啦」），也是將同期聲過濾後的效果。

　　阿龍和警探在孤島上的垂死掙扎，其心理敘事、意志表述，則在音響之外，又加之以鏡頭、構圖和光線三者的疊加、交互和強化作用。就現在公眾能夠看到的1930年代中國電影而言，沒有哪部影片能在表現生死對峙時使用這種手法，運用如此多的空鏡、留出大篇幅的空白，並配上這樣的音響和光線：火辣辣的太陽懸置不動，藍天、黃沙、海水、白雲，晃動的航船、大浪，兩個喘息著慢慢進入死亡的活人。

　　雖然是黑白片，但《浪淘沙》不僅成功地調動了觀眾的日常生活經驗加以色彩化處理，而且成功地取消了電影與觀眾的界限區別，將視覺和聽覺直接轉換爲強烈的心理感覺，然後又反饋給感官形成二次處理。太陽的鏡頭多次閃現，隱隱的鑼聲忽強忽弱，主觀和客觀視角交織錯亂，最後你能感覺和分辨的，是那顆黑色的太陽在你頭頂狂敲亂鼓〔註4〕：死亡，一步一步地慢慢死亡。

〔註4〕「黑太陽」這個大膽出位卻又符合主觀心理感受的描述，同樣出自《靜靜的頓河》[5]（第四卷最後一章結尾處）：當葛利高里騎馬帶著阿克西尼亞逃脫追捕後，才發現心愛的女人早已死在他的懷裏：葛利高里抬頭看天，天上一顆黑太陽。

　　同樣是受制於當時技術條件的限制，《浪淘沙》的很多夜景，其實都是日景。或者說，其用光無法更好地表現夜景，但放在1936年，無人敢苛求這一點〔註5〕。因爲即使是孤島日景的用光，在今天也足以震撼人心，一個白得發黑的太陽，配上一陣陣催命的神秘的鑼聲，這是什麼樣的藝術境界？從這個角度說，整個1930年代的中國電影，在構圖、鏡頭和光線的運用上，都是隨著技術的進步一步一步漸進發展的，唯獨到了《浪淘沙》這裡才有了革命性的顚覆和突破。

　　而這樣的革命思想和革命行爲，在以後的幾十年當中，人們不僅沒有再見過，甚至沒有再想過──對中國大陸電影和觀眾來說，直到1980年代中期，所謂第五代導演那裏，才重新零散出現（其實是部分得以恢復）。因此，《浪淘沙》結尾處再次出現的兩具拷著手銬的白色骨架，不僅是對片首同樣場景的呼應，也是對文本現代性和前衛性表現在敘述形式上的哲理性邏輯閉合標識。

　　《浪淘沙》除了故事和人物是中式本土的，其他無論是節奏、音響、畫面（構圖）、光線乃至對白，不僅充滿陌生感，更形成強大的、無從逃避的、自始至終的心理壓力和精神拷問。本來，在傳統電影中，上述所有元素都是爲主題和人物服務的，或者說依附於它們並始終接受其支配。但是在《浪淘沙》裏，所有這些不僅不能輕易剝離，卻自成體系、獨立發揮敘事功能，而且，其交互生成的場景和圖像，完全超出了觀眾的掌控能力、顚覆了基本的審美模式，令觀眾一時無所依從。

〔註5〕費穆導演的《小城之春》（文華影業公司1948年出品）在空鏡、構圖、用光和音響上多少繼承了吳永剛在《浪淘沙》中使用的手段。但這種承接，和兩部影片及其導演的命運一樣，不僅在電影歷史上曇花一現，而且在1949年後的中國大陸電影中被掃除淨盡，只能等待1980年代思想和精神重新解放的到來。

丙、超越敘事本體的主體意義、新的話語權力的建立及其批判立場

　　如果只是重新發掘和肯定《浪淘沙》崇高的藝術價值及其地位，其實還是對前輩的辱沒和對影片的誤讀；因為，如果單純從電影藝術發展的角度看，1936 年出現的《浪淘沙》看似奇怪和獨特，其實是有章可循的，其根源就在於聯華影業公司的靈魂人物羅明佑和黎民偉。換言之，《浪淘沙》的偉大和卓爾不群，歸功於天才編導吳永剛，更歸功於羅明佑和黎民偉的電影指導思想、製片路線及其社會批判立場的一貫性。

　　1935 年，電通影片公司出品的《風雲兒女》已經證明，左翼電影已經將思想性、宣傳性、藝術性和市場性成功地融為一體，其成就已經達到巔峰狀態，而「電通」公司隨後轉軌出品的《都市風光》則表明，新市民電影不僅蓬勃向前發展，而且顯示出取代左翼電影進而成為電影主流唯一代表的趨勢。作為以生產左翼電影獲得市場競爭領先地位的聯華影業公司，對此不得不拿出更新的電影迎接挑戰，況且，原先就是新市民電影出產中心的老對手明星影片公司還在快馬加鞭（譬如本年度就有《船家女》留存至今）。

　　因此，這一年，羅明佑和黎民偉力排眾議，出品了三部高度疑似政府主旋律影片，**即國粹電影**（**新民族主義電影**）《天倫》和《國風》（以及《慈母曲》）。這三部影片不可以單純地和輕易地從狹隘的意識形態角度，被賜予給執政黨和國民政府的「反動統治效勞」和「消極落後」的「桂冠」[1] P334；即使非要做這樣的定性考量，那也不過是羅、黎二人在對待傳統民族文化、尤其是傳統的價值理念上與政府當局的文化路線**和政策**主張有一致和重合的地方。不幸的是，他們的價值判斷和影片的市場回報收穫的是雙重失敗〔註6〕。

　　1936年年初，面臨日本全面侵略中國的危急態勢，上海電影界救國會成立並發佈宣言，提出拍攝「鼓吹民族解放」的影片，國防電影運動興起[1] P416~417。作為堅定的民族主義者、具有文化獨立精神和持有社會批判立場傳統的自由知識分子，羅明佑、黎民偉以及吳永剛等「聯華」同人，一方面站在抗日救亡的民族立場上，支持包括國防電影運動在內的民族救亡運動，另一方面，面對民族和國家內部爭鬥絞殺不已的政治和軍事格局，難免憂心忡忡、焦慮萬分；因此，他們不得不盡自己應盡的義務：直面亡國滅種的危局，發出自己的聲音以促使國人和各階層、尤其是強勢集團猛醒，這就是《浪淘沙》的出現和所承擔的歷史使命。

〔註6〕 我把「聯華」公司在當時的時代背景下的這種行為意識稱之為雙重錯位，或者說，是政治話語和文化話語判讀的雙向誤讀。以前受到《中國電影發展史》的誤導，以為《慈母曲》出品於1937年，所以沒有將這個片子和《國風》、《天倫》同時分析。我對《國風》的具體討論意見，祈參見拙作：《主流政治話語對1930年代電影製作的介入及其藝術轉達——〈國風〉：中國電影歷史中的「反動」標本讀解》（載《浙江傳媒學院學報》2009年第2期，杭州，雙月刊），我對《天倫》的意見，祈參見：《1933～1935年：從左翼電影到新市民電影——用5部影片單線論證中國國產電影之演變軌迹（下）》（載《浙江傳媒學報》2009年第6期）。兩篇文章的完全版作為第二十七、二十八章，收入拙著《黑白膠片的文化時態——1922～1936年中國早期電影現存文本讀解》，敬請參閱。

　　作為後人，現在可以跳出歷史的局限，重新審視影片，就會清楚地看到：
《浪淘沙》切中了一個命脈，它是對 1936 年中國社會、尤其是中國民族整體
的命運性現狀和走向的一個藝術化的表述。你沒有辦法否認這一點，因為歷
史常識告訴人們，1936 年是抗戰之前、中華民族命運發生大轉折時期最為黑
暗沉重的時期；一年之後的 1937 年 7 月，全面抗戰爆發，中國社會和中國的
命運終於像《浪淘沙》所展示的那樣，兩個昔日的冤家對頭，面對共同的生死
抉擇，不得不困守孤島、捐棄前嫌、共同求生；而雙方繼續爭鬥的結局，那就
會像影片開始和結束展示的那樣，成為被一副手銬鏈接的兩副骷體〔註7〕。

　　換言之，《浪淘沙》是 1936 年抗戰爆發之前中國國家和民族命運的象徵，
如果從電影製作的角度，它恰恰是「聯華」公司一年前製作高度疑似政府主
旋律電影**即國粹電影（新民族主義電影）**的一個反動，即反主旋律電影。《浪
淘沙》發出的聲音、表達的意象和強烈的現實象徵性，既與以往的左翼電影
局限於階級鬥爭觀念的激進立場和政治態度有所區別，也和新市民電影一貫
的政治保守性和主題思想的庸常性有高下之分，甚至半年以後出現的國防電
影，在主題思想上也直接繼承了《浪淘沙》清醒的政治判斷、切實的操作主
張。《浪淘沙》的特立獨行，其實是「聯華」同人的遠見卓識，是其超越敘事
本體的主體意義和價值所在。

　　作為敘事主體，它本來可以被人感知，或者按照一個設定的方向，其意
義和價值應該能被解讀出來。但是顯然，《浪淘沙》沒有這麼幸運，它的意義
和價值當時沒有被解讀出來。當時影片票房失敗、加重了公司的經濟危機就
是一個證明[1] P457。這在當時可以被理解，因為一切具備前衛品質的東西（包

〔註7〕**回望歷史，痛何如哉**……。所以，如果從狹隘的角度去說，《浪淘沙》的確是
　　　警世良言。

括藝術作品），往往就意味著在當下語境中的困惑和不被容忍接受〔註8〕。《浪淘沙》反主旋律的主題思想和具有獨立精神的批判立場，在1936年年初被解讀的空間極爲狹小，實際上人們實在是沒有能力去完整地解讀，或者說實際上是被強勢集團拒絕接受讀取信息。舉其要者，我只能討論兩點。

其一、生存還是死亡？

如何歸納《浪淘沙》的主題？在我看來，《浪淘沙》的主題是一個探討人生終極性的主題，是一個超越一切時代的主題，即生存還是死亡。

如果生存，請問如何生存？《浪淘沙》裏所表現的生存狀況，是看不到未來的殘酷現實，《浪淘沙》中所展示的死亡，是慢慢的死去，眼睜睜看著死亡一步一步、一點一點從你腳後跟摸上來，一直摸到你的喉嚨。明白這兩點就能明白逃犯和警探雙方的意志和精神爲何到了最後都會先後崩潰。實際上，無論哪一種情況，都會讓人陷入瘋狂後的絕望。指明了這一要害，故事本身就已經不重要，也就是完成了其敘事使命進而生成超越本體的意義和價值。

其二、是追殺致死還是共求活路？

無論是阿龍還是探長，這兩個人物不是一般意義上的逃犯和警察，也不是追捕者與被追捕者，更不是表面上的正義與非正義的化身或代表。從各自的角度和立場上看，與其說二者是敵對雙方，不如說二者各自擁有天然正義和立場正義、各自的行爲意識都具備合理性和正當性。因爲雙方都可以並且擁有判定對方是否合理或合法的話語權、裁判權與付諸操作的行使權。對與錯、是與非、生與死等等諸如此類根本不能成爲命題乃至問題，因爲這不是

〔註 8〕潮流提前半年是新潮，半年之後就是落伍；新潮流的阻力顯然永遠大於時代
　　　落伍者。

可以從單一視角能夠判斷完成的,事實上,不存在這樣的視角和判定立場——
——至此,影片中的人物形象也同樣完成了對敘事主體的超越。

　　無論是在當時還是現在,沒有人不會明白,阿龍和和警探,指代著兩個
角殺對立的政治和軍事集團,他們所面對的險惡環境和困守的孤島,象徵著
亡國滅種的沒頂之災和中國人民在民族解放鬥爭中單打獨鬥的艱難處境;兄
弟鬩於牆。強敵壞我家宅,能否共禦外侮?

　　對此,不能不感佩的是,《浪淘沙》的超越性,除了體現在對當時政治生
態的藝術表現之外,還體現在對複雜錯綜的政治進程的先見之明和正確預見
上:就在《浪淘沙》出品後的當年年底,12月12日,以東北軍和西北軍為主
的第十七路軍,由中華民國陸海空三軍副總司令張學良帶領,在西安扣押總
司令暨軍政最高領袖蔣介石,並在中共的積極參與斡旋下,迫使其承諾停止
內戰、一致抗日[3],史稱「西安事變」(又稱「雙十二事變」);而在一年前的
1935年,中共由遠在蘇聯的領導人王明發表「八一宣言」,明確表示希望聯合
各黨派抗日的政治新立場[4]。

在這個意義上，《浪淘沙》似乎又可以當作政治寓言來看待。其實，影片中兩個對手困守孤島時的對話，不過是「西安事變」過程中、乃至最終達成共識後政治文本的臺詞表述而已：

「我不恨你，天下獵狗沒有不追兔子的」

「過去我們似乎有恩仇，現在我們在絕望中是朋友」

「我現在把你當作唯一的朋友」……。

羅明佑、黎民偉的聯華影業公司，就是借助吳永剛編導的《浪淘沙》，對大敵當前而兩大政治和軍事集團角力不已的危險局勢發出的警醒呼籲和嚴厲批判。顯然，這不僅僅是一種藝術上的描摹和表述，也是一種新話語權力的出現和確立，還是中國上層知識分子一貫的社會批判立場和精神獨立的實際體現，更是民間群體心態的直接傳達。就此而言，影片的解讀空間不僅廣闊，其價值和意義也從來不應該被忽視。

不幸的是，《浪淘沙》不僅在當時沒有受到國人應有的重視和尊重，在1949年後又受到中國大陸電影史研究的粗暴對待，被斥為「荒謬」和「反動」[1] P460。這種「秦人不暇自哀，而後人哀之；後人哀之而不鑒之，復使後人而哀後人也」（漢·賈誼：《過秦論》）的狀況，其實在影片出品的1936年當年已經出現苗頭：《浪淘沙》在受到社會和市場的冷遇後，另一大股東吳性栽藉此機會將羅明佑、黎民偉排擠出聯華影業公司[1] P457～458。

失去了靈魂的「聯華」就此徒有其名，下半年推出的國防電影《狼山喋血記》，不僅藝術上毫無建樹，思想上僅有的一點寓言象徵，還是《浪淘沙》遺產繼承的微薄體現；與之同一年出品的《孤城烈女》（《泣殘紅》）則表明，在國防電影的整合下，左翼電影已經消亡；而一直是左翼電影和「聯華」公

司的強勁競爭對手明星影片公司，其主力產品新市民電影卻始終按照公司的既定路線向前發展、風采依舊。到 1937 年 7 月抗戰爆發前，不僅與**國粹電影**（**即新民族主義電影**）聯手成為上海孤島和淪陷區的主流電影，而且徹底宣告了 1930 年代左翼電影的終結。

丁、結語

　　如果允許我偏激地表達，1936 年《浪淘沙》的出現，可以看成中國電影在 1930 年代產生自覺意識的開始，或稱之為前衛電影元年。我如此肯定和贊揚《浪淘沙》，還基於如下一個人所共知的事實：隨著次年抗日戰爭的全面爆發，中國電影和其他的藝術門類一樣，**整體**發展進程中斷：譬如在國統區，主題思想和藝術進步基本上被救亡圖存的殘酷現實環境所局限〔註9〕。幸運的是，《浪淘沙》作為中國現代電影的最高版本，獲得了一次歷史性閃存的機遇，並且遺惠至今。遺憾的是，由於受到《中國電影發展史》的嚴厲批判，1949 年後的中國大陸電影研究，始終沒有認可《浪淘沙》應有的歷史地位和藝術品質，甚至連起碼的尊重也沒有得到。

　　十幾年前，我第一次讀解《浪淘沙》，依然沒有跳出以往研究者的窠臼。譬如認為左翼電影（1932 年）、新市民電影（1933 年）、「軟性電影」（1933 年）、國粹電影即新民族主義電影（1933 年）和國防電影運動（1936 年）等「上述類型或概念，在我看來並不能涵蓋 1930 年代中國電影的全部面貌」，只好在

〔註 9〕中國電影和現代文學一樣，1937 年全面抗戰爆發打斷了其發展進程，緊接著1949 年後分成大陸、臺灣和香港三支，而大陸這一支直到 1980 年代才在血脈上對 1930 年代的電影精神有所繼承。因此，對新一代導演出現的禮贊，應該理解成為對半個世紀前前輩和先驅們表示的崇高敬意。

「無奈之下，我只能將其暫時命名爲 1930 年代的中國新浪潮電影」。現在看來，《浪淘沙》的主題思想，由於「容納了包括左翼電影在內的左翼文藝的一切主要元素、包括了即將興起的國防電影運動所影射承載的民族矛盾和國家立場，以及新民族主義電影中的知識分子價值判斷」。那麼，結論只能是，《浪淘沙》屬於國防電影序列，而且是高端版本。〔註10〕

　　事實的確如此。

戊、多餘的話

子、《浪淘沙》與第五代導演

　　就電影的藝術手法和表現形式而言，《浪淘沙》所具備的現代性和高端前衛品質，不僅在當時具有至高無上的地位，在以後的幾十年間也一直沒有產生和它同等高度的作品。譬如 1949 年後中國大陸電影始終沒有能出現與之對話的作品，直到 1980 年中期所謂第五代導演出現。換言之，它爲後者的崛起奠定了歷史性的精神和藝術基礎。事實上，《黃土地》（導演：陳凱歌，攝影：張藝謀，廣西電影製片廠 1984 年攝製）、《一個和八個》（編劇：張子良、王吉成，導演：張軍釗，攝影：張藝謀、蕭風，廣西電影製片廠 1984 年攝製）、《紅高粱》（編劇：陳建雨、朱偉、莫言，導演：張藝謀，攝影：顧長衛，西安電影製片廠 1987 年攝製）等代表作品，在敘事策略和表現形式等方面直接繼承了《浪淘沙》的電影現代性品質和已有的成就。

〔註10〕本段引號中的幾段文字均爲我最初發表版本的原始面貌；換言之，此次修訂，我基本上只刪去了這些字句。

丑、《浪淘沙》與生命本能

對經歷過 1980 年代的中國大陸民眾來說，所謂第五代導演帶給人們的歷史性感官衝擊和精神啓蒙，無論如何評述和讚頌都不爲過。然而，這些頌揚和崇拜都是在人們並不知曉《浪淘沙》或黎民偉、羅明佑及其歷史功績的前提下產生的。沒有誰能夠、事實上也不可能抹煞先行者和探索者的貢獻和功勳⋯⋯。本來，藝術是生命體驗的最高表現形式之一，1930 年代中國電影、尤其是電影自覺意識的成熟，譬如 1936 年《浪淘沙》，就是能夠回歸到最初的生命體驗上去，第五代導演其實是恢復了這種本能。可具有諷刺意味的是，當一種敍述策略開始成熟時，它往往背離了最初的生命體驗，進而失去了藝術生命力：1990 年代後期，第六代導演之所以迅速崛起並使第五代成爲歷史存在就是如此⋯⋯。從這個角度上說，有關中國電影的現代性和電影領域的精神與藝術啓蒙，從來都要回歸到聯華影業公司、羅明佑與黎民偉和他們的《浪淘沙》。〔註11〕

〔註11〕本章文字的主體部分（不包括戊、多餘的話）約 9500 字，最初曾以《新浪潮——1930 年代中國電影的歷史性閃存——〈浪淘沙〉：電影現代性的高端版本和反主旋律的批判立場》爲題，先行發表於《南京藝術學院學報－音樂與表演》2009 年第 1 期（南京，雙月刊），後以同名列爲第三十三章，收入拙著《黑白膠片的文化時態——1922～1936 年中國早期電影現存文本讀解》。此次收入本書，除了將成書版的專業鏈接和相關鏈接統一改爲注釋外，只移除、更動了少許字句並補寫了丁、結語中的最後兩個自然段。爲方便讀者對比批判計，訂正之處均以黑體字標示——此次最重要的改動，是將以往「高度疑似政府主旋律影片或曰新民族主義電影即新國粹電影）」的定性分類，改稱爲「國粹電影（即新民族主義電影）」。此外，將成書版的閱讀指要和雜誌發表版的摘要合併，下方沒有圖片說明的截圖，均源自影片且新增五十一幅。特此申明。

初稿時間：2003 年 8 月 6 日
二稿時間：2007 年 4 月 18 日
三～四稿：2008 年 1 月 2 日～3 月 3 日
圖文修訂：2016 年 9 月 6 日～7 日

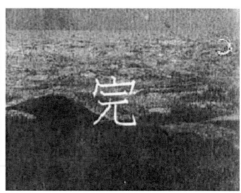

參考文獻

〔1〕程季華,中國電影發展史：第 1 卷〔M〕,北京：中國電影出版社,1963。

〔2〕姜文導演：《鬼子來了》,述平,史建全,姜文,尤鳳偉編劇,王敏,趙曉時攝影,華藝影視娛樂有限公司、中國電影合作製片公司,2000。

〔3〕百度百科〔EB/OL〕.http：//baike.baidu.com/view/10779.htm.

〔4〕李喬.關於實事求是地評價中共黨史人物〔N〕,北京：北京日報,2007-12-17//北京：作家文摘,2007-12-18（1）.

〔5〕【蘇聯】肖洛霍夫,靜靜的頓河,金人,譯,北京：人民文學出版社,1980。

The High-end Version of National Defense Film and the Anti-thematic Critical Position：*Sand Washed with Wave*（1936）

Read Guide：The main idea of *"Sand Washed with Wave"* accommodates not only all the major elements of the Left-wing literature and the Left-wing films, but also the national contradictions and state positions implied by the imminent National Defense Film movement, and includes the Intellectuals' values in the Films of New Nationalism. The emergence of *"Sand Washed with Wave"* not only ends the strong position of the Left-wing Films and the New Citizen Films that they dominate the main stream films, but also establishes the pre-war new discourse system and the third perspective of political stance. More importantly, the film with its modern and avant-garde audio-visual language completely subverts the traditional Chinese aesthetic psychology and the viewing mode that audience had long been formed. In the film, the rhythm, sound, picture, light and even dialogue, are all so far no precedent, no followings, except that the story and the characters are traditional Chinese Style. Now it seems to me that I had classified it as a mistake in the Chinese New Wave films of the 1930s, which should be the high-end version of a national defense film. Just because of this, it has been misinterpreted and misclassified for decades.

Keywords：new wave；modernity；text；avant-garde；sound；light；national defense film；

圖片說明：左圖為《浪淘沙》VCD（「俏佳人系列」）碟片，右圖為 DVD 碟片。

第零貳章 《狼山喋血記》（1936 年）——國防電影的三個特徵及其對左翼電影元素的繼承

圖片說明：中國大陸市場銷售的《狼山喋血記》VCD 碟片（「俏佳人系列」）之封面、封底。

閱讀指要：

　　當時所有的觀眾都能夠理解《狼山喋血記》的抗日主題，誰都不會把影片看作是一個單純打狼的寓言故事，更不會有今天被視為人與自然關係的誤解。茶館老闆趙二那句「關緊大門、畫上白圈」（把狼嚇跑）的名言，既是編導對他不無鄙視的滑稽角色定位，也是當時左翼人士心目中對中央政府及其對日綏靖政策充滿諷刺的寫照。1936 年中國電影界興起的國防電影運動，既可以看作是左翼電影在新時期的新面貌，也可以視為左翼電影的強行轉型，因為二者間存在著緊密的內在聯繫。藝術成就的相對不足，無損於它的偉大貢獻：國防電影從世界現代史的高度，培養了底層民眾視角中現代意義的民族國家觀念。

關鍵詞：左翼電影；國防電影；抗日；民族；轉型；

專業鏈接 1：《狼山喋血記》(故事片，黑白，有聲)，聯華影業公司 1936 年 11 月出品。VCD(雙碟)，時長 69 分 47 秒。

　　〉〉〉**原著**：沉浮、費穆；**編劇、導演**：費穆；**攝影**：周達明。

　　〉〉〉**主演**：黎莉莉(飾村姑小玉)，張翼(飾獵戶老張)、劉瓊 (飾村民劉三)、藍蘋(飾劉三的妻子)、韓蘭根(飾 啞巴牧羊人)、尚冠武(飾小玉的父親李老爹)。

專業鏈接 2：原片中依次出現的人物及演員姓名字幕

記血喋山狼

著 原

穆 費 浮 沈

影 攝

明 達 周

景 佈

可 許

音 錄

贊 廓

響音 理助

秋繼傅 洪樹朱

謠山狼

詞歌 曲作

娥 安 光 任

務劇

梅少邢

福恒屠　綱宏祝

員演

莉莉黎

翼　張

演導　劇編

費　穆 〔註1〕

[註1] 《狼山喋血記》片頭《演員表》中，只有黎莉莉和張翼兩人的名字，其他缺
　　　　失。專業鏈接 1 中括號裏的角色配置，均根據《中國電影發展史》第一卷的
　　　　相關資料補充標出 [1] P471～473 。

—54—

專業鏈接 3：影片鏡頭統計

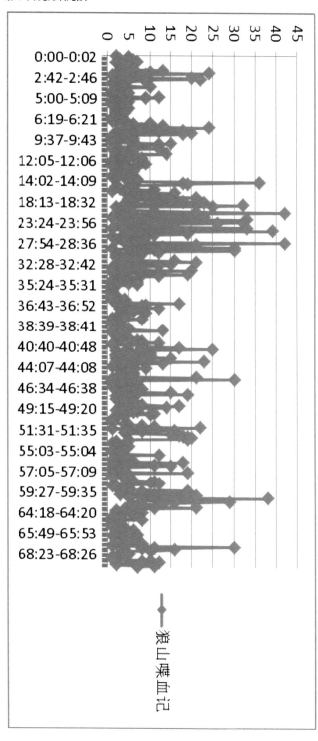

說明：《狼山喋血記》全片時長 69 分 47 秒，共 543 個鏡頭。其中：

甲、小於和等於 5 秒的鏡頭 340 個，大於 5 秒、小於和等於 10 秒的鏡頭 98 個，大於 10 秒、小於和等於 15 秒的鏡頭 43 個，大於 15 秒、小於和等於 20 秒的鏡頭 30 個，大於 20 秒、小於和等於 25 秒的鏡頭 16 個，大於 25 秒、小於和等於 30 秒的鏡頭 6 個，大於 30 秒、小於和等於 35 秒的鏡頭 4 個，大於 35 秒的鏡頭 5 個。

乙、片頭鏡頭 11 個，片尾鏡頭 1 個，黑屏鏡頭 0 個；

丙、固定鏡頭 419 個，運動鏡頭 123 個。

丁、遠景鏡頭 48 個，全景鏡頭 70 個，中景鏡頭 176 個，近景鏡頭 166 個，特寫鏡頭 66 個。

（數據統計與圖表製作：原露）

專業鏈結 4：影片經典字幕與臺詞選輯

「山上又出了狼了，連白天也敢出來了。吃田裏的莊稼、吃牛、吃羊，說不定又要吃孩子了」——「那幫打獵的都是飯桶，要不是看見狼就跑，早就把狼打完了」。

「狼是打不盡的！它這樣東西是由土地老爺管的！你不打，狼就不會來吃你。你越打狼就來的越多，嘿嘿！」

「人呢，被狼吃掉，都是命中注定！」

「這狼啊，它也很有意思，它先走到你人的背後，用兩隻前腿對著你的肩膀上那麼一搭！等你回頭，那麼一看！它就對著你的喉嚨口，那麼一口啊，到那個時候你叫救命都來不及」。

「這孩子，整天是鬧著說要打獵，我看你總有一天要給狼吃掉了！」

「他們又在那兒打狼了，一兩個人打怎麼打的了呢？」——「他們哪是是打狼呢？不過是放放槍、壯壯膽子、湊湊熱鬧，其實狼早就跑了！」——「又來了你！」——「我就要這麼說嘛！」

「自從山上出了這個東西，我們獵戶都讓人看不起了！其實我們每一次到山上來打獵，想找個把野兔子、獐子都沒有，都給那個可惡的狼吃了。簡直用不到我們再打獵了」——「找不到兔子，我們就打狼好了！」

「等！等！等遠處的狼都來了！我們這幾個人怎麼能打得了？」

「說這些幹什麼呢？我們總能想法子幹一下，不然連我們住的村都給狼佔了！」

「小玉，你怎麼一個人到這裡來呀？這裡有狼！啊，打傷你的腿了，這兒傷了吧？」——「別動我！我自個兒有手絹，我自個兒會裹。我說不叫你裹，就不叫你裹！幾十支槍也打不到一隻狼，差點兒沒給人打死。你會不會打獵？你不會打獵你打什麼獵？幸虧擦破一點兒皮，你要給我打瘸了怎麼辦呢？全世界打獵的，也找不出像你這樣瞎眼睛的！」

「喂，姓張的，你不會打獵你敢明兒去買條船，買個魚網，買個魚籃，等我啥時候教你去打魚吧？聽見沒姓張的？」

「他要給我打瘸了，我可不饒他！」——「那麼就讓老張養你一輩子好了！」

「唉，聽說昨晚上，他們全被狼趕下山來了，啞巴還掉到坑裏了！」——「可不是嘛，反正我說呀，那幫打獵的都是飯桶」。

「我不但罵他，還要罵你們呢！不是我早說過，別說是打狼，就是打個野豬一定要到廟裏頭去燒香賜福。狼這樣東西可以隨隨便便打呀？」——「可是狼要是到了稻田裏吃了你的牛，吃了你的羊，吃了你的莊稼呢，你也不打它嗎？」——「讓它吃，它吃飽了就不吃了！」——「上你們家吃人呢？」——「關緊了門，它怎麼能進來？」

「這個狼呀，怕的是圈，用白粉在門上，一圈！它就不敢進門了！」——「對呀，原本是有法子想的，狼這樣東西是有山神管的，你只要在門上繫上符，它狼就不會再進來了！」

「您想打狼是不是？那幫打獵的都打不了狼，您這麼大年紀了又算得了什麼呢？還不如讓我來打！」——「你？我沒聽見說讓女孩子去打狼的」——「誰說我是女孩子？改明兒我還要娶個媳婦呢」——「啊？娶媳婦？都要給你說婆婆家了！」——「我不嘛！」

「我那天打傷你的腿，我很對不起你」——「我也很對不起你，那天我說了很多對不起你的話」。

「孩子，你一年年的大起來了，爸爸我呢，一年年的老了，你是個沒娘的孩子，我一向把你當個男孩子看待，是不是？你要真是個男孩子，那爸爸也不擔什麼心事，究竟你是個女孩子，我的意思就是說，男大當婚，女大當嫁。」——「我不要聽你說這種話！」——「你今年十九歲了，也應該找婆家了」——「我不呢。我不要聽這個！」——「別走啊，誰家女孩子不出嫁呢？」——「女孩子為什麼一定要嫁人呢？我情願做一輩子老姑娘！為什麼男人不嫁，讓女人嫁呢？」

「我，早跟你們大家講過，狼是打不得的，哼，你們，平常呀，殺生太多了，叫你們到土地廟，燒燒香，你們又不信！唉，我們現在可以算一算總賬：起頭，山裏頭只有一條狼，那老張自己稱好漢，今天打，明天打，打來打去，哼哼，打出兩條狼來了！好，老張本事算是他不錯，頭一個晚打了一條狼，第二天又打了一條，你們以為天下太平了，大家好像是中了頭彩一樣的高興，我就想著了，事情鬧大啦。果然，狼群一來，又是一二十條！哼哼，李老爹那天到鎮上去要賬，本來是可以由水路走的，因為那天呢，老張陪他的女兒去打水鴨子去了，他老人家只好爬山走旱路，被狼圍住了，這也算是命中注定吶。再說，劉家那小孩子，那是老張攪出來那個事呀，他不放槍，那個狼絕對不會往劉家的窗戶裏翻的呢！」

「少說話！山上出了狼，我們就得打！見狼不打？也用不著我們獵戶了！」——「哼！」——「可是我也自己承認有錯，就是我們打狼沒有起色，沒有準備，對付一兩隻狼是很容易，對付狼群就不行了。人家怕狼，咱們獵戶也怕狼，可是越怕越得想法子打，不打就沒有太平日子過！」——「請問你，那麼怎麼打法呢？」——「對呀，請問你怎麼個打法呢？」——「我只曉得打狼，是要大家齊心，有準備，有算計！」

「好了老張，你別說了！我們家裏有妻兒老小，不像你是光棍」——「哎哎哎，他不是光棍啊，他還有李家大姑娘呢！」——「簡直是放屁！」

　　「哇！狼越來越多了嘛！」——「全世界的狼都來了！」

　　「你也來打狼，打狼！打狼！我也來打狼，打狼！打狼！不要分你我，打狼！打狼！一起打豺狼，打狼哪！白狼沒打盡，黃狼又猖狂；兄弟血如海，姐妹屍如霜！豺狼縱兇狠，我們不退讓；情願打狼死，不能沒家鄉」。

　　「東山有黃狼，狼！狼！西山有白狼，狼！狼！四方人吶喊，狼！狼！遍地舉刀槍，打狼哪！白狼竄田野，黃狼滿街坊；兄弟打狼死，姐妹狼咬傷！生在狼山裏，長在狼山上；生死向前去，打狼保村莊！」

專業鏈接 5：影片觀賞推薦指數：★★☆☆☆

甲、前面的話

　　對於現在的一般觀眾尤其是中老年觀眾來說，出品於 1936 年的《狼山喋血記》，其電影史上的價值在於它是國防電影的代表作之一。另一方面的原因在於其中的兩個演員：一個是黎莉莉，另一個是藍蘋（江青）。就知名度而言，前者是 1930 年代中國電影的一線當紅明星，家喻戶曉；後者雖說頂多是演藝界三流從業人員，但 1949 年後的她卻讓人無從迴避。因此，中國大陸 1963 年出版的一部權威性的電影史著作中，特別對藍蘋扮演的角色給予高度評價，認為其表演「獲得了影片導演者的贊美，也受到了觀眾的歡迎和好評」[1] P473。

　　對於現在的觀眾甚至青年研究者而言，恐怕這些都不是問題，因為大多不僅不知道誰是黎莉莉，連江青是誰都有弄不清楚的。但對研究者而言，《狼山喋血記》卻依然無從迴避。影片所依託的時代背景和所形成的國防電影運動，只能用波瀾壯闊和鼓舞人心來形容。單純從中國電影歷史發展的角度看，國防電影和左翼電影一樣，都是 1930 年代中國電影畫卷上濃墨重彩的大手筆。而且，兩者間有著緊密的、承接性的內在和外在的邏輯關聯。

乙、國防電影的生成及其政治文化背景

從一個特定的角度說，1930年代中國電影的發展與日本（的侵略）有著密切的關係：1931年日本侵佔中國東北全境的「九‧一八」事變，迫使國產電影喪失了東北的大部分放映市場；1932年進攻上海的「一‧二八」事變，給作為中國電影中心的上海以沉重打擊，直接造成大約30家電影公司停業，一半左右的電影院徹底喪失營業和恢復能力，製片業和放映市場一片蕭條[1] P181～182。

但另一方面，日本的侵略，客觀上對中國國內各政治黨派與軍事集團的政策方針形成強大壓力的同時，又將反對官方對日妥協政策的勢力和民間抗日呼聲予以整合、增強和放大，使得持激進立場的左翼文藝受到人們的關注和歡迎，直接刺激和促成左翼電影在1932年的出現。1935年5月，中國政府代表與侵華日軍簽訂的《何梅協定》（「華北事變」），事實上承認了日本對華北地區的實際控制。結果，除了直接導致當年年底北平學生大規模的抗議遊行（「一二‧九運動」）和次年年底東北軍、西北軍將領扣押最高軍政領袖的「西安事變」外，又直接促成1936年1月上海電影界救國會的成立和國防電影運動的開展[註2]。

上海電影界救國會發表的「成立宣言」，除了表明要求領土主權完整、收復失地的政治立場外，還有對「言論、出版和攝製電影自由」，並明確提出「攝製鼓吹民族解放的影片」[1] P416～417 的藝術訴求。以聯華影業公司和明星影業公司為代表的大製片公司、以新華影業公司為代表的電影界新秀

〔註2〕而1937年7月至1945年抗日戰爭期間，在日、偽控制的淪陷區，中國本土出品的電影更直接受到日本電影在製作、題材和藝術風格等諸多方面的直接影響：其代表是東北由日方直接掌控的「滿洲映畫協會」（簡稱「滿映」）以及由汪精衛南京政府管制下的上海電影生產。

等許多電影企業，大多都積極參與響應國防電影運動，在客觀上促成左翼電影逐漸淡出電影主流的同時，營造了國防電影 1936 年當年達到高潮的新局面〔註3〕。

現存的、公眾可以看到的，而且被以往的電影史研究公認的國防電影，1936 年出品的只有兩部，即聯華影業公司出品的《狼山喋血記》和新華影業公司出品的《壯志淩雲》。從電影發展史和這兩部可供讀取相關信息的樣本來看，國防電影對左翼電影的主題思想、題材選擇和表現模式，在多有繼承和保留的前提下又有所揚棄。譬如以民族矛盾取代階級矛盾和階級鬥爭的暴力元素，將人物的二元對立模式應用於敵我雙方等。

所以在一定程度上，國防電影在整體上可以看作是左翼電影在歷史新時期的轉型——由於從 1935 年的「華北事變」到 1937 年 7 月抗日戰爭全面爆發，在時間上只有兩年，1936 年的國防電影運動，缺乏左翼電影相對長久的藝術實踐、意識培養和思想資源積累〔註4〕，因此，這種轉型，又可以視為因外部環境突然發生巨大改變後的強行轉型。

國民黨和及其建立的民國政府是一個不乏幽默感的黨國一體的專制政權——所以，它才呈現出「弱勢獨裁」的特徵：「名義上，國民黨在大陸執政 22 年（1927～1949），實際上，它自始至終沒有真正在全國範圍內行使其統治權

〔註3〕而到了 1937 年上半年，出現於 1933 年、在 1920 年代舊市民電影基礎上演變而來的新市民電影，成為國產主流電影的代表[3]。1937 年 7 月抗日戰爭全面爆發後，所有的中國本土電影發展進程都被打斷，國防電影—抗戰電影僅容身於國統區，新市民電影和國粹電影即新民族主義電影，則成為上海「孤島」和淪陷區中國電影的代表。

〔註4〕左翼電影的生成，在思想資源上間接得益於 1910 年代中後期大量進入中國的各種西方思想流派和社會變革主張，直接受益於 1930 年代風行全球的左翼文藝思潮，而同時期中國各階級、黨派和武裝集團的政治、軍事角鬥，又為之提供了深厚的現實基礎和藝術實踐空間。[4]

力」[2]——譬如，早在1936年國防電影運動興起之前，日本對中國的侵略不僅激起國內各階層的強烈義憤，也引起了國際間的注意和介入調停，但國民黨政府堅持採取「攘外必先安內」的大政方針。

　　1932年「一‧二八」事變後，為了鞏固5月與日本簽訂的《淞滬停戰協定》、維護兩國友好關係，6月，由國民黨中央宣傳部對上海各電影公司發佈通令，禁止拍攝「關於戰爭及含有革命性影片」，即使是記錄片，也不允許出現「抗日」字樣，「日軍」必須改成「匪軍」，以避免破壞「和平空氣」[1] P292～293；同年9月，又由黨中央牽頭，加強電影檢查機構、提升檢查力度，電影劇本也被納入檢查範圍[1] P296。黨國政府的如此作為，也得到外國在華勢力的響應。譬如1934年，掌控上海租界的工部局，即宣佈禁止「九‧一八」和「一‧二八」字樣在銀幕上出現[1] P304。

　　實際上，在1932年～1935年左翼電影出現和興盛時期，所有涉及抗日題材的左翼電影，例如《大路》（聯華，1934）就只能以敵軍、敵國的稱謂影射日本侵略軍。因此，1936年出現的國防電影，雖然實質上屬於抗日電影，但影片中同樣沒有出現日軍形象——這種情況並不僅僅局限於國防電影。譬如直到1937年7月抗戰全面爆發前，新市民電影如《十字街頭》（明星，1937）

也只是以抗敵前線之類影射民眾的抗日情緒。〔註5〕

但左翼電影多少還被允許使用的影射手法，到了 1936 年的《狼山喋血記》，卻不得不拍成一部寓言式影片——《狼山喋血記》是導演費穆在沉浮構思的「冷月狼煙錄」的基礎上改編、并於當年 11 月攝製完成的[1] P470~471。全片基本沒有什麼起伏的情節設置，表現的是一個小山村裏常年飽受惡狼禍害的普通民眾，由個體的恐懼、忍讓，到深受其害、統一認識，進而群起反抗、「打狼」的過程。

丙、國防電影的三個特徵及其與左翼電影內在的精神承接

從整體來看，《狼山喋血記》不能算是一部傑出的電影作品，但在抗日戰爭全面爆發在即、在當時只有知識分子階層才具有極具現代視角的民族意識和國家觀念，而普通民眾亟需在思想上啓蒙、在精神上動員的 1936 年，它的意義和價值卻的確是難能可貴和不容忽視的。當時所有的觀眾都能夠理解影片的抗日主題[1] P472，誰都不會把它看作是一個單純打狼的寓言故事，更不會有今天被視為人與自然關係的誤解。

換言之，觀眾都明白，狼與狼群具體指的就是當時已經侵入中國的日本軍隊，那些善良、懦弱而又被迫覺悟、自衛反抗的村民，就是當時中國包括觀眾在內的普通民眾；不起而反抗，後果就是被狼吃掉孩子、失去家園……。《狼山喋血記》是對當時社會普通民眾心態最好的直接反映和最生動的民族戰爭啓蒙教材。

〔註5〕我對這部影片的讀解意見，請參見拙作《〈十字街頭〉：20 世紀 30 年代「蟻族」生活寫照與喜劇化處理》（載《浙江傳媒學院學報》2010 年第 6 期，杭州，雙月刊）；其完全版和未刪節版先後收入《黑夜到來之前的中國電影——1937 年現存國產影片文本讀解》和《黑皮鞋：抗戰爆發前的新市民電影——1933~1937 年現存中國電影文本讀解》，敬請參閱。

　　因此，如果說，用曲折的手法、隱喻的方式，反映和表達是一個人所共知卻又不能明說的現實，這既是國防電影得益於左翼電影最大的地方，也可以看作是國防電影的第一個共同特徵的話，那麼，敵我雙方、善惡鮮明的二元對立模式則是其第二個特徵：狼與山、敵與我、死亡失敗與抗爭勝利，明顯的點出「狼山喋血」的主題。這本來也是左翼電影的模式套用，但在《狼山喋血記》中又有所生發。

　　影片對我方人物心理和行為意識的表述很費了些篇幅，有著很強的象徵性。

　　首先，自始至終堅決打狼（抗敵）的，是堅定不移的打狼派（抗戰派），其代表是黎莉莉飾演的村姑小玉、張翼飾演的獵戶老張，所以影片給了二人許多持槍出擊、英姿颯爽的剪影式鏡頭。其次，是可以爭取的、用血的事實教育改造過來的中間派，這以藍蘋飾演的劉三妻子為代表，當她發現孩子被狼拖走吃掉以後，立場終於發生急劇變化，成為一個堅定的打狼派。第三，是膽怯逃避派，對狼（敵人）採取能躲就躲、能忍就忍的避讓妥協態度，茶館老闆趙二就是其頭面代表，他那句「關緊大門、畫上白圈」（把狼嚇跑）的名言，既是影片對他不無鄙視的滑稽角色定位，也是當時左翼人士心目中對中央政府及其對日綏靖政策充滿諷刺的寫照，（本來，這應該是滑稽名角韓蘭根適合出演的人物類型）。

　　《狼山喋血記》中的這三種人物類型，基本上可以對應當時中國民眾心態以及中國政治勢力的對日政策走向，其現實性和象徵性是不言而喻的。需要注意的是，《狼山喋血記》中還沒有投降派或漢奸形象的出現與定位描述。這是國防電影需要在發展中克服的歷史局限——實際上，它由新華影業公司在幾乎同時期出品的《壯志淩雲》裏給予補充展示。

　　左翼電影的成功，除了時代精神、社會潮流的大背景外，還在於它從批判的角度，對社會階級意識的強力宣傳、對民眾的精神啓蒙和思想動員，有著極爲強烈的現實功能和可操作性。與之相伴隨的，是左翼電影對暴力和暴力意識的強調。暴力和暴力意識在左翼電影中又有兩個層面的表現。

　　首先，是個人對個人的個體性暴力，例如孫瑜編導的早期左翼電影之一的《火山情血》（無聲片，聯華影業公司 1932 年出品），以及無聲片時代的左翼經典《神女》（無聲片，聯華影業公司 1934 年出品）。其次，是更高的層次的群體暴力和群體暴力所象徵的階級暴力，並且由此引申出暴力的合法性和正義性，例如《風雲兒女》（有聲片，電通影片公司 1935 年出品）和《孤城烈女》（又名《泣殘紅》，配音片，聯華影業公司 1936 年出品）。〔註6〕

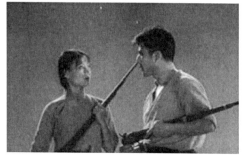

〔註 6〕我對這四部影片的讀解，請分別參見《中國早期左翼電影暴力基因的植入及其歷史傳遞——以孫瑜 1932 年編導的〈火山情血〉爲例》（《河北師範大學學報》2009 年第 5 期）、《城市意識與左翼電影視角中的性工作者形象——1934 年無聲影片〈神女〉的當下讀解》（《上海文化》2008 年第 5 期）、《左翼電影的藝術特徵、敘事策略的市場化轉軌及其與新市民電影的内在聯繫》（《湖南大學學報》2008 年第 3 期）、《〈孤城烈女〉：左翼電影在 1936 年的餘波回轉和傳遞》（《青海師範大學學報》2008 年第 6 期），其完全版和未刪節版，先後收入《黑白膠片的文化時態——1922～1936 年中國早期電影現存文本讀解》（上海三聯書店 2009 年 10 月第 1 版）和《黑馬甲：民國時代的左翼電影——1932～1937 年現存中國電影文本讀解》，敬請參閱。

　　國防電影對民族獨立立場和民族解放精神的宣揚，顯然決定了它是左翼電影暴力意識和暴力革命最直接的受益者和繼承者，這也是國防電影的第三個主要特徵。在《狼山喋血記》中，無論是獵戶老張和村姑小玉所代表的打狼派（抗戰派），還是劉三妻子這樣在血的事實教育後改造過來的中間派，面對敵對勢力，只有暴力反抗一條路可走。

　　如果說，從早期左翼電影（1932年）到左翼電影興盛時期和完全意義上的、經典左翼電影出現（1933年～1935年），其區別是從個體暴力向集體（集團、階級）暴力過渡、由暴力意識向暴力革命轉化並最終體現爲暴力正義的話，那麼，國防電影是從民族獨立和民族解放的高度，直接獲得抗日戰爭的暴力合法性和天然正義性。

丁、結語

　　從社會發展進程的角度來看待《狼山喋血記》這樣的國防電影，的確可以感受到它在民族獨立精神指導之下所具有的強烈的政治敏感性、高度的社會責任感和電影從業人員的歷史使命感。國難當頭，文以載道，況且電影是當時最有宣傳效力的、最大眾化的啓蒙宣傳載體之一。從電影歷史研究的角度說，《狼山喋血記》還有面向市場的一面。譬如，除了明星路線和相應的明星效應等商業元素之外，影片雖說是一個寓言故事，但明顯借用舊市民電影慣用的人物架構。譬如獵戶老張和村姑小玉之間始終存在著一種隱約的情感線索，只是出於服從主題需要的安排，被編導生硬地壓縮了進一步的發展空間而已。

　　左翼電影和國防電影都同樣在時代歷程中留下不可磨滅的印痕，但就現存的、公眾可以看到的樣本而言，國防電影在藝術成就上、在總體上還不能與左翼電影相比——更讓人痛惜的是，唯一一個高端版本的《浪淘沙》（有聲片，聯華影業公司1936年出品），無論在當時還是後來的幾十年裏，都沒有得到應有的重視、應有的榮譽及其相應的歷史地位——《狼山喋血記》就是

一個由左翼電影強行轉型、但相對而言並不能說是成功的作品。但不能忽略的是，國防電影最偉大的貢獻，是從世界現代史的高度，培養了底層民眾視角的現代意義上的民族國家觀念。

戊、多餘的話

子、政黨與建國

抗日戰爭在1937年7月的全面爆發，對中國電影來說，它終結了左翼電影歷史存在、制約著其他形態或曰類型電影的發展，但對藝術進程而言，又不能不說，是一個調整、沉澱和反思的歷史機遇〔註7〕。同時，對中國當時的兩大政黨而言，也是如此：國民黨政府在抗戰期間，迅速完成了對全國軍事、政治、經濟和文化戰線的統一掌控，而中國共產黨及其武裝則在戰爭中逐步壯大了自己的力量，並為五年之後最終徹底推翻這個具有幽默傳統的政黨、建立中華人民共和國，奠定了包括電影文化在內的堅實基礎〔註8〕。

〔註7〕譬如超越黨派紛爭、一致對外、潛心製作。但遺憾的是，抗戰八年，經典性的、史詩性的作品，不僅中國電影沒有，其他文藝領域也幾乎是一片空白。而後來對這一時期的電影製作，迄今為止，似乎也只有姜文導演的《鬼子來了》（華藝影視娛樂有限公司、中國電影合作製片公司2000年出品）一枝獨秀。

〔註8〕從1935年到1936年，中共紅軍主力經過長征，先後到達陝北的時候不過三萬多人，1945年抗戰結束後，共產黨領導的地區總面積已經擴展至約95萬平方公里、人口近1億，軍隊發展到120餘萬人，民兵260萬[5]。

丑、缺失的《演員表》

作為編導的費穆，他在《狼山喋血記》的拍攝中，根本沒有預見到他無意間還為後來的中共大陸政治舞臺，從非專業角度發現和培養了一顆政治明星——藍蘋（江青）。她雖然獲得了1960年代電影研究著述的高度評價[1]P473，如果不是特別搜索，幾乎沒有人會注意這個人物角色——在VCD版本中，演員表裏只有黎莉莉和張翼兩人的名字。對此只能推測影片被刪節過（至於是膠片拷貝片段的缺失還是翻錄時的手段，不得而知）。

寅、啞巴報警

現在看來，《狼山喋血記》中最有象徵意味的，是著名滑稽丑角韓蘭根扮演的那個牧羊人。他在白天發現狼在咬人時，竭力給村民報警；當村民統一認識群起打狼時，導演又安排他加入吶喊的行列——可他是個啞巴啊。聯想官方對民間抗日呼聲的打壓，這個「無語」之人的豐富內涵，實在勝過萬語千言。

卯、《小城之春》

導演費穆的藝術風格顯然是一線貫穿的。費穆拍攝於1948年的《小城之春》（文華影業公司出品），突然在1990年代後期的中國大陸大放異彩、引人注目。但仔細分析揣摩就會發現，《小城之春》為何那樣各色、特別，為什麼在當時和

後來卻屢遭批判可又被重新挖掘？——這是我下一本書要演說的問題了。﹝註9﹞

初稿時間：2005 年 4 月 15 日
二稿改定：2008 年 2 月 9 日～12 日
圖文修訂：2016 年 9 月 4 日～5 日

參考文獻：

﹝1﹞ 程季華，中國電影發展史：第 1 卷﹝M﹞.北京：中國電影出版社，1963。

﹝2﹞ 王奇生：國民黨是一個「弱勢獨裁」政黨//共識網：主頁 ＞ 歷史 ＞ 現代 ＞﹝EB/OL﹞.http：//www.21ccom.net/articles/history/xiandai/20150522 125009_all.html（2015-05-22 11：48）﹝登陸時間：2015-09-04﹞。

﹝3﹞ 袁慶豐，1936 年：有聲片《新舊上海》讀解——中國左翼電影轉型、分流後現存唯一的新市民電影﹝J﹞，汕頭大學學報，2008（2）：39～43。

﹝4﹞ 袁慶豐，雅、俗文化互滲背景下的《姊妹花》﹝J﹞，當代電影，2008（5）：88～90。

﹝5﹞ 參見《中國共產黨是全民族團結抗戰的中流砥柱》﹝EB/OL﹞.//http：//www.southcn.com/news/china/china04/fkdejp/krzd/200508150007.htm.﹝登陸時間：2008-09-12﹞

﹝註9﹞ 本文的主體部分（約 5000 字），最初曾以《國防電影與左翼電影的內在承接關係——以 1936 年聯華影業公司出品的<狼山喋血記>為例》，先行發表於《佛山科技學院學報》2008 年第 2 期（雙月刊），收入《黑白膠片的文化時態——1922～1936 年中國早期電影現存文本讀解》時，列為第三十四章，題目是：《國防電影的三個特徵及其對左翼電影元素的繼承——〈狼山喋血記〉（1936 年）：國防電影讀解之一》。此次收入本書，除了將成書版的**內容指要**和雜誌發表版的**摘要**合併、將成書版的**專業鏈接**和**相關鏈接**統一改為**注釋**外，還新增插圖三十五幅（下方沒有圖片說明的均為影片截圖）；除了標題之外，正文和注釋中的黑體字部分均為此次修訂時添加。特此申明。

Three Features of National Defense Film and the Inheritance of Left - wing Film：*Wolf Mountain Blood*（1936）：

Read Guide：At that time, all the audience could understand the anti-Japanese theme in *Wolf Mountain Blood*, and no one would see the film as a simple wolf fable, let alone today's misunderstanding that the film is about the relationship between man and nature. Zhao Er's famous words, "close the door, draw white circles"（scare the wolf away）, embody the director's contempt and positioning for the funny role, reflect the left-wing people's irony to the policy of appeasement practiced by the central government. In 1936, the National Defense Film movement waved in China's film industry can be regarded as a new face of Left-wing Film in the new era, and also as a forced transformation of the Left-wing Film, because there is a close relationship between the two phenomena. The relative deficiencies of artistic achievements do not detract from its great contributions： the National Defense Film has cultivated the modern national and state concept in ordinary people from the perspective of modern world history.

Key words：Left-wing Film; National Defense Film; resistance to Japan; nation; transformation;

圖片說明：中國大陸市場銷售的《狼山喋血記》VCD 碟片（「俏佳人系列」）之一、之二。

第零三章 《壯志凌雲》(1936年)——左翼電影思想元素與藝術模式在國防電影中的成功轉型

圖片說明:中國大陸市場銷售的《壯志凌雲》VCD碟片(「俏佳人系列」)之封面、封底。

閱讀指要:

  《壯志凌雲》最大程度地剝離了左翼電影元素與左翼思想根源之間的產權關係,成功借用當時國防電影的殼資源轉型上市,進而為啟動宣傳民族戰爭正義程序和暴力編碼的不同黨派、階層和受眾群體,提供了一個低於左翼電影版本的接入端口。張善琨和新華影業公司順應時代潮流和電影市場的訴求,就此取代了聯華影業公司在中國電影界的領袖地位。

關鍵詞:左翼電影;國防電影;思想元素;電影市場;張善琨;

圖片說明：中國大陸市場上銷售的《壯志淩雲》DVD 碟片包裝之封面、封底。

專業鏈接 1：《壯志淩雲》（故事片，黑白，有聲），新華影業公司 1936 年出品
（年底完成）。VCD（雙碟），時長 93 分 41 秒。

>>> **編劇、導演**：吳永剛；**攝影**：余省三、薛伯青。

>>> **主演**：金焰（飾順兒）、王人美（飾黑妞）、宗由（飾老王）、
田方（飾田德厚）、韓蘭根（飾韓猴）、章志直（飾章
胖）、王次龍（飾賣藥老人）、施超（飾華老先生）。

專業鏈接 2：原片片頭字幕及演職員表

新華影業公司

1936 年出品

壯志淩雲

編 劇

導 演

吳 永 剛

攝 影

余 省 三

薛 伯 青

作 曲

冼 星 海

美 工

張 雲 喬

茅 愚 言

演員表

〔劇中人〕　　　　　〔扮演者〕

老　王 …………… 宗　由

黑　妞（幼年）……… 陳娟娟

黑　妞（青年）……… 王人美

順　兒（幼年）……… 金　崙

順　兒（青年）……… 金　燄

田德厚 …………… 田　方

韓　猴 …………… 韓蘭根

章　胖 …………… 章志直

小　嬌 …………… 黎明健

賣藥老人 ………… 王次龍

華老先生 ………… 施　超

媒人老李 ………… 周鳳文

專業鏈接 3：影片鏡頭統計

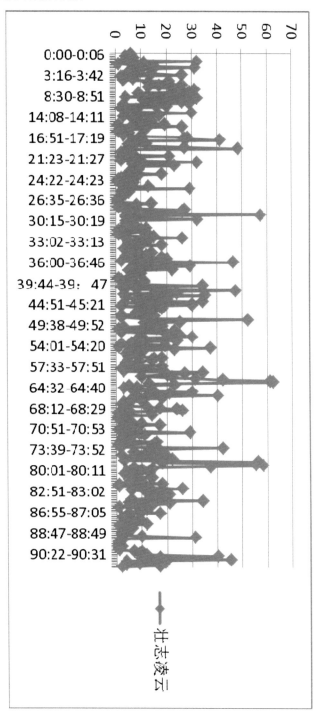

說明：《壯志淩雲》全片時長 93 分 41 秒，共 420 個鏡頭。其中：

甲、小於和等於 5 秒的鏡頭 148 個，大於 5 秒、小於和等於 10 秒的鏡頭 98 個，大於 10 秒、小於和等於 15 秒的鏡頭 58 個，大於 15 秒、小於和等於 20 秒的鏡頭 38 個，大於 20 秒、小於和等於 25 秒的鏡頭 21 個，大於 25 秒、小於和等於 30 秒的鏡頭 25 個，大於 30 秒、小於和等於 35 秒的鏡頭 13 個，大於 35 秒、小於和等於 40 秒的鏡頭 4 個，大於 40 秒、小於和等於 45 秒的鏡頭 4 個，大於 45 秒、小於和等於 50 秒的鏡頭 3 個，大於 50 秒的鏡頭 7 個。

乙、片頭鏡頭 7 個，片尾鏡頭 1 個，黑屏鏡頭 3 個。

丙、固定鏡頭 319 個，運動鏡頭 90 個。

丁、遠景鏡頭 7 個，全景鏡頭 56 個，中景鏡頭 134 個，近景鏡頭 137 個，特寫鏡頭 65 個。

（數據統計與圖表製作：原露）

專業鏈結 4：影片經典字幕與臺詞選輯

「媽媽，我的媽呢？啊！」——「唉，好孩子，別哭，你媽媽先走了，我帶你一塊找去吧！」

許多從農村裏流亡出來的人們，他們要到富庶的都市裏去求生活，這一部分向著故都——北京進發。

「那不是廟，那是皇上的家，那裏面還有金鑾寶殿吶！據說現在改變了朝代了，什麼姓袁的，叫，叫大總統！」

「你們光嚷嚷有什麼用呢？唉，我到有一個地方可以去！我說，從前我們村子裏有一個窮小子，好幾年了也不知道他到哪去了，後來捎了一封信說他到邊省去挖人參，發了大財。說起那個地方吶，人口也少，土地又好，大豆，高粱收成比這也好。這大山裏頭還有人參，還有藥材，大樹林子裏頭，走幾十里地也走不到頭，刨地說不定就刨

出金沙子來,就是天氣冷一點。那個時候我也讓他們說動了我的心,就是捨不得離開老家喲!如今為什麼不去呢?再說,你們都是年輕力壯的小夥子,要想活命,也得自己打主意啊!」——「去!幹!」

「孩子們,等到我們過了冬天,到了春天,一開了凍,我們就犁地下種。到了秋天有了收成,我們就到省城裏去換成錢。我們蓋房子,買牲口,以後我們就有好日子過了」。

「小兄弟們,好好在一塊玩,以後不准打架!準要是再打架我就揍誰,聽見嗎?」

「咱們啊,辛苦了大半輩子了,轉眼就要老了,等孩子們都長大了,不知道還能過上太平日子嘛?」

「嘿喲啦喲,嘿唉喲啦喲,莫回頭哦莫回頭,老家只有舊和仇。誰還想在山澗裏,千帆追逐如花緊喲,西江嘿喲,西江嘿喲,天下走嘿喲,天山底下順水流。用力拉喲,沒有牲口,肩上傷口背上新痛,肩上傷口背上新痛。嘿喲啦喲,嘿唉喲啦喲,開荒嘿喲,新建嘿喲,朝前走嘿喲,流著血汗向前走喲。嘿喲啦喲,嘿唉喲啦喲,莫回頭哦莫回頭,老家只有舊和仇喲,嘿喲啦喲,啦喲,啦喲」。

「啊,諸位,在下走江湖,遊四海,今天初臨貴地,是人地兩生,請諸位幫幫忙啊。呃,我賣的是什麼藥呢?就是這個起死回丹,能治百病,不要說是百病,就是千病萬病也能治。什麼五癆七傷啊,什麼先天不足啊,保你能壯好。如果平常人吃了呢,就是強筋健骨長力氣,哎,你們看這位老兄弟,就是瘦一點,如果吃了咱的藥啊,保他不上幾個月工夫,大家都不認識他了!」——「照你這麼說來,那一定是仙丹囉?吃了可以長生不老哇?那你為什麼不自己吃了變得更年輕一點呢?」

「你們這群小孩子,懂什麼!簡直胡說八道嘛,人家有飛機,有槍,有大炮,我們能惹得起人家?以我的意思,逆來順受,聽天由命,要什麼就給人什麼,我們暫時得忍耐一下,要不然,好,給你個雞犬不留,殺身大禍,到那時候也就完了!你們嘴上沒毛,辦事不牢麼!」——「人家要什麼就給什麼!好一個中國人!我問你,他要你的命你給不給?說一句得罪你的話,人家要你的老婆、要你的閨女,你給不給?」

「再說這塊土地吧,哪一塊哪一寸,不是幾位老人家們一滴汗一滴血開墾出來的?我們這幫年輕的小夥子們,誰不是吃這塊土長大

的？當初為什麼要靠這塊土堆？是不是要我們年輕的不要忘了幾位老人家的苦心？所有的一切都是咱們自己的東西，為什麼人家要什麼就得給什麼？這是我們的地！我們情願我們地裏頭收不到高粱，收不到豆子，但是不情願白白的送給人家！」

「我，我知道！我知道！可是那是私仇！用不著再提了，現在我們真正的仇人來了，我們真正的仇人來了！你們得明白，我們要是完了，人家立刻就會到你們這兒來的。我們要是被他們殺光了，滅光了，你們就更孤單了！難道就眼看著我們被他們殺完了，滅完了，再輪到你們自己嗎？這不也是你們自己的事嗎？我們在那硬站住，你們有人，有槍，為什麼不聯合起來幹呢？為什麼不呢？我們，我們不能再等了，我們那的每一個人，都心焦的等著你們去救，我們一直等，等到打死，我們完全被人打死，我難道還在這偷生嗎？」——「他說的對！這也就是我們自己的事情！難道我們就眼看著太平莊的父老兄弟們白白的被打死嗎？我們現在不是記恨私仇的時候，大家不要糊塗，有種的拿槍去！」

「剛才有人說，要去投降，有人說要去逃命。投降，逃命！對得起那些死的人嗎？逃命，逃到哪兒去？哪兒是咱們安身的地方？我知道敵人還是要來的，難道咱們就這樣完了嗎？咱們就這樣白白的犧牲掉那些為了咱們的家，為了咱們的地，流過血的親人們，難道就不想替他們報仇嗎？這個時候誰還要說去逃命，要去投降，可以說是沒有心肝！不是人做的！咱們是吃這塊土長大的，咱們自己的血，要流在自己的土地上！」——「敵人來了，起來！咱們衝出去！」——「殺啊！殺啊！殺啊！」

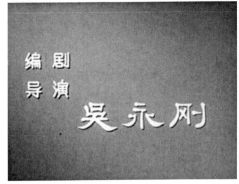

專業鏈接 5：影片觀賞推薦指數：★★★☆☆

甲、前面的話

1936 年，面對日本逐步加快全面侵略中國步伐的險惡形勢，文藝界發起倡導了波及全社會的國防文學運動。就中國電影史而言，本年度的國防電影運動成爲電影生產的主流之一。國防電影和國防戲劇、國防詩歌、國防音樂一樣，是國防文學運動中的一個分支[1] P417；就電影界而言，其寬泛的指導思想，來自年初上海電影界救國會發出的成立宣言，即政治上要求堅持主權完整、收復失地，保護言論、出版和攝製電影自由，藝術上呼籲政府廢除現行的電影檢查制度，並倡導電影界同仁拍攝鼓吹民族解放的影片[1] P416~417。

從現存的、公眾可以看到的——而且得到公認的——國防電影文本來看，國防電影在思想主題和藝術路線上，都可以看作是 1932 年興起的左翼電影在新時代的轉型和新的精神面貌。具體表現是，左翼電影特有的、對階級意識和階級鬥爭的強調，被當時面臨全面爆發的中日民族矛盾和民族對抗所替代，左翼電影激進的暴力意識和革命暴力思想，以及人物鮮明的二元對立模式，被轉化表現在以敵我矛盾爲代表的民族戰爭形式。

如果說，1936 年，聯華影業公司出品的高端版本《浪淘沙》，從一問世就沒有知音和市場，而且以後的幾十年來一直在中國大陸遭到誤判、誤解和誤讀，那麼，沉浮、費穆編導，聯華影業公司出品的《狼山喋血記》，以及吳永剛編導、新華影業公司出品的《壯志淩雲》就非常幸運。《狼山喋血記》以寓言故事的方式，側重於對普通民眾在現代意義上的國家、民族觀念的啓蒙和培養——**雖不好看，但意義重大**。《壯志淩雲》則最大程度地剝離了左翼電影思想元素和諸多表現模式與左翼思想根源的產權關係，然後成功地借用時興的國防電影（運動）的殼資源，轉型上市、**通俗易懂**——至今還是標識性的**國防電影樣本**。

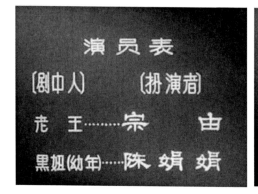

乙、《壯志淩雲》：左翼電影思想元素及其在國防電影中的承接、轉化與表現

首先，是階級性。

左翼電影的思想元素，首先是強調和表現為人物出身的階級性，這是其革命與否或有無革命性的關鍵。一切正面人物，譬如男女主人公，顯然必須符合這個模式要求。在《壯志淩雲》中，男主人公順兒父母雙亡，是個貧苦孤兒，女主人公黑妞則是從小死了娘，跟著當農民的爹逃荒。因此，影片正面人物的階級性是無可挑剔的，因為，這意味著人物的革命性、先進性、鬥爭性和堅定性、政治正確性、自然條件的優越性（英俊、美貌）乃至情感和肉身的純潔性……等等〔註1〕。

其次，是反抗性。

這是左翼電影中由於階級性所決定的人物行為模式，反抗性特別強烈〔註2〕：政治上反抗壓迫、經濟上反抗剝削，如果是女性，還要加上對性剝削的反抗。所以，《壯志淩雲》的男主人公順兒，無論是對惡勢力還是對情敵，其反抗都是義無返顧、自始至終；女主人公黑妞則犧牲在戰場上〔註3〕。表面

〔註1〕在 1949 年後的中國大陸電影中，其正面人物、主要人物、英雄人物等，大多出自單親家庭，**在這個現象背後**，階級出身是一個非常硬的尺度，或曰是始終**必須恪守**的政治「紅線」。凡是屬於革命階級（無產階級即工農階級）的人物，肯定是不會走向反面，如有例外，那一定是偽造了階級出身、混進革命隊伍的；而凡是不堅定的、要動搖的，要被正面人物幫助過來或乾脆會叛變投敵幹壞事的，統統出身於反動階級即不革命階級（地主階級、資產階級或知識分子階層）。這個模式在 1970 年代的文化大革命時期的電影中登峰造極。這個源頭有人會認為是來自 1950 年代末期執政黨整肅知識分子的反右運動，其實，是從左翼電影時代開始形成的。

〔註2〕一般說來，人都是不能夠接受剝削和壓迫的，但這種感受在特定意識形態的話語體系中被空前強調，譬如「無產階級只有解放了全人類然後才能最後解放自己」，無產階級必須在反抗鬥爭中無所畏懼，因為他們「失去的只有鎖鏈，得到的卻是整個世界」。這就為革命鬥爭提供了理論依據和最直接的可操作理由。

〔註3〕左翼電影一般都會對女性在政治考量的同時，要求其**保持肉身**或情感貞節，如果不能滿足這個條件，就會安排她犧牲（死亡）。譬如聯華影業公司 1936年出品的配音片《孤城烈女》（又名《泣殘紅》，編劇：朱石麟，導演：王次龍）就是如此[4]。《壯志淩雲》中的女主人公黑妞雖然沒有涉及性剝削或喪失肉身貞節，但由於有另一個男青年田德厚的追求，多少造成女方情感上的不純粹，所以影片安排兩人一同犧牲——實際上就危險程度而言，由於順兒直接參戰，他戰死的可能性，要比到鄰村送信喊人的田德厚更大，但這不符合政治倫理程序。

上看，這是弱者對強者反抗的自然正義，實質上是人物的階級性所賦予的階級正義。國防電影不過是將其轉化、用於敵我矛盾和**土地爭奪**所影射的民族矛盾和中日關係而已。

第三，是象徵性。

左翼電影和國防電影都始終受到政府電影檢查機構的打壓，不得直接反映階級鬥爭和抗日宣傳。因此，國防電影鮮明的抗日主題，一般只能以抗敵來指代抗日。但就《壯志淩雲》而言，觀眾都能顯而易見地理解到這是當時國內軍事勢力和政治鬥爭的一個縮影：土匪象徵著日本人，邊地象徵著東北，雖有仇隙但最終聯合抗敵的太平莊和鄰村李家屯，分別象徵當時激烈對立的國共兩黨（1935 年，中共發表《八一宣言》，主張聯合抗日[2]），那些爲建設自己家園付出辛勤勞動和血汗的村民既是抗擊外來侵略的主體力量，也象徵著遭受淪亡和壓迫之苦的東北民眾和華北民眾。

需要**特別**注意的一點是，影片中設置了一個叫華老先生的人物，這自然是中國人民的象徵。問題是，他對太平莊和李家屯因爲地界之爭形成的對立，素來呼籲和平相處；但當他被土匪（敵方）痛打一頓之後，他的立場發生轉變並拿起槍來參加抵抗。

一方面，華老先生的覺悟符合人物的性格邏輯，另一方面，這個人物具有雙重象徵：太平莊和鄰村李家屯因爲地界的爭鬥屬於「兄弟鬩於牆」的民族內部矛盾，（1937 年抗戰全面之前，中共一直推行沒收地主階級土地的土地改革運動，因此遭到國民政府的指責和有產階級的反抗），華老先生先後不同的立場，象徵和代表著那些還沒有遭受日軍侵略的、主張委曲求全的不抵抗勢力和推行「攘外必先安內」政策的民國政府，但是一旦面臨外敵入侵，大家還是要團結一體、一致對外。

　　象徵性不僅體現在人物的設置和情節的處理上，還體現在鏡頭語言的表現運用上，《壯志凌雲》中不乏雄壯的腳步、滾滾的狼煙、激昂的人群這樣的畫面，並配以槍炮聲、口號聲和悽愴的琵琶聲，這都是極具左翼電影特徵的藝術手法。實際上，它們是對左翼電影譬如《野玫瑰》（聯華，1932）、《小玩意》（聯華，1933）、尤其是左翼經典《風雲兒女》（電通，1935）類似場景的承接性表述：《壯志凌雲》中仰拍抗敵隊伍紛至沓來的步伐和腳部特寫，直接借鑒了《風雲兒女》中《義勇軍進行曲》的聲畫處理模式〔註4〕。

　　第四，是暴力性。

　　這與其說是左翼電影的傳統特徵，不如說是被國防電影直接繼承的強項和特長所在。《壯志凌雲》中黑妞父親在臺上的鼓動，與其說是一個農民在演講，不如說是影片的形象化宣傳。太平莊的信使在鄰村的鼓動宣傳也是在類似的土臺子上完成的──隨後就是民眾迎著火光槍炮聲奮勇向前的場景。在談及這些今天看來似乎有些幼稚、生硬的象徵手法之時，我沒有絲毫輕視嘲笑的意味，恰恰相反，它更能讓後人直接感受到民族災難的深重和歷史的悲

〔註4〕我對這些影片的讀解意見，祈參見拙作《〈野玫瑰〉：從舊市民電影向左翼電影的過渡──現存中國早期左翼電影樣本讀解之一》（載《文學評論叢刊》第11卷第1期，2008年11月，南京，季刊）、《民族主義立場的激進表達和藝術的超常發揮──對聯華影業公司1933年出品的〈小玩意〉的當下讀解》（載《汕頭大學學報》2008年第5期，雙月刊）、《左翼電影的藝術特徵、敘事策略的市場化轉軌及其與新市民電影的內在聯繫》（載《湖南大學學報》2008年第3期，長沙，雙月刊）。上述文章的完全版和未刪節版分別收入拙著《黑白膠片的文化時態──1922～1936年中國早期電影現存文本讀解》和《黑馬甲：民國時代的左翼電影──1932～1937年現存中國電影文本讀解》，敬請參閱。

劇性。我始終對一切代表弱勢群體反抗一切強權的左翼文藝表達崇高的敬意，對國防電影，也是如此〔註5〕。

　　第五，是鬥爭性。

　　鬥爭性和前面提及的反抗性既有關聯也有區別。左翼電影的階級意識決定了其反抗性的天然性，或者說，主人公的反抗性，是其所屬階級性派生出來的先天屬性。而鬥爭性，更多地指向和標定為被激發出來後天性、尤其是對群體性抗爭和暴力革命的參與性。在左翼電影中，先天性和後天性的結合表現，就是革命暴力和暴力革命。譬如《風雲兒女》中，男主人公辛白華，就是在出身赤貧階級的戀人阿鳳的引導、感召和激發下，毅然地投身到抗敵（抗日）隊伍當中去的。

　　國防電影也存在或繼承了左翼電影的啟動程序和表現模式，即將左翼電影的暴力意識合理轉化和提升到民族戰爭的暴力正義和正義暴力層面。因此，國防電影更強調集體性、集團性和民族性的武裝鬥爭。有意思的是，《壯志淩雲》又特地為此設計了一個太平村村民從坑裏挖出敵人暗藏的大批槍支的情節，這是順理成章的、更是不得已而為之的。

　　因為首先，如果賦予村民武裝鬥爭的先天性，那就不是國防電影而是左翼電影了；其次，就電影製作而言，如果安排成村民主動購置軍火，很可能不會得到電影審查機關的通過。因此，這個情節的安排既在常理上無可挑剔、也為影片最終進入電影市場，進而為啟動宣傳民族戰爭的正義程序和暴力編碼，提供了一個低於左翼電影版本的接入端口，從而獲得更加廣泛的群體、不同黨派、政見和集團的認同與操作跟進。

──────────────

〔註5〕包括當下一些所謂代表少數人群進而發出自己聲音的人，也是如此。

丙、《壯志淩雲》：市場指導下的成功轉型和敘事架構

　　國防電影在 1936 年的興起和影響，雖然聲勢浩大，但在影片的硬件製作和營銷上，又必然受到藝術生產規律和電影市場規律的雙重制約。

　　國防電影運動興起後，作為國產電影大製作中心之一的明星影片公司，首先積極表態，聲言「立即從事國防電影的攝製」[1] P425。但 1936 年全年，「明星」的影片生產軌道，實際上依然沿用已開創成功的新市民電影模式，有案可查的國防電影，似乎只有由陽翰笙編劇、程步高導演、直到 1937 年春季才出品的《夜奔》[1] P452，而且現在公眾無從得見。

　　而另一個大的製片中心聯華影業公司的表現與動向，值得特別關注。1936年 2 月，「聯華」在首腦羅明佑的強勢主導下，推出了公司歷史上第一部真正意義上的有聲片《浪淘沙》。影片由吳永剛編導，套用一箇舊市民電影常見的兇殺追捕故事，對當時面臨民族危亡關口、而國內對立爭鬥的兩大政治軍事勢力給予象徵比喻和和嚴厲批評。

　　《浪淘沙》的價值取向和批判立場，既是編導吳永剛個人的「哲理觀念」〔註6〕，也是以羅明佑為代表的、相當大一部分中國知識分子，對國內政治軍事格局所發出的警醒呼籲，更是「聯華」一向激進、獨立的左翼傳統，和建立在電影市場基礎上價值觀念和藝術立場的體現。

〔註 6〕1949 年後，《浪淘沙》在中國大陸的電影史研究中，被斥為「荒謬」和「反動」，
　　　　「抹殺了階級鬥爭和民族鬥爭的社會根源及其根本內容」[1] P459～461，不僅在政
　　　　治上被徹底否定，而且，其偉大的藝術創造也被人為地屏蔽抹煞至今。我對
　　　　這部影片的具體意見，請參見本書第一章。

然而，《浪淘沙》在思想層面不亞於當年左翼電影的激進取向和高端姿態，使得它既沒有被國防電影容納，也沒有獲得市場應有的商業回報——市場不是永遠正確或萬能的，它還有劣幣驅除良幣的一面——相反，因爲成本高昂，加重了「聯華」原本就已存在的經濟困難，結果不僅直接迫使羅明佑、黎民偉等公司高層的離去，而且也導致像吳永剛這樣超一流編導的流失；1936年 8 月，另一個大股東吳性栽藉此機會執掌公司全部業務 [1] P457。

失去了思想和靈魂人物的「聯華」，從此淪爲思想性、創造力一般化的製片公司，無力地在電影市場中掙扎求生：新「聯華」本年度對國防電影的貢獻，**除了很少有人能夠眞正讀解、欣賞的國防電影《浪淘沙》外**，只有一部《狼山喋血記》可以作爲標示性的影片值得一提。

羅、黎等人退出「聯華」後，立即以原月明影片公司爲基礎，恢復黎民偉原先的民新影片公司 [1] P458，同時也回復到羅明佑在 1935 年開創的、但實踐已經證明失敗了的**國粹電影即新民族主義電影（以前我稱之爲新民族主義電影或曰高度疑似政府主旋律電影）**的製作路線上 [註7]。相反，偉大的、劃時代的天才吳永剛，由於被張善琨的新華影業公司聘用並編導《壯志凌雲》，結果不僅提升了國防電影的品質，而且，就此開始了「新華」在中國電影史上縱橫幾十年的輝煌歷程。

[註 7] 結果自然甚微，公司於 1937 年年中完全歇業。我對國粹電影即新民族主義電影（以前我稱之爲新民族主義電影或曰高度疑似政府主旋律電影）《國風》、《天倫》的具體討論，祈參見拙著《黑白膠片的文化時態——1922～1936 年中國早期電影現存文本讀解》第 27 章《主流政治話語對 1930 年代電影製作的介入及其藝術轉達——〈國風〉（1935 年）：中國電影歷史中的「反動」標本讀解》、第 28 章《政治話語情結與傳統倫理文化讀解的雙重錯位——〈天倫〉（1935年）：中國電影歷史中「消極落後」的樣本讀解》。

張善琨（1907～1957）是浙江吳興人，畢業於上海南洋大學，曾在藥店、煙草公司供職[3]。後投靠上海灘上的青幫大佬黃金榮，從經營大世界遊戲場和演出京劇連臺本戲的共舞臺起家；1934 年，他成立新華影業公司，以極低的成本，於 1935 年將市場反響很大的連臺機關布景京戲《紅羊豪俠傳》攝製成有聲片，結果回報豐厚；1935～1937 年抗戰爆發前，張善琨積極借助和延攬了諸多著名左翼人士加盟電影製作，譬如歐陽玉倩、陽翰笙、田漢、冼星海，以及史東山、司徒慧敏、王人美、金山等演藝界名人，為「新華」編導攝製了包括《壯志淩雲》（國防電影）和《夜半歌聲》（新市民電影）在內的 13 部影片，並成為 1936 年國防電影運動的中心之一[1] P83~485。

張善琨和新華影業公司在短短兩三年間所取得的成就，既是他個人商業投資和經營領域的成功案例，也是社會發展、時代潮流的必然，更是二者完美的結合。

　　張善琨以出品《紅羊豪俠傳》高調進入電影市場，並以高回報完勝商戰的第一回合，既顯示了他在資本運作和公司經營層面的高超手段，也凸顯了他對時代風雲和電影市場定位的準確把握能力：就前者而言，他的商業意識與經營路線，不亞於中國第一代編導兼製片人張石川、鄭正秋及其明星影片公司；就後者而言，他的藝術感受力和引領時代風氣的電影市場嗅覺，又不輸於開創左翼電影新局面的聯華影業公司和電通影片公司。

　　實際上，在1937年7月抗戰爆發前的國產電影市場中，張善琨和新華影業公司在新市民電影的製作和市場份額上，與明星影片公司不分上下；在順應時代潮流和電影市場演進中，成功取代了聯華影業公司已經喪失了的領袖地位，爲左翼電影向國防電影的成功轉型和品質的提升做出了最直接的貢獻〔註8〕。

　　《壯志凌雲》完成於1936年年底[1] P488，在繼承左翼電影的諸多特性、完成向國防電影轉型的基礎上，影片的市場性是它的新特徵和新貢獻。這與上面提及的階級性、反抗性、鬥爭性、暴力性並不矛盾。事實上，當年的左翼電影也是如此路數，因爲電影首先是市場的產物。因此，「新華」從第一部影片開始，全部是有聲片，直接迎合市場需求。正是在這個前提下，影片的敘事架構和藝術功底成爲不可或缺的核心。

〔註8〕在一定程度上，新華影業公司就是1930年代左右中國電影市場風向標的聯華影業公司（1930～1936），只不過，「新華」的輝煌還貫穿了從1936～1949年中國電影歷史的各個時期，其生命力比「聯華」更爲長久。而作爲電影界和製片公司的新一代領袖人物，張善琨在中國電影史上的歷史地位和重要貢獻，在1949年之前，也只有羅明佑、黎民偉這樣能夠開時代風氣、引領時代潮流並左右電影市場的風雲人物方可比擬。而1949年後，他對香港電影的重要貢獻，奠定了其後幾十年後世界範圍內華語電影的基礎。

因此，首先，作為國防電影，《壯志淩雲》不乏面向買方（觀眾）的娛樂性。

就這一點而言，它要比同樣負載沉重思想主題的《狼山喋血記》更能發揮電影應有的效應。作為電影元素之一的娛樂性，從低端的舊市民電影到左翼電影、再到更高端的《浪淘沙》，從沒有或缺，只是比例配置和主次定位不同而已。《壯志淩雲》中刻意安排了幾場讓觀眾發笑的戲份和人物，譬如女人們在水井邊爭風吃醋的群場戲〔註9〕，以及韓猴和章胖的丑角滑稽戲；在人物和衝突的設置上，最大的亮點就是順兒和老田爭奪黑妞的感情戲〔註10〕。

其次是人物形象的豐滿。

許多左翼電影有一個觀眾不能容忍的缺點，就是人物性格的不發展，結果造成形象的單一品質、乃至影響主題的完美表達。這一點在成熟的或曰經典左翼電影——譬如《神女》（1934）和《風雲兒女》（1935）中得到糾正，而在《壯志淩雲》中，類似的缺陷降到最低。譬如章志直飾演的章胖，看上去流裏流氣，但卻不妨礙他犧牲在抗敵戰場；對順兒和老田關係的處理，也比左翼電影有所突破。譬如到鄰村李家屯去搬救兵，一般情況下，這種凸顯主題而又能提升人物形象地位的艱巨任務，應該是由男一號順兒來擔當，但影片卻安排給了老田。

〔註9〕 水井旁邊的打情罵俏以及打鬥戲，是（新舊）市民（電影）趣味最明顯的表現，其功效的突出，得益於生活真實：農村的水井既是女性洗衣勞作的場所，也是包括性信息在內的消息傳播、交流的集散地。

〔註10〕 瘦子韓蘭根和胖子章志直飾演的鄉村版二流子，可謂形神兼備、演技上乘。倆人圍著王人美唱的下流小調，非常好聽，可惜聽不清唱詞。其實任何一種男女情感間的表達都多少帶有性的成分和色彩。如果沒有性的成分，這種情趣是要打上摺扣的。（**所以，愛情如果沒有性的成分就不能稱其為愛情**）。

　　這是背離模式化的一種努力。最引人注目的形象，或者說，從左翼電影轉型成功的國防電影，在人物形象上最重要的貢獻，是對漢奸類型的塑造、表現。實際上，影片中那個賣藥的奸細，是 1949 年後中國大陸電影中觀眾所熟悉的漢奸形象的早期代表。

丁、結語

　　一般來說，一切好的藝術作品，在敘事機制上都能自成體系，即從觀眾或讀者的角度來看，可以既不考慮其敘事的生成背景也可以忽略其類型和情節關聯，而能在作品的獨立架構下自行完成鑒賞和讀解。直白地說，觀眾作為電影的買方市場，可以不清楚《壯志淩雲》與左翼電影之間的歷史承接，也不必要知道它是國防電影的屬性劃分，僅僅在特定時空的局限下就能完成對影片的即時文化消費——當然，就現在我對《壯志淩雲》的讀解而言，它還附有電影歷史層面的研究價值和樣本屬性。

　　國防電影運動的生成、演進和成就，一方面得益於左翼電影發展的歷史和傑出成就所奠定的思想、藝術、人才基礎；另一方面，對張善琨和新華影業公司在中國電影界乃至文化領域的出現和成功而言，《壯志淩雲》提供的，既是一個判斷解讀的樣本和角度，也是電影市場對時代和社會發展潮流做出的及時反應和結晶。更重要的是，稍加拉升觀照角度就會發現，從 1937 年到 1945 年，抗戰八年期間，整個國統區的抗戰電影，幾乎都是遵循著以《壯志淩雲》為代表的國防電影模式生成並發揮戰鬥作用，從而留下了那一段血雨交加的歷史影像。

戊、多餘的話

子、張善琨的歷史地位

由於張善琨及其製片公司的運作和出品，在 1936 年後基本貫穿 1937～1945 年抗戰時期的中國電影歷史。因此，張善琨和新華影業公司既是中國電影在這一時期重要標本，也是 1946～1949 年中國電影面貌的重要組成。而隨著 1949 年後張善琨與新華影業公司轉進香港，張善琨和「新華」又對香港電影的興盛功不可沒──爲香港在 1950 年代取代上海、成爲中國電影新中心做出了讓人無法迴避的歷史性貢獻──就我個人而言，這是我要在 1937～1949 年中國電影研究中另外兩本著作的必要組成部分了。

丑、人物的命名邏輯

在左翼電影、尤其是完全意義上的或曰經典左翼電影中──譬如《惡鄰》（1933）和《風雲兒女》（1935），人物的姓名是其階級性的明顯標誌和概念外延，其邏輯結構多少都與立場性或革命性相關聯。在國防電影中，至少就

《壯志淩雲》而言也是大致如此,譬如華老先生,用以指代國府或民眾。男主人公順兒雖然沒有姓,(他是孤兒),但「順」一方面本來是撿來的意思(現在在北京方言中增加了「偷」的詞義),另一方面又是勞動階層常見的命名思路(希望小孩一生平安、順利)。就像影片中黑妞的爹說的那樣:

「我給你來取個名字吧,叫什麼來著順口呢?唉,就叫順兒吧!……可憐的孩子」。

女主人公黑妞,他爹(宗由飾演)的王姓,是從黑妞的飾演者王人美這裡生發出來的;另外,黑妞本是黑土地上的女人的意思(譬如,1930 年代知名的左翼作家丁玲,其 1940 年代的長篇小說《太陽照在桑乾河上》的女主人公,用的就是這個名字),明確指向日本侵佔下的東北淪陷區——這顯然切合《壯志淩雲》的國防電影主題。〔註11〕

初稿時間:2005 年 3 月 25 日
二稿改定:2008 年 2 月 13 日~21 日
圖文修訂:2016 年 9 月 7 日~10 日

〔註11〕 本章文字的主體部分(不包括戊、多餘的話)約 7800 字,最初曾以《電影市場對左翼電影類型轉換及其品質提升的作用——以〈壯志淩雲〉爲例》爲題,先行發表於《南京師範大學文學院學報》2009 年第 2 期(總第 54 期,2009年 6 月,南京,季刊),後作爲第三十六章,收入《黑白膠片的文化時態——1922~1936 年中國早期電影現存文本讀解》,題目是《左翼電影思想元素與藝術模式在國防電影中的成功轉型——〈壯志淩雲〉(1936 年):國防電影讀解之二》。此次收入本書,對少許字句作了訂正或補充並用黑體字標示,下方沒有圖片說明的截圖均源自影片且新增三十六幅。特此申明。

參考文獻：

〔1〕程季華，中國電影發展史：第 1 卷〔M〕，北京：中國電影出版社，1963。

〔2〕李喬，關於實事求是地評價中共黨史人物〔N〕，北京日報，2007-12-17//
北京：作家文摘，2007-12-18（1）。

〔3〕艾以，上海灘電影大王張善琨〔M〕，上海人民出版社，2007：7。

〔4〕袁慶豐，《孤城烈女》：左翼電影在 1936 年的餘波回轉和傳遞〔J〕，青
海師範大學學報，2008（6）：94～97。

The Successful Transformation of Ideological Elements and Art Models of Left - Wing Films to National Defense Films：*High Aspirations*（1936）

Read Guide：*High Aspirations* has stripped the property relationship between Left-wing Film elements and Left-wing ideological roots to the maximum extent, which successfully use National Defense Film as a shell resource to come into the market, furthermore providing an access port below the Left-wing version of the film for different partisans, classes, and audience who want to publicize the justice of national war. Zhang Shankun and Xinhua Film Company follow the trend of the times and the film market demands, which replaced the Lianhua Film Company's leadership owing to this film.

Key words：Left-wing Films; National Defense Films; ideological elements; film market; Zhang Shankun;

圖片說明：中國大陸市場銷售的《壯志淩雲》VCD 碟片（「俏佳人系列」）之一、之二。

圖片說明：中國大陸市場上銷售的《壯志凌雲》DVD 碟片。

第零肆章 《聯華交響曲》（1937 年）
——左翼電影和國防電影的合成灌裝

圖片說明：中國大陸市場銷售的《聯華交響曲》VCD 碟片（「俏佳人系列」）包裝之封面、封底。

閱讀指要：

　　1937 年 1 月公映的《聯華交響曲》，既是聯華影業公司、也是中國電影歷史上第一部短片合集。這部由左翼電影（餘緒）和新興的國防電影的短片組合之作表明，離開了黎民偉和羅明佑的強力主導，「聯華」不僅失去了大製片公司在藝術創新上的活力，製片路線也從此將轉向更加主流的新市民電影的生產大潮。影片現今相對較高的觀賞推薦指數，主要來自於費穆編導的驚人之作《春閨斷夢——無言之劇》：這部小規模、大手筆的影片（國防電影），無論是從電影史的高度還是從觀眾的角度，至今仍有學習和禮贊的價值——其他短片則大多乏善可陳。

關鍵詞：新市民電影；國防電影；左翼電影；《兩毛錢》；費穆；《春閨斷夢——無言之劇》；

專業鏈接 1：《聯華交響曲》（短片集，黑白，有聲），聯華影業公司 1937 年出品，1937 年 1 月上映。VCD（雙碟），時長 102 分 45 秒。鏡頭總數：429 個（不包括片頭片尾字幕）。

　　>>> **編劇、導演**：司徒慧敏、蔡楚生、費穆、譚友六、沈浮、賀孟斧、朱石麟、孫瑜。

　　>>> **主演**：藍蘋、梅熹、陳燕燕、黎灼灼、洪警鈴、鄭君里、劉瓊、韓蘭根、劉繼群、殷秀岑、宗由、羅朋、黎莉莉、恒勵、尚冠武、梅琳、王次龍、葛佐治。〔註1〕

專業鏈接 2：原片片頭及各短片片頭字幕、演職員表

聯華

聯華交響曲

□　目

敏慧徒司	錢毛兩
穆　　費	夢斷閨春
六　友　譚	人生陌
浮　　沈	行人三
斧　孟　賀	景小夜月
麟　石　朱	鬼
瑜　　孫	瘋人狂想曲
生　楚　蔡	義五小

〔註 1〕這些分別是八個短片中的編導和主演。特此說明。

錢毛兩

【導演：司徒慧敏；編劇：蔡楚生。主演：藍蘋、梅熹、沈浮】。

夢斷閨春

—劇之言無—

演導　劇編

穆　　費

表員職

芬紹黃……影攝

可　許……景佈

綱宏祝……務劇

贊　廓……音錄

表員演

燕燕陳：女少

灼灼黎

翼　張：士兵

冲　裴

鈴警洪：徒醉

人生陌

演導　劇編

六友譚

意　造

立海楊

表員職

明達周……影攝

臣漢張……景佈

謀君孟……務劇

贊　廓……音錄

表員演

里君鄭　　（梅老）父

璐　白　　（環金）媳

瓊　劉　　　（梅小）子
容　溫　　　（人生陌）客

行人三

演導　劇編
浮　　　沈

表員職
芬紹黃
石勇沈……影攝
可　許……景佈
謀君孟……務劇
護　廖……音錄

表員演
根蘭韓　　　韓老
群繼劉　　　劉老
岑秀殷　　　殷老
青柏費　　　主債
鳳桂傳　　　婦寮
囡囡周　　　兒女

景小夜月

演導　劇編
斧孟賀
表員職
明達周……影攝
可　許……景佈
梅　沙……曲作
贊　廖……音錄
梅少邢……務劇
表員演
清　李…………盜
由　宗…………人老

流浪人…………羅　朋
妓……………嚴　斐

鬼

編劇　導演

朱石麟

職員表

攝影……周達明
佈景……張漢臣
劇務……王仰樵
錄音……鄺　贊

主演

黎莉莉
恒　勵

瘋人狂想曲

導演

孫　瑜

職員表

攝影……黃紹芬
佈景……張漢臣
錄音……鄺　贊
劇務……祝宏剛
劇務……邢少梅

主演

尚冠武
梅　琳
葛佐治

小五義

編劇　導演

蔡楚生

職員表

攝影……陳晨

佈景……張漢臣

劇務……孟君謀

幹事……屠恒福

錄音……鄺護

演員表

老何……………李清

老李……………殷秀岑

小五義：

苗振宇　曹維東　葛佐治

唐根寶　周因因

鄉紳………………沈石□

專業鏈接 3：影片鏡頭統計

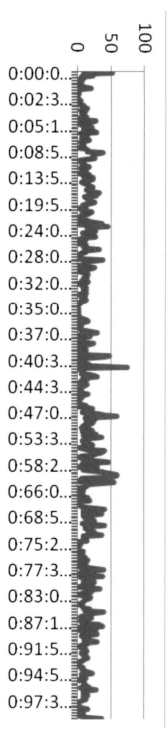

說明：《聯華交響曲》全片時長 102 分 45 秒，共 429 個鏡頭；8 個短片的鏡頭數依次爲：59（《兩毛錢》）、49（《春閨夢斷》）、71（《陌生人》）、58（《三人行》）、35（《月夜小景》）、45（《鬼》）、16（《瘋人狂想曲》）、94（《小五義》）；其中：

甲、小於和等於 5 秒的鏡頭 135 個，大於 5 秒、小於和等於 10 秒的鏡頭 121 個，大於 10 秒、小於和等於 15 秒的鏡頭 76 個，大於 15 秒、小於和等於 20 秒的鏡頭 58 個，大於 20 秒、小於和等於 25 秒的鏡頭 24 個，大於 25 秒、小於和等於 30 秒的鏡頭 21 個，大於 30 秒、小於和等於 35 秒的鏡頭 6 個，大於 35 秒、小於和等於 40 秒的鏡頭 13 個，大於 40 秒、小於和等於 45 秒的鏡頭 7 個，大於 45 秒的鏡頭、小於和等於 50 秒的鏡頭 2 個，大於 50 秒、小於和等於 55 秒的鏡頭 0 個，大於 55 秒、小於和等於 60 秒的鏡頭 4 個，大於 60 秒的鏡頭 1 個。

乙、片頭鏡頭 9 個（全片片頭 1 個、8 個短片片頭），片尾鏡頭 1 個；字幕鏡頭 3 個，其中，交代劇情的鏡頭 3 個，交代人物鏡頭 0 個；對話鏡頭 0 個。

丙、固定鏡頭 250 個，運動鏡頭 110 個。

丁、遠景鏡頭 0 個，全景鏡頭 133 個，中景鏡頭 173 個，近景鏡頭 125 個，特寫鏡頭 19 個。

（數據統計與圖表製作：玄莉群）

專業鏈結 4：影片經典字幕與臺詞選輯

《兩毛錢》

　　「老爺，老爺，那東西不是我的。還不是爲了要拿他那兩毛錢嗎？因爲我窮，我這一家子這麼許多人，老婆、孩子，還有在家裏頭生著病的父親，他們全要靠我一個人養活他們。老爺，我一家子已經餓了兩三天了，我不給他送，也得餓死？」──「這裡是法庭，不是講人情的地方！」

「唉……八年，我不知道這八年你們怎樣活下去」——「有你在，我們還不是一樣的要挨餓嗎？」

「兩毛錢，兩毛錢，八年，八年……」

《陌生人》

「你不要叫，你救我，我報答你呀！我給你錢。」

「不成啊，這是我的房間！」——「你的丈夫就是我養的，怎麼是你的？」

「還敢哭呢！我的命根差點給你斷送了！」——「你的命根？……你的命根就是錢！」

《三人行》

「我們再也離不開你！」——「不不，社會上需要我們的人很多」——「請你們放心好了，我們出去一定要做好人，要做好……不可再好了」。

「好，我們滾蛋」。

「當心，要笑大發了，等會兒肚皮又餓了」。

「壞了！壞了！壞了！怎麼你又提起了？記住，不許說『餓』！」

「這個人，是我們一、二、三個人打死的！」

「你不能替我們認罪啊！你孩子也小，不能離開你」。

《月夜小景》

「來，跟我去吧。我年紀輕，可是，我沒有病。我不會害你的，我也不會叫，我也不會嚷。你……你先將就將就吧！來，去吧！」

「你的家住在哪兒？」——「家？家？……我的家老早就失去了」——「那麼你從哪兒來的呢？」——「從哪兒來？那塊地方遍地是黃金，到處是無盡的寶藏！可惜，那塊地方，早不是我們的了」——「那地方在哪兒？」——「那地方……那地方在三千里以外，三千萬人的故鄉！」——「你說的是……」——「就是那個地方！」

「假如你找到了你的兒子，你看見他，他做了強盜，做了土匪，你怎麼樣？」——「他不會的，他受過教育，人又老實，事情也很好。我是他父親，我知道他不會的」——「假如你兒子的母親，知道了你的兒子是個強盜，是個土匪，她該怎麼樣？」——「她……她不會知道了。因為在四年前的一天，她已經做了炮灰了」。

《鬼》

「噯，你們老是不相信，鬼怎麼能沒有呢？人死了變成鬼，鬼死了變成人，不，那個鬼是投生做人的。所以，有了人自然有鬼，也可以說有了鬼然後有人」──「這麼回事嗎？噯……那我倒要請教你了。那麼世界上，是先有人後有鬼呢？還是先有鬼後有人呢？」──「這個……」

「好孩子，你不用害怕。每逢初一、十五，我燒好多的紙錠，鬼不會來找咱們的」。

「現在我給你講個鬼的故事聽，千真萬確，一點兒也不假。我有個朋友，也姓王。有一天晚上，他一個人在路上走，看到牆根那兒站著一個很漂亮的女人。我那個朋友，是個好色之徒，他就走上去，想勾搭一下。哪知道那女人一回過頭來，呵！披頭撒髮，七孔流血，那舌頭耷拉出來有半尺多長。我那朋友這一下子就嚇壞了，膽都嚇破了，馬上就……」──「這個事情是真的嗎？」──「真的，一點也不假。你想，你瞧見了，怕不怕？」──「那麼，這個故事是你那個姓王的朋友告訴你的嗎？」──「他當時就死了，怎麼會告訴我呢？」──「那麼，一定是那個弔死鬼告訴你說的。那要不然，你怎麼會知道的呢？」

「弔死鬼雖然可怕，但是要遇見我們男人，她輕易是不敢上的」──「為什麼？」──「哦，黎姑娘，我告訴你，人是陽，鬼是陰。我們男人是陽，女人是陰，陰必怕陽。我們男人頭上有三尺火光，所以鬼不敢上」──「那麼女人呢？」──「女人，女人頭上只有三寸光，所以弔死鬼專找女人。她找到了替身，才能夠投生。你不信打聽打聽，上弔的差不多都是女人」。

「鬼，鬼，鬼，你們全是活見鬼！鬼在哪兒？我現在通通明白了，鬼，全是你們造出來的。你們造出鬼來，完全是為了你們自私，為了你們要欺騙人。你們說，鬼可怕，鬼兇惡。我看你們這幫人比鬼更可怕！更兇惡！鬼是沒有的，如果有鬼，那你們就是鬼！鬼就是你們！我現在不怕鬼了，怕的就是你們這幫人！你們全都滾出去！這輩子不願看到你們的鬼臉！給我滾出去！你……你還有臉在這兒搞鬼，你給我滾出去！滾出去！滾出去！滾出去！給我滾出去！你們要捉鬼，鬼就是他！鬼就是他！你們給他捉了去！鬼！」

《瘋人狂想曲》

「爸爸，我們打回去！」

「打回去！打回去！打回去！……」

《小五義》

「我的就是你的，你的呢就是我的！」

「你看，你這個地景正靠著街口兒，空著可惜呀！我想，你借給我做點小買賣兒，行嗎？」

「爸爸，他要霸佔我們的家了，您知道嗎？」——「嗯？胡說八道，他是我的好朋友，你們小孩子懂什麼？」

「我我我……我以為你是好人，你給我做出這樣的事情來了！你……你……你還笑呢你！我我我我……我拉你到鄉公所裏去講理去！」

「哭，有什麼用呢？你看，誰相信你的話？哈哈哈哈哈哈哈哈！」

「我們大家都很相信他的，你們兩個應該像弟兄一樣的要好，才對！這有什麼好吵呢？回去吧，回去吧！」

「我不是跟你說過嗎？你的就是我的，我的就是……哈哈哈哈哈哈！你的孩子們多，少一兩個有什麼關係呢？幹嘛這麼難過啊？」

「我們都給他騙了，我們自己人不要打自己人，合起來跟他拼命！」

「想不到你也有今天這麼一天吶！」

圖片說明：《聯華交響曲》第一個短片《兩毛錢》截圖，女主角是藍蘋（左圖右，右圖）。

專業鏈接 5：影片觀賞推薦指數：★★★☆☆

甲、前面的話

在七·七事變爆發之前，1937 年出品的國產影片，現存的、目前公眾可以看到的只有十部左右。這些影片都是有聲片，其中聯華影業公司名下的有五部，即《聯華交響曲》、《前臺與後臺》、《如此繁華》、《春到人間》和《王老五》；屬於明星影片公司的三部，即《壓歲錢》、《十字街頭》和《馬路天使》；新華影業公司兩部，即《夜半歌聲》和《青年進行曲》。

從時間順序上看，《聯華交響曲》的上映時間爲 1937 年 1 月 [1] P473，應該是本年度國產電影市場上最早上映的影片之一。從影片內容／主題思想以及影片類型（形態）上看，上述十部影片，《青年進行曲》是早有定性的國防電影 [1] P473——在我看來，新近在內地市面上出現的《春到人間》也屬於這個序列，**《前臺與後臺》屬於國粹電影（即新民族主義電影）**，除《聯華交響曲》之外的其餘七影片，都可以歸入 1933 年興起的、以第一部國產高票房電影《姊妹花》（明星影片公司出品）爲標誌的新市民電影的框架體系內。〔註 2〕

而 1937 年 1 月聯華影業公司出品的《聯華交響曲》，其以國防電影爲主、左翼電影爲輔的雙重疊加特性，使得它在本年度由新市民電影引導的國產電影生產主潮中顯得比較特殊；同時，又與孫瑜**隨後**爲「**聯華**」編導的國防電影《春到人間》有著製片策略上的內在聯繫。

〔註 2〕 我先前將《前臺與後臺》歸爲新市民電影（參見《〈前臺與後臺〉：1937 年的新市民電影——抗戰全面爆發前國產電影對民族精神與文化傳統的開掘與展示》，載《浙江傳媒學院學報》2011 年第 1 期），現已修正看法，認爲其屬性應該是國粹電影即新民族主義電影；我對《如此繁華》、《王老五》、《壓歲錢》、《十字街頭》、《馬路天使》、《夜半歌聲》的討論意見，祈分別參見拙作《新市民電影〈如此繁華〉的世俗性、時尚性與趣味性——1937 年抗戰全面爆發前的國產電影》（載《當代電影》2011 年第 4 期）、《藍蘋主演的〈王老五〉是一部什麼性質的影片——管窺 1937 年全面抗戰爆發前後的國產電影》（載《學術界》2011 年第 8 期）、《〈王老五〉的新技術主義製片路線及其藝術特徵——1937 年全面抗戰爆發前後的新市民電影實證》（載《浙江傳媒學院學報》2011 年第 5 期）、《新市民電影的世俗精神及其對意識形態的市場化規避——以 1937 年的賀歲片〈壓歲錢〉爲例》（載《河北師範大學學報》2011 年第 2 期）、《〈十字街頭〉：20 世紀 30 年代「蟻族」生活寫照與喜劇化處理》（載《浙江傳媒學院學報》2010 年第 6 期）、《〈馬路天使〉：新市民電影的經典之作——基於左翼電影和國防電影背景的審視》（載《汕頭大學學報》2011 年第 1 期）、《〈夜半歌聲〉：驚悚元素與市民審美的再度狂歡——1937 年新市民電影在國防電影運動背景下的新發展》（載《浙江傳媒學院學報》2010 年第 5 期），對《青年進行曲》和《春到人間》的討論，祈參見本書第五章、第六章。以上各篇文章的完全版均收入拙著《黑夜到來之前的中國電影——1937 年現存國產影片文本讀解》，敬請批判。

圖片說明：《聯華交響曲》的片頭是全體編導演集體歌唱的背景，
這也許是黎民偉、羅明佑等元老被迫離開公司後，新老闆吳性栽對
內穩定人心、對外維護既有品牌效應的應急舉措。

　　《聯華交響曲》是一個被稱爲「集錦片」的短片集，由八個各不相關的
短故事片組成，其樣式被認爲是當時中國電影史的一個「新的體裁」，因爲「差
不多『聯華』所有的導演和演員都參加了這部集錦片的創作工作，就這一點
來說，它又很像『明星』拍攝的《女兒經》」[1] P473。

　　這裡，有兩點需要稍作注解和澄清。

　　第一，在影片「差不多」的創作名單中，並不包括曾作爲聯華影業公司
業務與藝術主導的重要核心人物和主要創辦人的黎民偉與羅明佑，二人已經
在 1936 年 8 月，因爲年初拍攝的第一部有聲片《浪淘沙》市場反響不佳而被
迫退出「聯華」[1] P457，同時退出的，還有鍾石根、金擎宇等編導 [1] P458；而
作爲《浪淘沙》導演的吳永剛，也因此轉入新華影業公司另謀發展 [1] P461。

　　第二，《聯華交響曲》與《女兒經》僅僅是在外在形式上相仿佛，影片性
質則截然不同。

　　《女兒經》出品於 3 年前的 1934 年，雖然說也是集中了明星影片公司幾
乎所有的編、導、演大牌人員，由胡蝶扮演的人物串場講了包括自身經歷在
內的八個相互關聯卻不密切的故事，但主題思想卻是一線貫穿的。《女兒經》
是在繼承舊市民電影傳統的主題思想和藝術元素、同時有條件抽取、借助新
興的左翼電影思想元素的基礎上整合興起的新市民電影：既對以往的舊市民

電影中的道德觀念、人物類型風格和藝術表現手法多有保留，又不乏當時時興的左翼電影中經常出現和使用的新理念、新人物〔註3〕。

而《聯華交響曲》中的八個短片，完全是各自獨立的編導創作，主題、風格不盡相同，只不過，出於凝聚公司集體形象和影片發行層面的商業考量，捆綁在一起打包上市而已。

圖片說明：作為1937年的第一部影片，《聯華交響曲》顯然是公司內部發生重大變化後直面市場的產物，結果產生了早期中國電影史上第一部集錦片（短片合集）。（圖為《聯華交響曲》的片頭）

乙、《聯華交響曲》中八個短片的面貌和文本讀解

《聯華交響曲》整部影片的開始和結束，都使用配置聯華影業公司在1934年出品的左翼電影《大路》的主題歌《開路先鋒歌》，並由全體編、導、演出鏡演唱——中國電影發展到1937年，幾乎很少不使用插曲或主題曲的，音樂

〔註 3〕《女兒經》（故事片，黑白，有聲），明星影片公司1934年出品，時長159分。編劇：編劇委員會；導演：李萍倩、程步高、姚蘇鳳、吳村、陳鏗然、沈西苓、徐欣夫、鄭正秋、張石川；主演（按出場順序排名）：胡蝶、高占非、嚴月閒、宣景琳、朱秋痕、嚴工上、夏佩珍、王獻齋、柳金玉、龔稼農、黃耐霜、顧蘭君、高倩萍、徐莘園、梅熹、袁紹梅、王吉亭、徐來、徐琴芳、趙丹、陳娟娟、譚志遠、王徵信、胡笳、馮志成、唐巢文、鄭小秋、袁曼麗、尤光照。我對《女兒經》的具體意見，請參見拙著《黑白膠片的文化時態——1922～1936年中國早期電影現存文本讀解》第二十五章：《以舊市民電影為依託、以左翼元素為賣點的有聲大片——〈女兒經〉（1934年）：新市民電影樣本讀解之三》。

元素已經成爲影片進入市場必要的視聽構成。因此，這支曲子也可以看作是第一個短片《兩毛錢》的主題曲。除此之外，《聯華交響曲》其他短片，幾乎都有與影片主題相關的音樂或歌曲配置，包括借用。

圖片說明：西諺云：人不能兩次站在同一條河中。但就是有人能在銀幕內外站在同樣被稱爲法庭的地方。這是藍蘋在《聯華交響曲》第一個短片《兩毛錢》中飾演的「毒販」的妻子。

《兩毛錢》由蔡楚生編劇、司徒慧敏導演，時長 11 分鐘左右。影片用一張富人點煙後丟棄的破損紙幣，串聯起底層民眾相似的悲苦命運，最終一個窮人爲了掙這兩毛錢，在不知情的情形下捲入毒品販運，結果被法庭判處八年徒刑。

本片 VCD 版的《演職員表》缺失，可能是 1949 年以後人爲的因素所致，因爲這部短片的女主演是藍蘋[1] P611。其實這部片子最有價值的地方，是小偷偷這兩毛錢紙幣前後大量的實景拍攝，從手法上講很見功力；從影像上說，又是 1930 年代上海街頭難得的場景紀實素材。這部影片很容易使人想到明星影片公司在當年春節上映的《壓歲錢》[註4]，因爲就整體結構和線索設置而

〔註 4〕 《壓歲錢》（故事片，黑白，有聲），明星影片公司 1937 年出品。這個片子原是夏衍在 1935 年爲電通影片公司寫的，後來因爲「電通」關張，所以在次年修改後交由「明星」，當時爲了規避電影檢察機關，出品時，編劇的名號用了洪深的名字[1] P461。我對這部影片的具體討論，祈參見拙作：《新市民電影〈壓歲錢〉：中國早期電影中的賀歲片》（載《浙江傳媒學院學報》2010 年第 4 期），其完版作爲第二章收入拙著《黑夜到來之前的中國電影——1937 年現存國產影片文本讀解》，敬請參閱。

言，《兩毛錢》其實是《壓歲錢》的壓縮版，只不過可以劃入左翼電影（餘緒）序列。

圖片說明：一張富人點完煙後丟棄的兩毛錢紙幣，輾轉於窮人之
手。它既是撿拾者的活命錢，也是被判刑入獄的導火索。《兩毛錢》
秉承的是幾年前左翼電影同情弱勢群體的人文精神。

　　排在第二的短片，是費穆編導的《春閨斷夢——無言之劇》，時長也在
11 分鐘左右。開始曲借用的是《新女性》中的主題曲，隨後的配樂，轉為使
用極具現代電影風格的交響樂。整個片子用三個噩夢影射抗日[1] P474，應該
說主題明瞭，但藝術表現手法在《聯華交響曲》的八個短片中最為獨特和出
色。

　　影片一開始，由「聯華」當紅女明星陳燕燕和黎灼灼扮演的兩個美豔少
婦，同睡一張床上，在錦被下輾轉反側、夢境不斷。《第一夢》中，一個士兵
在戰壕中吹響悲涼的軍號，另一個士兵取出懷中珍藏的海棠葉子[1]P474~475。《第
二夢》裏，一個頭髮擰成兩隻牛角狀的男人一邊瘋狂地轉動地球儀，一邊狂
笑不止，他燒掉海棠葉時，再次淫邪地狂笑。相對於只有兩三分鐘的前兩夢，
《第三夢》長達 7 分鐘左右，表現的是《第二夢》中的那個男子衝進女人的
房間欲行不軌，兩個女人奮起自衛，最終在前線士兵的衝殺聲中殺死入侵者。

　　《春閨斷夢——無言之劇》原是有對話的，但「由於涉及了抗日，檢查
不通過，最後變成了啞劇」[1] P475。這是其副題「無言之劇」的由來，但影片
的國防電影屬性，應該是毋庸置疑。

圖片說明：從主題思想上說，《春閨斷夢》是典型的國防電影，但
其藝術表現卻具備現代電影的一切要素。從編導費穆的創作軌跡上
看，它是十一年後《小城之春》的辣筆熱身之作。

　　第三個短片《陌生人》的編導是譚友六，雖然時長有 12 分鐘左右，但幾乎
可以當作舞臺劇來看。一個強盜夜裏跑到一間雜貨店要求躲藏，貪財的老頭子
收下強盜的錢後，不顧兒媳婦的反對，不僅將其隱匿，騙過了來追捕的武裝村
民，而且還給強盜指出了一條逃跑的路。結果強盜在逃跑時扎死了老頭在村外
守衛路口的兒子，兒媳因此自殺。老頭在瘋狂中放火燒掉自己的房屋，懷抱幼
小的孫子，拿起鋼刀，在報警的鑼聲中，和鄉親們一起走上抓捕強盜的道路。
這也是一部國防電影，使用的是和《狼山喋血記》一樣的寓言手法。

圖片說明：同是國防電影，《陌生人》的敘事不僅平實，而且淺顯
易懂。它是一年前《狼山喋血記》寓言手法的短片版，但同樣都缺
乏《春閨斷夢》在主題思想和藝術層面的峭拔險峻。

　　第四個短片是沉浮編導的《三人行》，時長 12 分鐘。前半截是喜劇，講的是三個刑滿釋放的男人從監獄裏放出來後，無所事事，到處見義勇為，後果卻很搞笑。影片後半截的表現開始進入正軌，他們先是去解救了一個被男人毆打的年輕女子，在混戰中，女子打死了那個男人。原來這個男人不僅用高利貸控制女子，還企圖施暴。知道真相後，這三個男人頂替罪名再次走進監獄。若干年後，當三人再次走出監獄大門時，已是面有髭鬚的中老年人。

圖片說明：韓蘭根、劉繼群、殷秀岑演繹的《三人行》，由於其特型／喜劇演員的緣故，多少沖淡了影片的現實批判力度，是後期「聯華」從左翼電影轉軌新市民電影生產的過渡之作。

　　第五個短片是賀孟斧編導的《月夜小景》，時長 12 分鐘。在淒婉的歌曲聲中，一個面目愁苦、飢寒交迫的青年人，半夜裏在黃埔江碼頭和大街上持續持槍搶劫，但被他搶劫的人都和他一樣窮困潦倒：不是懷揣當票的同齡人、沒有生意的性工作者，**就是打更值夜的老者**。老者和他攀談起來，才知道年輕人來自「三千里外的那塊有無盡寶藏的土地」，而老者的兒子十幾年前也去了那裏謀生，但五年前就斷了音訊。當追蹤而來的警察將年輕人抓走時，老者和年輕人才意識到雙方的父子關係。**這個片子可以視為國防電影的舞臺劇啓蒙版。**

圖片説明：具備國防電影性質的《月下小景》，再次啓用了當年左翼電影主要的表現群體之一，即九·一八事變後流亡內地的東北青年學生爲表現對象，是一個典型的舞臺劇影像表達。

朱石麟編導的《鬼》排在第六，其時長相對於絕大多數短片的 12 分鐘要多出 2 分鐘。雖然片頭的畫面和配樂想表現一種詭譎或恐怖的氣氛，但內容和表演上卻實在沒有多少虛幻的成分。一個漂亮女孩晚間在院子裏聽左鄰右舍的閒漢們大談鬼故事，越聽越害怕，偏巧她母親又急著出門打麻將，把她獨自丟在家裏。夜裏女孩覺得有鬼，驚恐之際，那個給她講鬼故事的男人把她誘騙進自己的房間……第二天早上女孩的母親回來後，發現女兒神志不清。眾人請來道士捉鬼，女孩忍無可忍，在宣講了一番人間本沒有鬼的道理後，揭發了那個男人借鬼的名義所幹的壞事，說明造出鬼來的人比鬼更可怕——影片具有左翼電影鮮明的思想啓蒙和宣教特徵。

圖片説明：把朱石麟導演的《鬼》歸入左翼電影差強人意，黎莉莉主演的這部短片其實和《三人行》一樣，是黎民偉、羅明佑離開後，後期的「聯華」從左翼電影轉軌新市民電影的產品。

　　第七個短片是孫瑜導演的《瘋人狂想曲》，**就時長而言**，是所有短片中的短片，只有不到 4 分半鐘的篇幅。片頭歌曲曲調，用的是聯華影業公司 1934 年出品的配樂片《漁光曲》的主題曲旋律。被關在瘋人院中的一個中年男人，本來有著幸福的農家生活，然而敵機的轟炸和炮火，不僅毀壞了他的土地和家園，也炸死了他的一雙兒女，最後他流落街頭。在他緊握鐵欄、不斷呼喊「打回去」的同時，疊化出他和其他民眾冒著炮火奮勇衝鋒的畫面。這個短片當然可以劃入國防電影範疇，只不過其宣傳性特徵更爲淺顯直白。

圖片說明：作爲左翼電影的開山鼻祖，孫瑜編導的《瘋人狂想曲》雖然敍事平穩、引而不發，但依然難以掩飾其一貫激進的批判立場和強烈的現實關懷傾向——瘋者自瘋、狂者自狂。

　　蔡楚生編導的《小五義》是《聯華交響曲》裏最後一個短片，是所有短片中的篇幅最長的，竟有 22 分半鐘的時長。片頭曲調輕鬆歡快，暗示著影片喜劇化的風格。說的是一個大家庭，父親肥胖貪吃、顢頇無能，五個兒女純眞活潑。一個自稱是這家好鄰居的男人，用巧言花語和小恩小惠佔據了這家臨街的房間販賣軍火玩具，進而離間五個孩子讓他們互相猜疑，隨即又拐走了其中的小女孩。鄉公所收受了鄰居的賄賂後，不僅對此事不予過問，反倒勸大家和平共處。四個孩子終於看清了鄰居的險惡用心，號召其他還在互相打鬥的小夥伴們拿起武器一同搗毀了店鋪，逼著壞鄰居交出被擄走的妹妹。糊塗的父親就此覺醒，並把壞鄰居推入水中。

　　顯然，五個兒女象徵著五族共和的中華民國，被搶走的小女孩是東三省的指代，「鄉公所」說的是聯合國的前身「國聯」，那「鄰居」誰都知道是影射日本。這是顯而易見的國防電影，且兒童群戲占很大比重，視角獨特。

圖片說明：蔡楚生編導的《小五義》，最大程度地彰顯了國防電影
的啓蒙性、宣傳性和大眾性，因其採取的是極其少見的兒童視角，
因此，眾多的兒童演員群戲也是此片的看點之一。

丙、《聯華交響曲》的內在性質與藝術風格

對這八個短片，以往的研究者認爲，「五個是宣傳抗日爲主題的，其他三
個也都程度不同地暴露了當時社會生活的黑暗」，並且配合了「政治鬥爭」[1]
P473～474。所謂以「宣傳抗日爲主題」，其實就是一年前興起的國防電影（運動）
的範疇；而「程度不同地暴露了當時社會生活的黑暗」的短片，指的就是《兩
毛錢》、《三人行》和《鬼》。在我看來，它們是 1932 年出現的左翼電影在國
產電影發展到1937年的新電影潮流中的餘緒。

圖片說明：《兩毛錢》講的這個故事，看上去是市井小民因爲蠅頭
小利而引發的一連串悲劇，但影片的主旨卻始終直指當下，表現出
左翼電影主題鮮明的階級性、暴力性和宣傳性特徵。

《兩毛錢》沿用的是當年左翼電影揭發社會黑暗、反映貧富不均的路數。
雖然是止於揭示和批判現實，但其因為兩毛錢而被判八年的**案例**，在後人來
看尤為驚心。鏡頭講究，技法熟練，顯見聯華影業公司電影製作的傳統功力。
其中妻子的扮演者是藍蘋（江青），這是她繼《都市風光》（1935）和《狼山
喋血記》（1936）之後再次出演的一個小角色，也是現存的、公眾可以看到的
1930年代江青參與演出的第三個影片。

《三人行》的開始曲套用的《鳳陽花鼓》曲式，預示了影片的整體喜劇
風格。本片被歸類為左翼電影（**餘緒**）序列，是因為它的主題提倡暴力反抗；
其次，主演韓蘭根、劉繼群和殷秀岑，一直是「聯華」公司喜劇影片的品牌
式演員，與之相關的打鬥、噱頭、鬧劇等表演套路與模式，源於當年左翼電
影對舊市民電影結構性元素的繼承發揚。

《鬼》是這三個短片中最為枯燥的，但它借用噱頭所營造的賣點，正是
左翼電影基於階級性、暴力性上的宣傳性、鼓動性和教育性的特徵體現。所
以「卒章顯其志」，告訴觀眾，世上既沒有「鬼」，有也不可怕，因為所謂「鬼」
是壞人弄出來的；對待「鬼」，只能勇敢地面對和鬥爭。

圖片說明：藍蘋在聯華影業公司1936年出品的《狼山喋血記》中，
扮演配角之一張三的妻子：孩子被狼咬死。戲份不多，表演上也沒
有多大拓展空間，這還是編導不無提攜的結果。

　　檢閱這三個短片，其實還可以發見左翼電影的另一方面的屬性特徵，即同情底層民眾、關懷弱勢群體，尤其是底層中的底層、弱勢中的弱勢，譬如被侮辱的女性和基本喪失生存空間的社會邊緣人群。

　　相對而言，屬於國防電影性質的五個短片，不僅篇幅較多，而且藝術成就更高。這一方面是1930年代中後期國產電影發展歷史的必然，另一方面也是因為，在 1937 年國防電影已經基本完成對左翼電影精神內核整合的基礎上，不同的編導都表現出對國防電影內在性質的把握和與一己藝術主張相關的藝術創作功力。這其中成就最高、表達最好的，就是費穆編導的《春閨斷夢——無言之劇》。

圖片說明：費穆的《春閨斷夢》深刻地表現了女性性心理：戰爭中被侮辱和損害的女性焦慮。這是所有國防電影沒有企及的高度，也是所有中國電影難以處理的題材、領域和意識深度。

　　影片中的兩個美豔少婦當然可以理解為姑嫂或姐妹，顯然，既是後方的妻子與在前線守衛禦敵的丈夫相互思念，也更是所有中國女性的集體象徵。其肢體語言和身體造型的構思、表達，以及由含蓄、收斂下的大膽出位所形成的陰柔和情色之美，與一年前吳永剛編導的《浪淘沙》中所表現的男性陽剛之美，堪稱絕對。

　　更重要的是，《春閨斷夢》的思想主旨，不僅超越了當年左翼電影在反抗階級壓迫主題下所要表達的強勢階層針對女性弱勢群體的性剝削這樣的新銳

理念，而且最好地表達了國防電影在反抗異族侵略下的民族心理訴求：如果不奮起抗日，侵略軍要毀壞的，就不僅僅是中國人的賴以生存的家園，無數中國家庭的妻女姐妹還要面臨被肆意蹂躪和殺害的巨大危險。

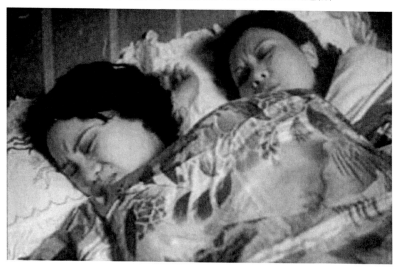

圖片說明：當國防電影始終停留在對全民進行現代國家意識的愛國主義啓蒙教育的時候，當抗日戰爭結束幾十年後，兩岸三地的中國電影依然沒有填補《春閨斷夢》當年留下的巨大空白。

與主題思想的高度相匹配的，是費穆高超的電影敘述手法和極爲新銳的藝術表達理念。譬如幾乎所有的場景過渡都使用熊熊燃燒的火焰，配樂幾乎始終使用極具現代電影風格的交響樂。建立在哲理性上的象徵性，與世俗表象上的感官衝擊並行不悖，實際上技高一籌。譬如海棠葉：守衛前線的中國士兵拿出珍藏在懷裏的海棠葉特寫，與後方妻子姐妹的輾轉反側形成情感上的呼應；象徵日本軍閥的狂人將海棠葉拋入火中的鏡頭，又構成民族精神的對抗關係——當時的觀眾都明白，海棠葉是當時中國國家地理版圖的形狀。

《春閨斷夢——無言之劇》時長 11 分鐘左右的篇幅，構圖自始至終極盡講究之能事，每一個畫面的審美追求都給人以登峰造極的感覺，而且極具民族特色——本土文化特徵鮮明的中式建築、極具東方傳統意蘊的線條、切割和場景轉換；景深、層次變換繁複，充滿張力，機位變換頻繁，推、拉、搖、移，拍攝式的俯、仰、平、斜（畫面有意傾斜），幾乎無所不用其極。

很多人注意到的是費穆在十一年後拍攝的《小城之春》（文華影片公司
1948年出品），並對之讚不絕口。殊不知，此時的「春閨斷夢」其實是「小城
之春」的民族抗戰版和對民族心理意識文化讀解的熱身之作。

圖片說明：即使在今天，《春閨斷夢》的電影現代意識和表現手法
依然讓人歎服：無論布景、光線、景深、構圖，還是場面、機位和
演員調度，都體現出一代大師費穆超凡的美學風範。

因此，相形之下的其他四個短片，雖然也不乏可圈點之處，但畢竟缺乏
像費穆那樣在小製作中體現大手筆的精彩和功力。譬如就《陌生人》而言，
它幾乎可以當作是一個教育意義非常明顯的通俗舞臺劇：老頭子貪財收下壞
人的錢，結果害死了兒子兒媳，因此他加入勇敢抵抗的行列。編導的抗日寓
意非常明顯，但表現上比較生硬，而且舞臺表演痕跡濃重，屬於急就章式的
製作。

《月下小景》是一個配樂抒情短劇，思想和藝術結合相對較好，對當時
抗日題材和中日敏感關係的比喻既合乎情理，敘事也較爲流暢。譬如父子相
見那場戲，老者說五年前兒子去了什麼地方，當時的觀眾都會明白，他指的
就是 1931 年「九‧一八」事變爆發的東北地區；孩子的娘四年前死去，對
應的是 1932 年的日軍轟炸上海的「一‧二八」事件。流暢的敘述還包括配樂，
使人聯想到當時比較流行的流亡歌曲《我的家在松花江上》。唯一的失誤是父
子在最後才相互認出，多少有點出乎常理。

圖片說明：明月當空照，只有故鄉不再；流離失所在他鄉，何處是歸程？同病相憐、不妨她、陌不相識，有誰知，夢斷何時？醒來無處、天涯路（上圖為賀孟斧編導的《月下小景》截圖）

　　《瘋人狂想曲》中使用的配樂，配器是鋼琴，曲調風格怪異，與《春閨斷夢》的表現效果在一定程度上有的一比。以前的電影史研究注意到，主人公不斷高呼「打回去」的口號，是聯華公司 1932 年左翼電影「《小玩意》結尾時葉大嫂呼籲的發展」[1] P475。這個評論是中肯的。但更應注意的是《瘋人狂想曲》結束時的這場戲：男人被關在鐵欄後面，鏡頭拉開，一個身穿黑制服的看守面無表情地走進畫面，然後淡出。其象徵意味的深度和價值似乎更值得肯定，因為它進一步預示了日本侵略戰爭帶來的民族災難。

圖片說明：在孫瑜 1933 年編導的《小玩意》中，女主人公在戰爭中先後失去了丈夫兒女，她在瘋狂中高喊：敵人殺來了！大家一起出去打呀！救你的國！救你的家！救你自己！醒吧……。

　　而《小五義》漫畫式的表現、臉譜化的人物設計，以及喜劇化的表演風格、童稚化的打鬥編排，手法直白，不僅與「春閨夢斷」不在一個層次上，就是與《瘋人狂想曲》相比也是相差很大。問題是這個打鬥熱鬧的短片，其寓意今天來看，很多人不甚明瞭。可是在當時，觀眾是一望而知的。

　　譬如胖子家長代表的是當時對日無所作為、受人鉗制的中央政府；不懷好意的鄰居指的是日本；大家跑去評理裁判的鄉公所，影射的是當時無力制止日本侵略中國的「國際聯盟」；所謂「小五義」，指的是主張奮起抗戰的普通中國民眾，又因為民國政府提倡（漢滿蒙回藏）「五族共和」，最初的國旗也是五色旗（紅黃藍白黑）。

　　這些寓意淺顯直白、通俗易懂，迄今依然有現實教育意義。例如壞鄰居的言論非常符合日本對待中國問題的文化心態，實際上也是日本政府和眾多日本民眾合成的國家行為意識的典型體現：「你家裏這麼多孩子，反正也是窮」；我拿走一個是為你好，反正「你的就是我的，有你的就有我的」。

圖片說明：《小五義》中的漢奸形象，是對《壯志淩雲》（新華影業公司1936年出品）的深度繼承；漢奸的生成和危害其實並不僅僅存在於戰爭期間，也並不是總以武力的形式出現。

丁、聯華影業公司的沒落以及1937年抗戰爆發前的中國電影發展趨勢

　　在《聯華交響曲》結尾處最後40秒，全體主演以合唱的形式高唱《大路》主題曲，給人以試圖點明影片的國防電影主體性質的感覺。實際上，

作為幾年前以拍攝左翼電影興盛一時的製作中心之一，作為在 1930 年代
（1930 年～1937 年 7 月）與天一影片公司、明星影片公司一同瓜分海內外
國產片市場的大製片公司，《聯華交響曲》的拍攝公映，有幾層信息可以讀
解。

圖片說明：1935 年聯華影業公司出品的《天倫》（編劇：鍾石根；
監製與導演：羅明佑；副導演：費穆），其實昭示預示了黎民偉、
羅明佑從左翼電影立場向本土傳統文化回歸的趨勢。

首先，在失去了黎民偉和羅明佑的強力主導之後，「聯華」公司各方面
都有殘缺之憾、無力之感。以吳性栽等組織的銀團華安公司接辦公司後[1] P457
~458，既無力在思想層面立即完成對左翼電影的改造和產品的升級換代，也
無力生產正規意義上和一定規模的國防電影，所以才有《聯華交響曲》這樣
的集錦片樣式。因此，影片的內在品質只能是先前的左翼電影和新興的國防
電影性質的雙重疊加。當然，就新「聯華」而言，《聯華交響曲》的拍攝出
品，自然也不無公司現任高層對內凝聚人氣、對外穩固市場佔有的廣告宣傳
考量。

圖片説明：《浪淘沙》（編導：吳永剛；監製：羅明佑；製片：黎民偉；聯華影業公司1936年出品）的民族主義立場，包含著當時主導國防電影運動的左翼人士不曾認知的深刻內涵。

其次，《聯華交響曲》的出現，一方面意味著聯華影業的新領導層，不再像前任那樣冒險嘗試其他類型的影片製作或大力提升電影的思想性，從此開始在整體上失去藝術創新的活力。另一方面，也預示著華安公司控股的新「聯華」，從此將轉向並加入更加主流和商業化的新市民電影的生產大潮。現存的、公眾可以看到的、由聯華影業公司1937年出品的四部影片，屬於新市民電影性質的就有兩部，即《如此繁華》和《王老五》（1938年修改後公映版）——費穆編劇的短片《前臺與後臺》，現在看來應屬於國粹電影即新民族主義電影。〔註5〕

〔註5〕我先前將《前臺與後臺》劃入新市民電影序列（參見拙作：《〈前臺與後臺〉：1937年的新市民電影——抗戰全面爆發前國產電影對民族精神與文化傳統的開掘與展示》，載《浙江傳媒學院學報》2011年第1期；其完全版作爲第六章收入拙著《黑夜到來之前的中國電影——1937年現存國產影片文本讀解》），這兩年我修正了這個觀點，只是新的文章尚未發表，敬請關注。

圖片說明：在左翼電影風光不再的 1937 年，費穆不合時宜的文化
氣質卻在其編劇的《前臺與後臺》中萌生（導演：周翼華；製片：
陸潔；主演：寧萱；聯華影業公司 1937 年出品）。

第三，從電影史的角度而言，在 1936 年《浪淘沙》公映、收穫市場失敗
之後〔註6〕，趕走了靈魂人物黎民偉、羅明佑，以及名導演吳永剛的聯華影業
公司，在思想上和創作上實在有些捉襟見肘。之後的《王老五》如果可以或
必須提及，在很大程度上也是歸之於新市民電影的內在原因，以及其中的女
主演——她後來在相當大的程度上影響了一個國家電影生產幾十年的外在因
素〔註7〕。

〔註6〕《浪淘沙》（故事片，黑白，有聲），聯華影業公司 1936 年出品。VCD（單碟），
時長 69 分。編導：吳永剛；主演：金焰、章志直。我對這部影片的專題討論，
祈參見本書第一章：《《浪淘沙》（1936 年）——國防電影的高端版本和反主旋
律的批判立場》。

〔註7〕《王老五》（故事片，黑白，有聲），華安影業股份有限公司（聯華影業公司）
1937 年出品；編劇、導演：蔡楚生；主演：王次龍、藍蘋。我對這部影片的
具體討論意見，請參見拙作：《藍蘋主演的〈王老五〉是一部什麼性質的影片
——管窺 1937 年全面抗戰爆發前後的國產電影》（載《學術界》2011 年第 8
期）、《〈王老五〉的新技術主義製片路線及其藝術特徵——1937 年全面抗戰爆
發前後的新市民電影實證》（載《浙江傳媒學院學報》2011 年第 5 期）。這兩
篇文章的完全版作為第十章，收入《黑夜到來之前的中國電影——1937 年現
存國產影片文本讀解》；未刪節版收入《黑皮鞋：抗戰爆發前的新市民電影——
1933～1937 年現存中國電影文本讀解》（下冊，題目是：《〈王老五〉（1937 年）
——主題與人物的跨時代穿越》），敬請參閱。

圖片說明：由歐陽予倩編導，黎莉莉、張琬、尚冠武、梅熹主演的
《如此繁華》表明，即使是當年的左翼編導中堅，也開始在 1937
年轉向社會批判立場相對溫和保守的新市民電影製作。

然而，《聯華交響曲》在多種原因下的拼接出產，卻在一定程度上為 1932
年才進入「聯華」正式擔任導演的費穆[1] P255，提供了一個很好的表現平臺。
縱觀整部影片，除了費穆的《春閨斷夢——無言之劇》之外，其他短片，無
論屬性如何，其實都可以看作是急就章式樣的命題之作，主題單一，藝術表
現中規中矩。而「春閨夢斷」不僅是《聯華交響曲》中最能體現先前左翼電
影新銳理念和外在風格的作品，不僅是新興的國防電影（運動）中內涵最為
深邃、藝術水平最高的影片，而且還是繼《浪淘沙》之後，1937 年 7 月抗戰
爆發之前中國早期電影歷史上現代性最強、藝術表現力最為出色的電影。

圖片說明：蔡楚生編導的《王老五》（作詞：安娥，作曲：任光；
主演：王次龍、藍蘋、殷秀岑、韓蘭根），是 1937 年的新「聯華」
全面轉軌新市民電影製作的代表性作品之一。

　　考慮到 7 個月後「七·七」事變爆發，中國電影業的發展進程被戰爭整體打斷的歷史，從形式上說，《聯華交響曲》可以看作是聯華影業公司最後一次集體盛裝出場，爲國片事業盡忠效力之舉。

　　就 1937 年 7 月全面抗戰爆發之前的 1930 年代中國電影發展而言，集錦片《聯華交響曲》客觀上表明，在 1932 年出現、隨即成爲國產影片主流的左翼電影[2]，在四年之後的 1936 年，整體上大致被主題思想和藝術理念更爲寬泛的國防電影（運動）所容納[3]；換言之，1936～1937 年 7 月間，左翼電影已經基本消失，我稱之爲左翼電影的強行轉型[4]。

　　具體地說，左翼電影的階級性、暴力性和宣傳性，基本上被國防電影的民族性和對敵（對日）戰爭的號召性和宣傳性所取代[5]。不論國防電影（運動）最終的歷史成就如何，國防電影實際上已經與新市民電影、國粹電影即新民族主義電影一起，共同構成了這一時期的中國電影主流。因此，《聯華交響曲》的整體面貌才會呈現出殘留的左翼電影（餘緒）與以抗敵宣傳爲主旨的國防電影的雙重疊加特徵。

戊、結語

　　如果強調一下《聯華交響曲》的製作和公映時間就會發現，在先後經歷了《天倫》（以及《慈母曲》等）《國風》國粹電影即新民族主義電影[註8]，以

〔註 8〕《國風》（故事片，黑白，無聲），聯華影業公司 1935 年出品。DVD，時長 94
　　　　分鐘；監製、編劇：羅明佑；聯合導演：羅明佑、朱石麟；主演：阮玲玉、
　　　　林楚楚、黎莉莉、鄭君里、羅朋。《天倫》（故事片，黑白，配音），聯華影業
　　　　公司 1935 年出品，VCD（單碟），時長 45 分 16 秒；編劇：鍾石根；監製與
　　　　導演：羅明佑；副導演：費穆；主演：林楚楚、尚冠武、黎灼灼、張翼、鄭
　　　　君里、陳燕燕。我對這兩部影的專題討論意見，祈分別參見拙著《黑白膠片
　　　　的文化時態——1922～1936 年中國早期電影現存文本讀解》第二十七章：《主
　　　　流政治話語對 1930 年代電影製作的介入及其藝術轉達——〈國風〉(1935 年)：

以及代表的知識分子獨立批判立場的、**屬於國防電影高端版本**的《浪淘沙》的市場失敗之後，1936年年底製作的《聯華交響曲》，反映了失去羅明佑和黎民偉之後的聯華影業公司在製片路線和方針後的困惑。

這就是爲什麼在現存的、公眾可以看到的影片中，除了《前臺與後臺》應屬**於國粹電影即新民族主義電影**之外，聯華影業公司出品的其餘兩部部影片，即《如此繁華》和《王老五》，都可以歸於新市民電影序列的根本原因。譬如，以往的電影史研究就不得不承認，《王老五》屬於「不同題材樣式的影片創作」[1] P461。

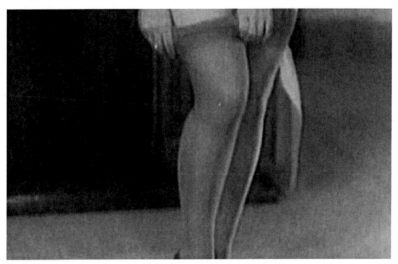

圖片說明：但作爲新市民電影，《如此繁華》中如此香豔抓人的鏡頭，卻正昭示了當年左翼電影市場化的審美選擇，而且這種流風遺韻，依然是編導依賴主演黎莉莉的身體資源完成的。

己、多餘的話

子、「十七年」電影與「樣板戲」

今天來看《聯華交響曲》中的五個抗日題材的短片，不禁使人聯想到1949年以後中國大陸製作的戰爭題材電影，尤其是有關抗日戰爭的電影：只要片頭的《演員表》一出來，觀眾就會知道哪些是「好人」（「我們的人」）、哪些是「壞人」（敵人）；所有的電影你不用想也知道結局，那就是敵人失敗了、「我們」勝利了，甚至「我們」最後勝利的場面和表達的方式大體上都是一致的。

中國電影歷史中的「反動」標本讀解》、第二十八章：《政治話語情結與傳統倫理文化讀解的雙重錯位〈天倫〉（1935年）：中國電影歷史中「消極落後」的樣本讀解》（我對《慈母曲》的讀解意見尚未公開發表，敬請關注）。

因此，1966～1976 年「文革」時期，幾乎所有同類題材的「樣板電影」都來源於「十七年」（1949～1965）的電影或戲劇改編。

例如芭蕾舞劇《白毛女》，改編自東北電影製片廠 1950 年攝製的同名黑白電影，現代京劇《紅燈記》改編自長春電影製片廠 1963 年攝製的黑白故事影片《自有後來人》，而京劇《沙家浜》最初的原型是上海 1959 年排演的滬劇《碧水紅旗》，（該劇於 1964 年被北京京劇團移植為名為《地下聯絡員》的京劇，後相繼改名為《蘆蕩火種》和《沙家浜》）[5]。而這些作品雖然在藝術表現形式上有所創新，譬如傳統藝術與電影藝術的有機融合，但在內在品質和思想境界上並無進步與提升。

為什麼？

這是因為，1949 年以後中國大陸的抗日題材影片，從一開始就不能本著**尊重歷史的態度**進行深層次的挖掘。也就是說，直到 2000 年《鬼子來了》出現，中國大陸的電影製作始終停留在 1937 年出品的《陌生人》、《小五義》《月下小景》等這樣止於局限的暴露和單向批判階段，連《瘋人狂想曲》的層面也沒有達到；只有《鬼子來了》觸及《春閨斷夢——無言之劇》的層次，結果還是在中國大陸禁映。其深層原因，是由於民族心理在起作用，進而導致自我反省和反思的空間缺失。

對這一問題的反思，一定要在對外和對內兩個方面尋找根源：一是對日本的民族性的反思，一是對中華民族自身的整體反思。具體地說，大和民族也有其優秀的成分，有值得國人學習借鑒的地方。而如果僅僅將其看作萬惡的侵略者就不承認這一點，那就對不起曾經遭受的**民族苦難**；同時，國人自身的劣根性，也就不能很好地得到反省和克服，以至貽害當下和後人。這種態度，同樣屬於愛國主義的範疇而不是相反。這種歷史理念和藝術概念上的混亂，至今猶存，令人痛心。

丑、抗日精神與民族自新

從抗日題材的電影製作角度而言，2000年之前的中國大陸影片在藝術上的缺陷之一，就是不能從容，而不能從容主要是因爲**民族性的，或曰集體性**的心態問題，不能反思，那麼也就不能突破和提升認知反侵略戰爭的層次。真正的禁區在哪裏？中國政府在抗戰爆發後並沒有禁止拍攝和反映抗日戰爭的電影，真正的禁區在於創作者自身，在於沒有對於侵略者和被侵略者的民族性予以對比性的批判。

2000年的《鬼子來了》之所以是突破之作、性質完全得到提升的偉大影片，就是因爲它在表現中國人民反抗日本侵略的同時，對自身民族性格予以反省和檢討，而不僅僅是一部抗日題材的電影。就像阿Q一樣，他的心理和個人歷史，絕不僅僅是一個沒有加入無產階級組織的戰士的個人和歷史，而是民族性格和民族精神史的一個集中體現。所以，阿Q不僅僅是阿Q，（《鬼子來了》中的主人公）馬大三也不僅僅是馬大三。

從這個角度來說，抗日，就是現在的不隨地吐痰、不在公共場合大聲喧嘩、亂丟垃圾；抵制日貨，就是從大學生上課不遲到早退開始。〔註9〕

初稿時間：2005年4月22日
二～三稿：2010年2月6日～5月22日
四稿配圖：2011年5月8日
圖文修訂：2016年9月12日～16日

〔註9〕除了丁、的最後三個自然段以及己、**多餘的話**之外，本文的主體部分最初曾以《〈聯華交響曲〉：左翼電影餘緒與國防電影的雙重疊加——1937年全面抗戰爆發之前中國國產電影文本讀解之一》爲題，先行發表於《浙江傳媒學院學報》2010年第2期。其完全版後作爲第一章，收入拙著《黑夜到來之前的中國電影——1937年現存國產影片文本讀解》，題目是：《〈聯華交響曲〉：爲什麼成爲左翼電影和國防電影的合成灌裝——1937年7月全面抗戰爆發之前國產電影主流的複雜面貌》。此次收入本書有少許修訂字句，爲方便讀者對比批判計，均以黑體字標示；另外，新增插圖十六幅，兩圖並列且下方沒有圖片說明的截圖均源自《聯華交響曲》。特此申明。

參考文獻：

〔1〕程季華.中國電影發展史：第1卷〔M〕,北京：中國電影出版社,1963。

〔2〕袁慶豐,20世紀30年代中國電影市場和商業製作模式制約下的左翼電影——以《母性之光》爲例〔J〕,杭州師範大學學報,2008(4)：72～76。

〔3〕袁慶豐,電影市場對左翼電影類型轉換及其品質提升的作用——以《壯志凌雲》爲例〔J〕,南京師範大學文學院學報,2009(2)：121～124。

〔4〕袁慶豐,1922～1936年中國國產電影之流變——以現存的、公眾可以看到的文本作爲實證支撐〔J〕,學術界,2009(5)：245～253。

〔5〕袁慶豐,國防電影與左翼電影的內在承接關係——以1936年聯華影業公司出品的《狼山喋血記》爲例〔J〕,佛山科技學院學報,2008(2)：17～19。

〔5〕百度百科 http：//baike.baidu.com/view/859590.htm?fr=ala0_1。

Lianhua Symphony (1937)：Synthetic Art of Left-wing Film and National Defense Film

Read Guide：*Lianhua Symphony* released in January 1937 is the first collection of short films in the history of Chinese films and the history of Lianhua Film Company. The film combined Left-wing Film (Yu Xu) and the emerging National Defense Film, which indicates, after leaving the strong leadership of Li Minwei and Luo Mingyou, "Lianhua" not only lost the energy of artistic innovation as a large producer, the production line also turned to the new mainstream—New Citizen Film. The high viewing recommendation index of the film is mainly due to Fei Mu's amazing film Dream in Spring Boudoir –Silent Drama. This small-scale but wonderful film (Defense Film), from both the history of film and the perspective of audience, remains valuable to be learned and praised nowadays. Instead, other short films are mostly lackluster.

Keywords：New Citizen Film; National Defense Film; Left-wing Film; Twenty Cents; Fei Mu; *Dream in Spring Boudoir –Silent Drama;*

圖片說明：中國大陸市場銷售的《聯華交響曲》VCD（「俏佳人系列」）碟片之一、之二。

第零伍章 《青年進行曲》(1937年)——左翼─國防電影與中國大陸電影的血統淵源

圖片說明：中國大陸市場銷售的《青年進行曲》VCD 碟片（「俏佳人系列」）之封面、封底。

閱讀指要：

讀解新華影業公司 1937 年出品的《青年進行曲》可以發現，作為國防電影升級換代的母本，左翼電影與 1949 年後中國大陸電影的思想品質和藝術表現形式，存在著諸多的內在邏輯關聯，擁有相同基因譜系並且形成事實上的隔代遺傳。譬如在三者血緣相接的歷史發展過程中，階級性不僅決定著中國大陸電影中人物的正反面形象，還使「大臉」成為女性正面人物的主流臉型，「狐狸臉」則淪為有錢階級─資產階級女性人物的模式化臉譜。作為 1930 年代電影主流的重要組成部分，國防電影和新市民電影既是當時中國電影市場和時代需求雙重擠壓下的結果，同時也是在同一文化生態下相互滲透、影響的文化產品。張善琨主導的新華影業公司，恰逢其時地搭建了這樣一個合成平臺，而這，既是分析抗戰全面爆發前後中國電影生產歷史的切入角度，也可以延伸為當今兩岸三地華語電影製作的參照係數。

關鍵詞：國防電影；左翼電影，新市民電影；中國大陸電影；階級；血緣；

專業鏈接 1：《青年進行曲》（故事片，黑白，有聲），新華影業公司 1937 年出品。VCD（雙碟），時長 105 分 45 秒。

　　〉〉〉**編劇**：田漢；**導演**：史東山；**攝影**：薛伯青。

　　〉〉〉**主演**：施超（飾少爺王伯麟）、胡萍（飾女工金弟）、許曼麗（飾梁小姐）、顧而已（飾老爺王文齋）、童月娟（飾金弟的妹妹）。

專業鏈接 2：原片片頭字幕及演職員表

曲行進年青

品出司公業影華新

監 製

張 善 琨

攝 影

薛 伯 青

佈 景

張 雲 喬

錄 音

陸 元 亮　　林 秉 憲

中華無線電研究社

中華錄音機

作 曲

冼 星 海

音響

盛家倫

劇務	剪輯
青翼陳	明許

道具	陳設
屠梅鄉	沈惟善

場記	場務
吳劍晃	徐景文

化妝	服裝
宋　李	葛賓甫
江小　泉鴻	

洗印

許荷香　陸俊賢

編劇

田漢

導演

史東山

演員表

以出場先後為序

沈元中……張慧靈
同　學……張　客
王伯麟……施　超
同　學……陳天國
同　學……王　仲
同　學……嚴　岩
梁小姐……許曼麗
金　弟……胡　萍
沈太太……黎明健
王文齋……顧而已
王柏松……呂　班

王　妻……………黃筠貞

王　妾……………周文珠

女同學……………燕　群

女同學……………陳　雲

小　妹……………童月娟

寶生舅舅…………徐　韜

茂　堂……………蕭　英

收租人……………王為一

工　人……………李滌之

專業鏈接 3：影片鏡頭統計

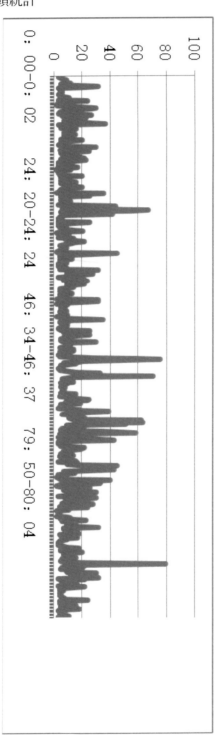

說明：《青年進行曲》全片時長 105 分 45 秒，共 524 個鏡頭。其中：

甲、小於和等於 5 秒的鏡頭 164 個，大於 5 秒、小於和等於 10 秒的鏡頭 168 個，大於 10 秒、小於和等於 15 秒的鏡頭 64 個，大於 15 秒、小於和等於 20 秒的鏡頭 49 個，大於 20 秒、小於和等於 25 秒的鏡頭 29 個，大於 25 秒、小於和等於 30 秒的鏡頭 19 個，大於 30 秒、小於和等於 35 秒的鏡頭 11 個，大於 35 秒、小於和等於 40 秒的鏡頭 4 個，大於 40 秒、小於和等於 45 秒的鏡頭 6 個，大於 45 秒、小於和等於 50 秒的鏡頭 0 個，大於 50 秒、小於和等於 55 秒的鏡頭 1 個，大於 55 秒、小於和等於 60 秒的鏡頭 3 個，大於 60 秒的鏡頭 6 個。

乙、片頭鏡頭 10 個，片尾鏡頭 1 個；字幕鏡頭 0 個，其中，交代劇情的鏡頭 0 個，交代人物鏡頭 0 個；對話鏡頭 0 個。

丙、固定鏡頭 468 個，運動鏡頭 56 個。

丁、遠景鏡頭 7 個，全景鏡頭 111 個，中景鏡頭 127 個，近景鏡頭 244 個，特寫鏡頭 34 個。

（數據統計與圖表製作：李豔）

專業鏈結 4：影片經典臺詞選輯

　　　　「伯麟，你的意志是不夠堅強的，你也不能夠勝任……勞苦，實在……你還有一種公子哥兒的習氣。前次，我給你介紹的那個女工金弟，我希望你能夠常常跟她接近，當然更希望你能夠愛她，能夠像她一樣的感覺，也像她一樣的想。我相信最後，你不會叫我們失望的！」

　　　　「你別再跟他們調查什麼貨什麼貨。看沈元中死得多冤枉！況且，人家做買賣也是為了要吃飯！」——「爸爸，要吃飯三個字就能原諒他們的罪過了麼？他們的行為簡直是漢奸」——「可是，你自己安分守己地去念書，少管閒事，這總是不錯的！」——「是，爸爸」。

「我們要永遠紀念沈先生，為了……」——「為了中華民族！我們學校的先生也說過這樣的話的」——「但是也為了我們兩個！」

「我看你呀，將來會和我一樣的，給人害得半死的」——「不過，妹妹，你不知道，王先生絕不是普通那些公子哥兒，他很能同情我們的」——「是的，同情，愛的時候自然是說好聽的話，我那個時候不是跟你一樣想嗎？」——「我也想到這些，不過，妹妹，你也懂得，一個女孩子愛了一個人的時候，雖然明明知道是這樣……妹妹，你不知道，我也恨死了自己。我的心，不知怎麼的，已經不由自主了……」

「咱們女人犯的毛病，怎麼都是一樣呢？」

「上等人、下等人是拿貧富來分別的嗎？」

「笑話！國家生死存亡的關頭，不能說不叫我做買賣呀！」

「中國人只知道家族而不知道民族！」

「你對著鏡子衝鋒，那不又是內戰了嗎？」

「大哥，你今天畢業了，我祝你前途茫茫！」

「一個年輕人在旅行的時候，心總是浮動的，最容易跟女人發生那個」。

「用下賤的手段，去誘惑一個上等人家的少爺，這是有罪過的！」

「這一點錢，夠你苦苦地過一輩子」。

「像她一樣的想，像她一樣的感覺，我已經感覺到了！這個社會給人痛苦、自私、虛偽、卑鄙！」

「假如你再不覺悟的話，那麼，青年人的情感是很難壓制的！」

「中國人的人心還沒有完全的死掉！」

專業鏈接 5：影片觀賞推薦指數：★★★☆☆

甲、前面的話

新華影業公司出品的有聲片《青年進行曲》，首次公映時間是 1937 年 7 月 10 日，也就是「七・七事變」爆發以後的第三天[1] P493。1960 年代的中國大陸電影史研究之所以特別提到這一點，是因爲這部影片被明確定性爲國防電影[1] P491。1990 年代以來的中國大陸電影史研究，原則上繼承了這個評價和等級准入標準，甚至特意用「狹義的」國防電影概念予以表述：「專指直接反映抗敵鬥爭、號召大衆團結禦侮的影片」[2] P47。

近幾年研究者們的意見基本上是這種定性考量的承續性擴展，譬如把影片歸爲「反帝反封建的雙重變奏」下的「啓蒙精神與救亡意識」序列[3]；也有人進一步分析指出：「影片把家庭、愛情放在大時代的氛圍中去表現，把其中的人物及其社會關係與社會上的政治關係和民族對立進行一種對立聯繫……家庭與社會被一體化，最終導致了大義滅親的既是國又是家的激烈衝突」[4]。

圖片說明：《青年進行曲》直接出現的東北義勇軍的官兵群體形象，
既是對當年左翼電影如《惡鄰》《大路》影射抗日救亡的新發展，
也是對一年前國防電影《壯志凌雲》的新突破。

從影片本身來看，以往國防電影的定性顯然是沒有問題的，因為《青年進行曲》的主題思想始終圍繞著反奸商、反漢奸的主線，**即時**反映了日本全面侵華前中國社會的**真實**狀態。現在首先要面對的問題，是如何從《青年進行曲》當中，尤其是從編劇和出品公司的角度，進一步理清國防電影與左翼電影之間的血緣關係，進而分辨這兩者與1949年以後中國大陸電影之間相同的基因遺傳譜系。

其次要進一步要分析的問題是，由張善琨主導的新華影業公司，不僅有作為「國防電影運動的陣地之一」[1] P493 的歷史貢獻，還是成功地將新市民電影**製片路線**融入國防電影運動的市場性整合的結果。而對這些問題的辨析，不僅對抗戰爆發前後的中國電影的生成和表現形態有參考意義，更對中國大陸電影在1949年以後的歷史走向有著**切實的指導和示範意義**——其認識作用**更是毋庸置疑**。

圖片說明：《青年進行曲》直接搬用了左翼電影用戲中戲宣傳抗日救亡、傳達民眾呼聲的新視聽形式。而同時期的新市民電影，也或多或少地借助了這些時代性核心元素滿足市場需求。

乙、《青年進行曲》：左翼電影與國防電影的血緣關聯

　　《青年進行曲》中有直接引用當時報紙新聞標題「北軍侵佔塘沽線」的鏡頭，「北軍」是左翼電影中常見的「敵軍」指稱，明白地指示日軍；而「塘沽線」的出現，明確傳達了日本侵略勢力已經進入到北平（北京）周邊的時政信息——實際上，1937年7月之前，日軍已經在盧溝橋附近駐紮。如果說這些都還是左翼電影時代的手法借用，那麼，影片中以下的這個情節就證明國防電影是左翼電影的升級換代版本：

　　青年學生們組織劇團宣傳抗戰，演出前一個青年對著鏡子意氣風發地又殺又喊，其他同志說：你對著鏡子衝鋒，不成了打內戰了嗎？換言之，國防電影的宗旨是大敵當前、應該槍口一致對外。因此，影片不僅穿插了幾段敵軍侵略、踐踏國土的場景，片尾乾脆直接出現了民主抗日聯軍奔赴戰場的實景鏡頭。國防電影與左翼電影之間血緣關係的體現之一，就是將後者的階級矛盾、階級對立和由此引發的暴力革命，整合、轉換並提升至反侵略的民族解放戰爭層面[5]。

圖片說明：群體性演唱革命歌曲或宣傳抗日救亡一直是左翼電影的強項，《青年進行曲》不走樣地承襲了這一形式。需要注意的是，這種活動的發起者和響應者往往以青年學生為主。

　　但具體到《青年進行曲》你會發現，左翼電影熱衷倡導和表現的階級對立和階級衝突並沒有全然消失，這是需要密切注意的一點。譬如影片除了將對外抗爭即反侵略戰爭作爲主線之外，還有表現階級矛盾和階級衝突的副線，最明顯的場景是工人罷工和市民搶劫糧店。也就是說，在從階級性向民族性、從階級矛盾向民族矛盾轉換的過程中，兩類不同性質的矛盾、衝突和對立並行不悖、同時存在。

　　這只能說明，國防電影在《青年進行曲》裏，依然全面繼承了左翼電影的階級啓蒙精神和相關的教化意識。但耐人尋味的是，這一點是讓姨太太站在批判王家少爺、男主人公王伯麟關於民族、國家言論的角度上轉述的。因爲王伯麟引用一個外國少將的話說：中國人只知道家族而不知道民族。這種普及常識的方式符合當時中國的實際情況。這一點再次說明，國防電影（運動）的歷史功績之一，就在於對中華民族的現代民族意識和現代國家意識的啓蒙、宣傳和培養〔註1〕。

圖片說明：國防電影倡導的民族解放戰爭，其實是對左翼電影階級鬥爭強調的轉化和提升。因此，《青年進行曲》中民眾的搶糧風潮實際上直接指向囤積居奇、妨礙軍需的奸商—漢奸。

〔註1〕直至1937年抗戰全面爆發後，當時許多民眾對國家意識、民族戰爭以及民族解放意識的概念和觀念，也並不是現在人們想像的那麼明晰和令人欣慰。姜文在2000年導演的影片《鬼子來了》當中，就非常形象地表現和揭示了這種歷史眞實。

其次，國防電影對左翼電影階級性的繼承，在《青年進行曲》中，還體現在對男女主人公階級出身的強調上：王伯麟雖然被塑造成一個愛國青年形象，但卻是一個出身資產階級的「革命少爺」，這個形象的確立看上去是出於對本階級的背叛，但實際上是在女主人公金弟的教育、引導、改造下完成的。金弟及其妹妹，則被刻意安排了一個無產階級當中最先進、最革命的階級出身——工人階級〔註2〕，而且是屬於赤貧階層的工人階級，即失去土地後進城淪為出賣包括肉體在內的雇工，或曰前農民，就是今天所謂的農民工。

實際上，左翼電影對人物的階級出身的強調無處不在，所有的革命者即正面人物形象幾乎被工農階級包攬，外加一少部分被工農階級在思想和行動上感化過來、帶動起來的知識分子群體：早期左翼電影的代表，譬如孫瑜的《野玫瑰》(1932)、《小玩意》(1933)、《體育皇后》(1934)等，莫不如此。甚至，吳永剛編導的左翼經典之作《神女》(1934)，也沒有例外〔註3〕。就此而言，這種現象並非國防電影在整合左翼電影過程中的力不能逮，恰恰相反，是二者間血統淵源的遺傳密碼和身份識別基因的定向傳遞所致[6]。

〔註2〕雖然工人階級和農民階級都是左翼理念中的無產階級，即革命階級、先進階級，是被左翼文藝高度肯定和大力歌頌的階級。但一般情況下，工人階級被看作是比農民更先進的階級，處於事實上的領導地位。在1949年以後的中國大陸社會，這種區別在意識形態框架內似乎沒有區別，但在普通民眾層面的區別或曰差別卻是一目了然。譬如官方從來都倡導說「工人叔叔、農民伯伯」，為什麼沒有倒過來稱呼「工人伯伯」和「農民叔叔」？（按：伯伯和叔叔在倫理上雖是同輩，但卻又是兄和弟即大哥於小弟的關係，所謂同中有別），這顯然是被刻意模糊以示公平的革命倫理化的結果。

〔註3〕以上均為聯華影業公司出品的無聲片。我對幾部影片的具體討論意見，請參見拙著《黑白膠片的文化時態——1922～1936年中國早期電影現存文本讀解》第十章：《從舊市民電影愛情主題向左翼電影政治主題的過渡——〈野玫瑰〉(1932年)：早期左翼電影樣本讀解之一》、第十八章：《民族主義立場的激進表達和藝術感染力的超常發揮——〈小玩意〉(1933年)：完全意義上的左翼電影樣本讀解之三》、第二十章：《左翼精神、市民電影「體格」與知識分子審美情趣——〈體育皇后〉(1934年)：變化中的左翼電影之一》、第二十四章：《天賦「神」權，女「性」無罪——〈神女〉(1934年)：無聲片時代左翼電影的高峰與經典絕唱》等。其未刪節版均收入《黑馬甲：民國時代的左翼電影——1932～1937年現存中國電影文本讀解》，敬請參閱。

圖片說明：男主人公王伯麟的資產階級出身，決定了他的革命性一
定要有革命同志和革命愛情的引導。《青年進行曲》的這種人物模
式設置來自左翼電影，如《野玫瑰》和《風雲兒女》。

　　顯然，作爲當年左翼電影運動的核心人物之一，編劇田漢將慣常的左翼
電影模式代入到國防電影的創作當中。譬如《青年進行曲》的主題固然是宣
傳抗日救國，男女主人公的愛情線索，卻將主題思想轉換爲由階級性所決定
和裹挾的抗戰立場和抗戰的階級覺悟。王伯麟和女主人公金弟原本素昧平
生，他們的相識乃至相愛，是革命同志臨終前囑託的產物。二人初次見面就
安排在那位先烈的墳前，結果立刻轉入不可抑止的卿卿我我和激情蕩漾狀
態。

　　一般觀眾看到這裡也許會感到奇怪，至少感到突兀。但在一些左翼電影
編導看來卻有理有據：他們的情感首先是政治立場和革命方向的一致，其次
才是郎才女貌的般配，也就是世俗審美層面的一致。這種不合常情的刻意安
排，由於本身就很搞怪，從影片敘事流程上說，非大力氣不能扭轉。但編劇
做到了：金弟的失戀乃至死亡，與其說是由王伯麟的父親——出身資產階級
的王老爺一手造成的，不如說她最終死於階級壓迫。

圖片說明：王伯麟與女工金弟的關係不是階級的和諧而是階級的指
引與被指引，他們之間感情的建立是革命同志臨終囑託的結果。在
先烈墳前表白愛情的形式背後，是左翼電影精神。

　　為了進一步說明階級性與男女愛情的屬性對應，編劇還給王伯麟安排了
一個同樣出身資產階級的女朋友——梁小姐。儘管這門親事是王、梁兩家都
看好並極力撮合的金玉良緣，儘管梁小姐品貌兼優，對王伯麟言聽計從、百
般體貼，但王伯麟寧可等到金弟死去也沒有接受她。顯然，世俗性的門當戶
對不僅不符合人物的政治立場一致，而且也不符合左翼電影中人物的階級性
決定革命與否的表現模式。

　　對此可以做一個假設：如果去掉金弟及其與男主人公的愛情線索，這
個反漢奸、宣傳抗戰的國防電影《青年進行曲》並不影響影片的主題思想。
因為面對王伯麟激情難抑的愛國行動，完全可以給梁小姐安排如下思想落
後的臺詞：親愛的，國家的事情讓別人去管吧，咱們遠走高飛、花好月圓
去也，你何必去出那個頭呢？可以；但是，沒有。所以就這個角度說，你
會發現梁小姐僅僅是無產階級革命女工的陪襯性人物，是一個用來對比、
否定的道具。

圖片說明：左翼電影有個奇怪的現象，出身富裕階級的男女之間往往沒有愛情；國防電影《青年進行曲》也是如此：美麗的梁小姐與王伯麟才貌相當門當戶對，被世俗認可但編導不認可。

這就又涉及一個愛情標準的是非以及取捨問題。

在一些左翼電影當中，如果出身資產階級的少爺嚮往革命，一定會拒絕家族看好的、出身同一階級的小姐，必定會背叛父母、捨棄一切去追隨無產階級的女性，《野玫瑰》（1932）就是如此；即使富有的——這意味著同樣是資產階級——女性主動委身，男主人公也會毅然割捨這段熾熱情感而去追隨貧苦姑娘：《風雲兒女》（1935）就是這樣〔註4〕；哪怕處社會底層的女子是已婚婦人，資產階級少爺也始終為之神思恍惚、夢魂縈繞：《小玩意》（1933）就是這樣；知識分子——這又意味著小資產階級——即使與女主人公沒有明確的愛情糾葛，但依然能從這些出身社會底層的女性身上感受到人性的光芒、獲得道德力量：《體育皇后》（1934）和《神女》（1934）還是如此。

〔註 4〕我對《風雲兒女》的討論意見，請參見拙作：《左翼電影的藝術特徵、敘事策略的市場化轉軌及其與新市民電影的內在聯繫》（載《湖南大學學報》2008 年第 3 期），這篇文章的完全版和未刪節版分別收入《黑白膠片的文化時態——1922～1936 年中國早期電影現存文本讀解》（列為第二十九章，題目是：《宣傳性、思想性、藝術性及其基於市場性的敘事策略——〈風雲兒女〉（1935 年）：有聲片時代經典左翼電影的巔峰絕唱和文化遺產》）、《黑馬甲：民國時代的左翼電影——1932～1937 年現存中國電影文本讀解》（列為第十四章，題目基本沒有改變）。

因此，儘管《青年進行曲》中的王家和梁家是生意上的合作夥伴，王伯麟和梁小姐在個人品德和學識上百般般配，但編劇一定拆散他們；換言之，王伯麟追求的與其說是革命、國家和民族的自由解放，倒不如說他更認同和追求屬於先進階級的代表與化身——女工金弟。這種處理，其實是左翼電影「理念為先」的慣用手法[7]。

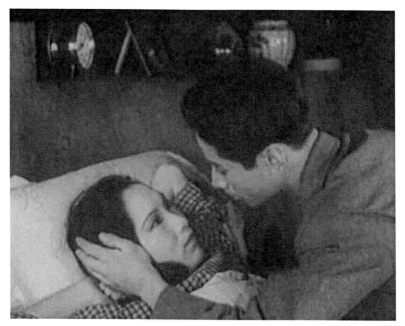

圖片說明：一個英俊陽光的富家少爺愛上一個貧窮的打工美女，這是一個傳奇還是一個理想？《青年進行曲》將兩種高端品質兼容上市，但被1949年後中國大陸電影的革命倫理機制屏蔽刪除。

如果在此拉升觀照視角就會發覺，1949年以後（直到1990年代），在幾乎所有的中國大陸電影當中，男女間的愛情，遵循的是同樣的標準和取捨。那就是，只有同一個階級——譬如革命的階級，即無產階級，也就是工人階級和農民階級——的成員之間才能發生愛情，**當然是革命的愛情**；如果雙方屬於不同的階級，這種可能就非常之小——除非一方背叛自己的階級，**也就是被革命拯救的愛情。**

而有錢階級、反動階級，即資產階級、地主階級以及知識分子階層的男女之間是沒有愛情的。如果有，要麼就是以相互利用的利害關係為基礎，要麼就是肉體上的相互勾引誘惑；或者說，他們不配得到愛情，哪怕男的才高八斗、女的貌若天仙。因此，編劇田漢筆下的《青年進行曲》依然是是左翼

文藝時代「革命＋戀愛」公式的時代翻版，只不過將其中的「革命」元素換成「抗戰」的新料，三者間的關聯既是骨肉相連，也是一脈相承的。

圖片說明：左翼電影和國防電影與中國大陸電影存在著血緣基因匹配密碼，譬如不僅要求進步青年背叛自己的階級，還要和本階級的其他成員劃清界限，因此王伯麟和梁小姐難成佳偶。

丙、《青年進行曲》：左翼電影—國防電影與中國大陸電影的基因密碼匹配與隔代傳遞

　　無論何種題材，左翼電影、國防電影以及中國大陸電影中的人物形象，大致都可以分為左、中、右三類，也就是進步的（革命的）、動搖的（後來經過教育、改造好了可以投身革命的），以及反動透頂（應該被革命）的。《青年進行曲》中的金弟、王伯麟和商人父親王文齋，就是與以上三類相對應的人物群體代表。有錢階級-資產階級之所以要被全面否定和批判，是因為他們政治上反動——通敵賣國；經濟上剝削民眾——囤積居奇哄抬物價；道德敗壞——嫌貧愛富、見死不救。

　　譬如當國家危亡在即、敵軍逼近時，王文齋不僅投機倒把，還為了賺取差價，準備把糧食賣給敵人；為了拆散兒子和金弟，不僅挑撥離間，還解雇這個可憐的女工，使其生活無著、貧病而亡。如前所述，左翼電影中人物的政治立

場和個人品質基本上是由所在的階級決定的，因此，除了王伯麟，王家的人都是和王老爺一樣的壞人，譬如王文齋小妾不僅虐待年幼的丫鬟，她的弟弟還是直接與日軍勾結的漢奸。王家之外的有錢階級也不乏壞人，譬如，金弟的死亡，那個見死不救、草菅人命（**屬於知識分子階層**）的醫生也脫不了干係。

圖片說明：熟悉 1949 年後中國大陸電影的觀眾，一定會對《青年進行曲》中的王老爺不陌生：胖、有錢、脾氣大、有倆老婆、勾結敵偽、仇視且剝削窮人，總之是政治上反動道德上敗壞。

這種由階級性衍生的人物血統論，毫無障礙地進入 1949 年後的中國大陸電影。譬如那種大壞蛋加小幫兇、男壞人配女妖精的模式，表面上看是出於意識形態的定制定性考量，但根源還在於左翼電影時代人物形象的階級性身份密碼匹配。王文齋及其小妾的弟弟，就是中國大陸電影中固定搭配出現的「地主+狗腿子」組合，譬如《白毛女》(1950) 中的黃世仁與穆仁智、《紅色娘子軍》(1961) 中的南霸天與老四〔註5〕。

〔註 5〕《白毛女》(故事片，黑白)，東北電影製片廠 1950 年攝製；原著：延安魯迅藝術文學院集體創作；執筆：賀敬之、丁毅；改編：水華、王濱、楊潤身；導演：水華、王濱；攝影：錢江；主演：田華、張守維、李百萬、胡朋、陳強、李壬林、李波、管林。我對這部影片的具體討論，請參見拙作：《政治和藝術示範的標本──超級女聲〈白毛女〉》(載《渤海大學學報》2007 年第 6 期，中國人民大學《複印報刊資料》2008 年第 5 期《影視藝術》全文轉載)。

　　《青年進行曲》中的王文齋有一妻一妾，大到賣軍糧給日本人，小到拆散王伯麟與金弟，這兩個女人始終與他狼狽為奸、幹盡壞事。這種有錢階級家裏的壞老婆模式，就是後來絕大多數中國大陸電影中「地主婆」形象的鼻祖，最典型、最有名的就是《白毛女》中黃世仁的媽。換言之，有錢階級-資產階級無惡不作、喪盡天良的行為意識，並非個體意識和小概率的偶發性所致，而是其共同的階級屬性內在本質的必然體現。**這個公式源自1930年代的左翼電影。**

圖片說明：只要是不革命的階級或曰反動階級，其成員只有大壞和小壞的差異，並不分性別。中國大陸紅色經典電影裏的地主婆模式，來源之一就是毆打小丫鬟的女主人即王老爺的妾。

　　而無產階級出身的人物，不僅在政治上始終與資產階級全面對立，在對待金錢的態度上，也與後者唯利是圖的階級本性截然不同。譬如當金弟在貧民窟中吃不上飯、看不起病時，王文齋親自到場，先是侮辱金弟「用下賤的手段，去誘惑一個上等人家的少爺」，然後又丟下一筆鉅款，逼迫金弟離開。結果金弟不僅嚴詞拒絕，還要撕掉鈔票。眾多1949年後的中國大陸電影，不僅經常出現類似的場景，而且一般都會配之以經典性的標準答案，譬如：「呸，

《紅色娘子軍》（故事片，彩色），上海天馬電影製片廠1960年攝製；編劇：梁信；導演：謝晉；攝影：沈西林；主演：祝希娟、王心剛、向梅、陳強、馮喆。我對這部影片的具體討論，請參見拙作：《愛你沒商量：〈紅色娘子軍〉——紅色風暴中的愛情傳奇和傳統禁忌》（載《渤海大學學報》2007年第6期）。

－152－

誰要你的臭錢！」同時還會伴隨激烈昂揚的肢體動作﹝註6﹞。

　　但《青年進行曲》畢竟是 1937 年的作品，所以金弟的妹妹沒有讓姐姐把錢撕掉，而是建議捐給正好缺錢的平民學校——這樣處理當然是更接近歷史真實，也合乎國防電影的主題。但從政治對立延伸到對金錢的階級性鄙棄，田漢編劇的《青年進行曲》功不可沒。

圖片說明：王老爺在聽取小舅子向日軍倒賣軍糧的彙報；而他為兒子選擇的未婚妻的父親也是他的同行。這再次證明，中國大陸紅色電影中對反動階級的階級性判斷源自 1949 年之前的 1930 年代。

﹝註 6﹞看到這裡，凡是瞭解 1949 年後中國大陸「紅色經典電影」的觀眾都會有熟悉和「親切」之感。「誰要你的臭錢」這句臺詞之所以影響廣泛，並成為中國大陸電影的經典話語，原因之一可能是源於毛澤東寫於 1920 年代的《湖南農民運動考察報告》，其中描寫地主與農民的對話，原文是：「我出十塊錢，請你們准我進農民協會。」小劣紳說。「嘻！誰要你的臭錢！」農民這樣回答。《湖南農民運動考察報告》於 1949 年之後收入影響中國大陸政治生活的最高理論綱領《毛澤東選集》（第一卷），而「毛選」不僅是電影製作的最高指示，同時也進入了民眾的日常話語體系。經歷過那個年代的人對此無不心領神會、得意忘言。譬如導演姜文就曾在記者面前，用湖南口音活靈活現地表演了這個場景，並且感慨：「我想，主席要是擱現在，肯定也是個好導演，能把這麼一個調查報告似的東西弄成這樣，真服了」。（參見《姜文：太陽出來了》，2007 年 10 月 8 日〔EB/OL〕.//http://book.qq.com/a/20071008/000024. htm，登錄時間：2011-02-07）。在中國大陸 1970 年代廣為宣傳的英雄人物群體當中，據說少年英雄劉文學就用這句話拒絕了偷東西的老地主，結果被掐死（參見劉國震：《「誰要你的臭錢！」——毛時代的封口費事件》，2008 年 12 月 21 日〔EB/OL〕.//http://www.wyzxsx. com/Article/Class12/200812/62541.html，登錄時間：2011-02-07）。現在百度搜索中輸入「誰要你的臭錢」，能找到的相關網頁數字是 160,000，在 GEOGLE 搜索中是 1,750,000。

出身是無產階級或曰革命階級即工農階級的人物，不僅始終擁有政治正確性（追求進步、熱愛革命），以及與之相匹配的經濟純潔性（飽受剝削但卻不愛金錢），而且同時具有極為高尚的道德情操。耐人尋味的是，這種內在本質也同樣延伸至相關演員的外在容貌，這就是所謂的大臉模式（鴨蛋臉）〔註7〕。

這是左翼電影引人注目的資源性遺產之一：由孫瑜一手提攜捧紅的新生代明星王人美、黎莉莉，在容貌上最明顯的特徵就是圓潤飽滿的額頭和面龐，即所謂天庭飽滿、地閣方圓的面相。而1920～1930年代中國電影的當紅女星，除了林楚楚和胡蝶，其他一線明星如楊耐梅、湯天繡、張織雲、宣景琳、王漢倫、阮玲玉、顧蘭君、袁美雲、陳燕燕、龔秋霞、談瑛、黎明暉、艾霞、舒繡文、周璇等，無不是柳眉細眼尖下頜的狐狸臉型（瓜子臉）；1930年代初期左翼電影興起後，只有《小玩意》（1933）和《神女》（1934）啟用了阮玲玉為主演。

換言之，「狐狸臉」是舊市民電影和新市民電影頭牌演員的主流臉型；而除了林楚楚和胡蝶，大臉型演員幾乎是左翼電影和國防電影正面女性人物的標誌性面孔的標配：1936年出品的國防電影《狼山喋血記》和《壯志凌雲》，主演分別是黎莉莉和王人美；而作為新華影業公司的一線明星，同樣屬於大臉系列的胡萍，主演了1937年的國防電影《青年進行曲》。這是製片流程中的巧合還是電影歷史上偶然中的必然？

〔註7〕 大臉型面相與狐狸臉型只是面相上相對而言的臉型類型。而且，就大臉型而言，又有鵝蛋臉或鴨蛋臉的別稱以及細微差別；狐狸臉型又有瓜子臉的別稱，當然這也是大致相對而言。在我看來，1920～1930年代的中國電影，女演員的狐狸臉型（瓜子臉）之所以成為銀幕主流臉型，是因為，其建立在市場賣點之上的審美價值取向和都市文化消費背後，是屬於富庶的東南沿海地區的江浙文化背景和政治首都南京、經濟首都上海的實力反映與輻射。其次，作為1949年前中國電影中心的上海，之所以又能夠同時接受大臉型的胡蝶，一個重要原因，就是當時的上海自上一世紀開埠以來一直是一個多元文化共處的移民聚集中心：在以江南文化為審美基礎的同時，並不排斥北方文化的審美元素。大致來說，女性的大臉模式，更符合中國北方民族和中原文化的審美標準，因為支撐審美心理的是實用性：臉大除了有福壽之相外，還意味著身體別的地方也大，（能生養，尤其是能生兒子），有利於家族繁衍、傳宗接代。所以，1949年前的上海，女性身體的審美消費，大臉和狐狸臉不僅在電影此消彼長，在其他形式的視覺消費系統中，譬如月份牌和香煙廣告也是如此——這是市場的選擇，更是文化的選擇性反應——看看1949年之前上海街頭的招貼廣告便一目了然。

圖片説明：王伯麟在家裏射殺做漢奸的舅舅（庶母的弟弟）。在國
防電影階段，這是熱血青年的愛國行爲，同時，作爲背叛反動階級
的證明，這又是1949年後中國**大陸**電影大義滅親模式的開端。

再看1949年至1980年代中期的中國大陸銀幕，正面女性人物基本被大
臉型演員佔據，舉其要者，譬如秦怡（《鐵道游擊隊》，1956）、謝芳（《青春
之歌》，1959）、祝希娟（《紅色娘子軍》，1961）、張瑞芳（《李雙雙》，1962），
直到劉曉慶（《南海長城》，1975）、陳沖（《小花》，1979）——最早的田華（《白
毛女》，1950）其實也屬於這一類型，只不過規模較小〔註8〕。最有力的證據
是1962年，由政府總理「逐一挑選、親自確定」了22名電影演員爲「新中
國人民演員」，俗稱「22大明星」[8]。

對其中的十二名女演員稍加觀摩比較就會發現，除了上官雲珠、于藍、
王曉棠和王丹鳳，其餘八位都屬於大臉模式：白楊、張瑞芳、秦怡、謝芳、

〔註8〕與此類型相同的是白楊（《一江春水向東流》，1947年）。有意思的是，同屬於
1940年代成名的女影星，1949年後，白楊、張瑞芳一路走紅，而上官雲珠、
黃宗英（《烏鴉與麻雀》）和韋偉（《小城之春》）基本沒有多少扮演正面人物
的機會。1980年代，所謂第五代導演爲中國大陸電影所做的突出貢獻之一，
就是犀俐的革命性臉型：介於大臉和狐狸臉之間的過渡形態。進入1990年代
後，狐狸臉在中國大陸電影中全面復歸，可說是1920～1930年代女明星主流
臉型的捲土重來，代表人物就是章子怡、李冰冰、范冰冰和周迅、趙薇，乃
至眾多「超女」類型的草根偶像。

張圓、金迪、田華、祝希娟，比例占三分之二，而她們所飾演的，基本上是一身正氣的正面人物。大臉型演員之所以幾乎一統銀幕、成為1949年後中國大陸電影正面女性形象的主流臉型，是因為在一元化的意識形態主導之下的一切藝術生產和審美模式，都被要求以（歌頌）勞動人民為主；用當時的話語來表述就是：用工農兵形象佔領文藝尤其是電影陣地。

圖片說明：左翼電影宗旨之一是對公眾進行革命理念的啟蒙宣傳，但女工金弟的演講角色遮蔽了知識分子啟蒙者的歷史真實，目的是架構知識分子（如王伯麟）被啟蒙的新話語體系。

因此，具有江南文化背景和有錢階級-資產階級階級血統背景的非勞動人民臉型即狐狸臉類型，不僅被全面逐出出演正面人物的行列，而且成為反面人物或曰反動階級和敵對勢力的標準專用臉型，譬如美蔣女特務、地主婆、大小資產階級小姐、國民黨官太太，甚至生活作風不好的壞女人。當年上官雲珠當年能夠入選上榜，據說是周恩來力薦的結果[8]。王曉棠能一反常態地扮演妖豔淫蕩的國民黨軍官（《英雄虎膽》，1958），其近似狐狸臉/瓜子臉的非大臉型形象是一個重要的原因，因為它得到來自包括編導在內的觀眾模式化審美心理的支撐。而《青年進行曲》中梁小姐的扮演者許曼麗，說起來也是當時的著名演員，但她明確無誤的狐狸臉型/瓜子臉，決定了她只能飾演被否定的人物形象。

在左翼電影中，人物的家庭成員結構也有一個較爲特殊的現象。就現存的、公眾可以看到的影片而言，只有《小玩意》（1933）的女主人公有正常的夫妻關係存在，孫瑜編導的其他影片譬如《野玫瑰》（1932）、《火山情血》（1932）和《天明》（1933），女主人公在投身革命運動之前基本上是父母雙亡，（《體育皇后》（1934）和《大路》（1934）沒有交代家庭背景）；《新女性》（1934）、《神女》（1934）和《桃李劫》（1934）當中的女主人公，要麼是夫妻關係殘缺，要麼是父母一方或雙方缺失；田漢編劇的《母性之光》（1933）和《風雲兒女》（1935）也是如此配置。

國防電影《壯志淩雲》和《青年進行曲》的女主人公，前者的家中只有父親，後者的身邊只有妹妹：依然是沒有滿員的家庭背景格局〔註9〕。熟悉中國大陸視覺文化的人都知道，1949 年以後的電影裏，正面女主人公不僅家庭成員中的父母缺失或很少出現，到了 1970 年代的文化大革命期間，單身現象甚至取代了單親家庭——連配偶也開始消失。

〔註9〕 我對《天明》、《大路》、《新女性》、《桃李劫》、《母性之光》的具體討論，其完全版請參見《黑白膠片的文化時態——1922～1936 年中國早期電影現存文本讀解》之第十六章《革命與暴力的道德激情和階級意識灌注的左翼電影——〈天明〉（1933 年）：完全意義上的左翼電影樣本讀解之一》、第二十一章《左翼精神強力貫穿下的製作模式硬化與知識分子視角的變更——〈大路〉（1934 年）：變化中的左翼電影之二》、第二十二章《左翼理念與舊市民電影結構性元素的新舊組合——〈新女性〉（1934 年）：變化中的左翼電影之三》、第二十六章《批判、否定、抗爭、毀滅——〈桃李劫〉（1934 年）：有聲片時代經典左翼電影樣本讀解之一》、第十七章《階級意識、血統論的先行植入與人性的挖掘和遮蔽——〈母性之光〉（1933 年）：完全意義上的左翼電影樣本讀解之二》，其未刪節版請參見《黑馬甲：民國時代的左翼電影——1932～1937 年現存中國電影文本讀解》之第五章、第十章、第十一章、第十三章、第六章；我對《壯志淩雲》的具體討論，請參見本書第三章。

　　最有代表性的就是八個「樣板戲」，哪怕已經人到中年，女主人公還是獨身；即使《沙家浜》中的阿慶嫂已婚，丈夫也被安排去「跑單幫」——還是事實上的單身女性，觀眾私下稱之為「女光棍」。而無論是黑白片《自有後來人》（1963），還是據此改編而成的京劇電影版《紅燈記》（1970），三個主要人物——「奶奶」、「爹」、「女兒」——無論男女老少，乾脆分別來自三個家庭：誰和誰都不存在血緣關係。

圖片說明：左翼電影中的正面人物基本上都被設置了不完整家庭的背景，或者根本不交代家庭。譬如《野玫瑰》，女主人公小鳳只有父親（章志直飾），結果還要安排他打死惡霸後逃亡。

　　實際上，作為與左翼電影有著血統淵源的國防電影，《青年進行曲》中承襲出現，並且成為14年後新政權電影指導思想模式與藝術表現母本的地方，還遠不止上述幾點。一方面，國防電影時期的模式化還不是特別完善，這裡主要指的是女主人公的結局，並沒有像後來尤其是1950年代以後眾多的中國大陸電影那樣，全然迴避主要正面人物的死亡。金弟的病歿，就文本敘事而言，本是為王伯麟和金弟妹妹的感情線索留下的伏筆——這類花頭，一直是自1932年左翼電影出現一年以後的新市民電影的出彩之處。

　　《青年進行曲》的這種處理，就當時的創作環境和編導的意圖而言，自然應該應歸結到新市民電影已經成為1937年國產電影主流代表的歷史語境中[7]。另一方面，《青年進行曲》中的一些典型場景及其處理手法，後來作為模式化的創作戒律，又被1949年後的中國大陸電影發揚光大。

譬如革命同志沈元中的臨終囑託模式：在收集奸商的情報被敵偽暗殺臨終前，他不僅囑託王伯麟放棄動搖立場、投身愛國行動，而且明白交代王伯麟要跟革命女工金弟建立深厚的革命友情，語重心長：「我希望你能夠常常跟她接近，當然更希望你能夠愛她，能夠像她一樣的感覺，也像她一樣的想，我相信最後你不會叫我們失望的」。現在看上去這個橋段匪夷所思，但它卻符合當時影片的主題思想要求和編導邏輯。

這種手法其實來源於左翼電影，譬如《天明》（1933）中的女主人公面對行刑隊的槍口，反覆要求士兵們在「她笑得最美的時候開槍」，這種「像一場兒戲」的場景「持續數分鐘之久」，給人感覺她「非常樂意去死」[9]；《孤城烈女》（又名《泣殘紅》，1936）中的女主人公為了幫助革命軍攻城，用身體擋住敵人的重機槍射擊數分鐘之久，臨終之前一再囑咐革命同志，並且堅持要看到紅旗飄揚起來之後才肯閉眼[註10]。

圖片說明：左翼電影奠定了使用大臉女演員作為正面女一號的基礎，這是偶然中的必然。譬如當初孫瑜起用王人美主演《野玫瑰》（1932），本是看重其健美的身材和潑辣的個性氣質。

[註10]　《孤城烈女》（原名《泣殘紅》，故事片，黑白，配音片），聯華影業公司1936年出品。編劇：朱石麟；導演：王次龍；攝影：陳晨；主演：陳燕燕、鄭君里、尚冠武。我對這部影片的具體討論，祈參見拙作《〈孤城烈女〉：左翼電影在1936年的餘波回轉和傳遞》（載《青海師範大學學報》2008年第6期），其完全版和未刪節版分別收入《黑白膠片的文化時態——1922～1936年中國早期電影現存文本讀解》（第三十五章）和《黑馬甲：民國時代的左翼電影——1932～1937年現存中國電影文本讀解》（第十五章），題目均為：《在國防電影運動和新市民電影潮流中存留的〈孤城烈女〉——「泣殘紅」：1936年左翼電影的餘波回轉與部分基因的隔代傳遞》。敬請參閱。

　　類似場景在1949年後的中國大陸電影當中所在多見。譬如主人公一般會在就義前交黨費（《黨的女兒》，1958）、**負傷昏迷前批准下級入黨**（《紅色娘子軍》，1961）、犧牲前要求再看一眼紅旗（《打擊侵略者》，1965）、**被捕前叮嚀同志誰可能是叛徒**（《永生中烈火》，1965）、被殺害前高呼口號（《紅燈記》，1970）等等，等等。作爲革命引路人，沈元中這個人物形象在1949年後中國大陸電影中又被發展成「政治委員」模式。而王伯麟最後在他父親面前打死舅舅（姨太太的兄弟）的場景，是中國大陸電影「大義滅親」模式的奠基之筆。

　　至於中國大陸電影中，有錢人基本上沒有一個好人（男的兇殘貪婪、道德敗壞、貪生怕死，女的妖豔淫蕩、助紂爲虐），甚至連衣著打扮都成爲政治傾向性和階級性的符號，沒錢人基本上都是好人、被剝削但又不愛錢的、還敢於反抗等模式，都可以從《青年進行曲》中找到原始的編碼譜系和對應的基因識別密碼〔註11〕。

圖片説明：作爲新電影，左翼電影爲舊市民電影的愛情內存添加了階級性和革命性的開機運行程序，因此，作爲升級換代版的國防電影如《青年進行曲》並沒有改變已有的硬件和軟件配置。

〔註11〕　《烈火中永生》（故事片，黑白，北京電影製片廠1965年攝製）的編劇是署名爲周皓的夏衍。據稱，這是他與執行導演水華繼《林家舖子》、《革命家庭》之後的第三次合作（參見：百度百科〔EB/OL〕.http：//baike.baidu.com/item/%E7%83%88%　　E7%81%AB%E4%B8%AD%E6%B0%B8%E7%94%9F　　跡fr=aladdin）。夏衍與《青年進行曲》的編劇田漢，兩人既是當年左翼電影和國防電影的代表人物之一，更是1949年後主導、管控電影、戲劇生產的高層領導和藝術主管（兩人分別擔任主管電影的文化部副部長和文化部戲曲改進局局長）。由這個細節可以看出，左翼電影—國防電影（乃至抗戰電影），與1949年後中國大陸紅色電影之間的思想資源和人力資源之間的邏輯關聯。

丁、《青年進行曲》製作環境的外在輻射：國防電影和新市民電影之間的關係

田漢（1898～1968）青年時代在日本留學期間開始戲劇創作時，觀摩了大量的歐美影片[1] P111。1921年回國，1926年組織南國電影劇社，正式投身電影創作，將酒、音樂與電影視爲「人類三大傑作」[1] P112，先後編導了《到民間去》（1926）、《斷笛餘音》（1927）和《湖邊春夢》（1927）[1] P114~116。雖然他個人較爲激進，這三部影片也沒有拷貝留存下來，但考慮到時代因素的制約，這些都應該屬於舊市民電影，也就是所謂「找不到正確出路的苦悶心情和思想上的掙扎」[1] P117的反映。

左翼電影興起後的1933～1935年，田漢以核心人物的身份積極參與，其編劇的作品，現在除了《母性之光》（1933，「聯華」）和《風雲兒女》（1935，「電通」）之外，其餘的《民族生存》（1933，「藝華」）、《肉搏》（1933，「藝華」）、《烈焰》（1933，「藝華」）[1] P272、《三個摩登女性》（1933，「聯華」）、《黃金時代》（1934，「藝華」）和《凱歌》（1935，「藝華」）等影片，雖然均無從得見，但應該不出意外地都屬於左翼電影的標準套路。

1937年的《青年進行曲》，是田漢首次公開在銀幕上使用眞實名字的影片[1] P492。然而，這部影片的國防電影屬性，除了存在著左翼電影歷史血脈的內在原因之外，還有一層受到新市民電影製作環境影響強力輻射的外在因素。

圖片說明：1933年，孫瑜又起用黎莉莉主演《天明》。黎莉莉和王人美的外形、氣質尤其是美體裸露所形成的表演風格和明星效應，體現了左翼電影激進的精神內涵和市場化的審美範式。

　　中國電影界在 1936 年發起的國防電影運動[1] P416，雖然聲勢浩大、影響深遠，但體現在影片文本上，則呈現出左翼電影被承接轉換後消亡、新市民電影幾乎一統影壇的客觀環境特點。所謂新市民電影，就是在先後有選擇地、片段抽取左翼電影和國防電影思想元素（即時尚元素）的同時，始終保持著溫和的、保守的社會批判立場，奉行注重電影新技術的應用和商業性、娛樂性的製片方針——我稱之為新技術主義路線[7]：1930 年代中期，兩部創紀錄的高票房電影——明星影片公司的《姊妹花》（1933）和聯華影業公司的《漁光曲》（1934），就是這樣的產物〔註12〕。換言之，1936～1937 年的中國電影，已經終結了左翼電影和新市民電影**兩大主流形態**競爭的格局。

　　就現存的、公眾可以看到的 1936 年的國防電影而言，聯華影業公司出品的《狼山喋血記》（編導：費穆），顯然是左翼電影標準的升級換代版本，但以寓言的形式承載沉重思想主題，表現性和觀賞性較差[5]。而同年由新華影業公司出品的《壯志淩雲》（編導：吳永剛），就大異其趣：同樣秉承反侵略、反漢奸的國防電影思想主題，但可觀賞性也就是市場性得到加強，突破了當初由左翼電影轉換而來的、簡單膚淺的宣傳意識束縛。這首先要歸功於出品方——張善琨主導的新華影業公司及其奉行的與時俱進的製片方針。

 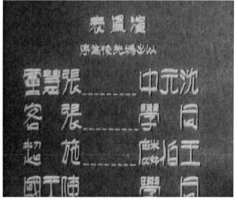

〔註12〕　《姊妹花》（故事片，黑白，有聲），明星影片公司 1933 年出品；編劇、導演：
　　　　鄭正秋；攝影：董克毅；主演：胡蝶、宣景琳、鄭小秋、譚志遠、顧梅君、顧蘭
　　　　君、徐萃園。《漁光曲》（故事片，黑白，配音），聯華影業公司 1934 年出品；編
　　　　劇、導演、說明：蔡楚生；攝影：周克；主演：王人美、湯天繡、韓蘭根、談瑛、
　　　　羅朋、袁叢美、尚冠武、裘逸葦。我對這兩部影片的讀解意見，請參見拙著：《黑
　　　　皮鞋：抗戰爆發前的新市民電影——1933～1937 年現存中國電影文本讀解》（臺
　　　　灣花木蘭文化出版社 2016 年版）第二章《〈姊妹花〉（1933 年）——雅、俗互滲
　　　　與高票房電影》、第五章《〈漁光曲〉（1934 年）——超階級的人性觀照》。

張善琨（1905～1957），早年是依靠香煙廣告起家的成功商人[1] P483。當時的上海電影業，成本低廉卻回報豐厚，「拍上五六部片子，扣去成本，至少可賺一半利潤」[10] P39。1934 年，張善琨在成功經營上海大世界遊戲場和演出京劇連臺本戲的共舞臺之際轉進電影界，1935 年成立新華影業公司，先是以很低的成本，將「連臺機關布景京戲」《紅羊豪俠傳》改編成電影，不僅受到歡迎，收益也不錯[1] P483。

在此情形下，他邀請歐陽予倩編導影片《新桃花扇》，欲借助後者「在文藝界的聲望和地位……以達到他名利雙收的目的」[1] P484，結果不僅如願以償，還進一步吸納同樣屬於知名左翼人士的編導如陽翰笙、田漢、冼星海、史東山、司徒慧敏以及演員王人美、金山等，使公司「成爲了國防電影運動的陣地之一」[1] P484～485。

圖片說明：舊市民電影時代，狐狸臉是當時女演員的主流臉型，反映了傳統文化尤其是舊文學的影像審美標準。圖爲 1920 年代的老牌明星湯天繡（《情海重吻》，大中華百合，1928）。

而從 1936 年至 1937 年「七·七事變」爆發，「新華」拍攝出品的不僅有《周瑜歸天》、《霸王別姬》、《林沖夜奔》這樣的戲曲片，《壯志凌雲》、《青年進行曲》這樣的國防電影，更多的是像《紅羊豪俠傳》和《新桃花扇》這樣的新市民電影，譬如史東山編導的《長恨歌》、《狂歡之夜》、楊小仲編導的《桃園春夢》、《小孤女》、《飛來福》，以及張善琨自己和王次龍聯合編導的《瀟湘

夜雨》[1] P620~621——**目前，這類影片只有馬徐維邦編導的《夜半歌聲》可以得見** [註13]。

由此可見，「新華」出品的影片不拘一格，順應的是瞬息萬變的市場需求。所以，以往的電影史研究才在肯定其「進步和傾向進步」的同時，指責張善琨出品「如《桃園春夢》那樣的黃色片和《小孤女》等沒有什麼意義的影片」[1] P485——實際上，《桃園春夢》和《小孤女》製作成本低廉，但卻相當「賣座」[10] P68。

這正是已經從商人升格爲企業家的張善琨左右逢源手段和魄力之所在，也就是資源配置合理，策略籌劃得當：拍攝《紅羊豪俠傳》，他重用的是舊市民電影編導的重量級人物楊小仲，爲的是與業界前輩張石川、鄭正秋抗衡；啓用歐陽予倩投拍《新桃花扇》，爲的是躋身左翼電影市場；公開讓田漢編導國防電影《青年進行曲》，只不過是與時俱進的企業行爲慣性所致。

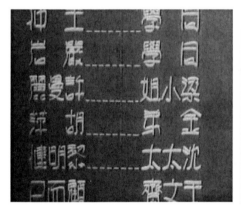 

也正因如此，1937年11月上海淪於敵手成爲「孤島」後，新華影業公司不僅率先恢複製片業務，還成爲1938年唯一能夠繼續拍片的公司 [11] P96，而且當年年產就有18部之多 [11] P97。與此同時，張善琨另外掛出「華新」和「華

[註13]《夜半歌聲》（故事片，黑白，有聲），新華影業公司1937年出品；編劇、導演：馬徐維邦；攝影：余省三、薛伯青；主演：金山、胡萍、施超。我對這部影片的讀解意見，請參見拙作：《〈夜半歌聲〉：驚悚元素與市民審美的再度狂歡——1937年新市民電影在國防電影運動背景下的新發展》（載《浙江傳媒學院學報》2010年第5期），其完全版後作爲第三章，收入拙著《黑夜到來之前的中國電影——1937年現存國產影片文本讀解》，題目是：《〈夜半歌聲〉：國防電影背景下的恐怖片何以成爲賀歲片——1937年新市民驚悚元素與大眾審美的再度狂歡》，未刪節版作爲第十三章，收入《黑皮鞋：抗戰爆發前的新市民電影——1933～1937年現存中國電影文本讀解》，敬請參閱。

成」兩塊招牌，又設立「中國聯合影業公司」[11] P429，擴大生產規模。既出品
如《古屋行屍記》、《地獄探豔記》、《四潘金蓮》等「色情恐怖的東西」[11] P97，
又拍攝《木蘭從軍》、《武則天》、《葛嫩娘》、《蘇武牧羊》、《西施》等「具有
愛國意義的歷史題材影片」[11] P102，還有《寧武關》《三娘教子》這樣的曲藝、
戲曲片。張善琨的如此作為和表現，僅僅一再用「投機性」[1] P485 或「投機家」
[11] P97 來置評，恐怕有失公允。

　　至於將張氏在 1941 年年底太平洋戰爭爆發、「孤島」消失後繼續從事
製片的行為視作「公開投敵，當了漢奸」[11] P116 的論斷，更難以服人。所幸
現在的研究者已經還其本來面目，認為整個「孤島」時期，在「夾縫中求
生存」的國產電影，「沒有出現過一部宣揚漢奸意識的影片」[2] P82~83。需要
順便在此提及的是，抗戰結束後，為躲避漢奸指控，張善琨於 1947 年遠走
香港，繼續為中國電影事業效力，先後創辦永華影業公司、長城影業公司，
並於 1952 年恢復新華影業公司，直至 5 年後在日本拍攝外景時因心臟病突
發去世[12]。

圖片說明：作為為數不多的例外之一，1928 年因扮演女俠出名的
胡蝶，橫跨新舊電影兩個時代，其大臉形象更多地得益於新電影的
審美標準，譬如新市民電影《姊妹花》（明星，1933）。

　　新華影業公司進入電影界之時，正是左翼電影趨於高潮的時期：無聲片時代和有聲片時代的經典左翼電影先後在 1934 年和 1935 年出現，前者指的是《神女》，後者指的是《風雲兒女》。經典作品的出現，往往又意味著衰落的始發點。因此，「新華」的製片方針，並沒有全面向左翼電影傾斜，而是從 1935 年開始同步涉足古裝片的製作。

　　張善琨的這種策略調整，是對方興未艾的新市民電影大潮的正面迎合。因爲這類影片雖然不能像左翼電影那樣以思想性取勝，但卻可以獲得商業上的成功保證；古裝片不僅可以體現新市民電影的宗旨，還可以用不涉及當下社會現實的批判立場取得政治上的保障，更可以用借古諷今的方式打擦邊球——而這，正是淪陷區時期中國電影的主流和歷史性貢獻：

　　凡是政治環境要求電影迴避現實、不允許找麻煩的時候，電影就從邊邊角角、裏裏外外的小枝節上向強大的政治勢力暗地裏揮舞小刀；小刀子多了，血就流得多；血流得多了，強權政治就會日漸蒼白、空虛，最終坍塌在地成爲歷史遺跡。從這個意義上說，古裝片是新市民電影和**國粹電影**主題思想最有效的載體之一。

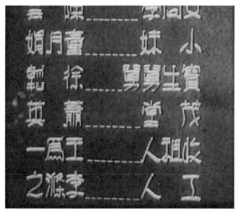

　　所以，1936 年，當左翼電影被國防電影承接轉型、後者蓬勃興起之際，張善琨繼續借助左翼人士之力，拍攝了國防電影《壯志淩雲》，「對當時的抗日民族鬥爭」而言，可謂正逢其時[1] P485。1937 年伊始的賀歲片檔期，「新華」又爲市場貢獻了恐怖元素和革命元素相混合的新型號的新市民電影——《夜半歌聲》，直接應對的是日常狀態當中的新市民電影已經不能夠更加有效地攫取更大市場份額的現實。

《夜半歌聲》的劇本修改、插曲和主題歌的歌詞，都有田漢的功勞[1] P490，作曲則是另一位知名左翼人士洗星海[1] P491。結果插曲唱遍大江南北[1] P491。雖說本片走的是好萊塢《歌場魅影》一類的恐怖片路數[1] P491，但影片「轟動一時……連續滿場三十多天、創下了當年賣座率最高的國產片記錄」[10]P76~77，編導馬徐維邦就此成名，成為「恐怖片的大導演」[10] P77。

而在此之前，張善琨不僅已將名編導吳永剛與明星金焰、王人美一同從「聯華」攬至旗下[10] P73，更將太太的弟子童月娟從京劇名角捧紅為電影明星乃至收為二房[10] P49~51。胡萍是在拍攝《新桃花扇》時從「明星」商借來的演員[10] P62，但從此成為「新華」的臺柱，她與童月娟的大臉形象，對應、抗衡的是左翼-國防電影的主流明星臉型。此次二人聯袂主演的《青年進行曲》熱力上市的之際，恰逢「七‧七事變」爆發三天。

圖片說明：同樣是橫跨新舊電影時代的女明星，狐狸臉型的阮玲玉又是為數不多的經得起不同審美標準和市場化檢驗的例外之一，圖為她在《桃花泣血記》(聯華，1931) 中的造型。

藝術作品的高質量往往不僅僅是時效性和單一性的品質結合。因此，一方面，《青年進行曲》的拍攝，是電影對現實的即時反應和出品方對市場的明確判斷，即時效性：抗戰全面爆發之前攝製的《青年進行曲》，涉及當局和民眾最關注的敏感性題材。同時，與 1936 年的國防電影最不同的一點，是影片對大敵當前、戰爭爆發在即的民生問題的反應。

　　民生問題實際上是國家、民族生存的前提，這也是新市民電影最拿手的一面，即有限度的對社會現實提出批評。譬如兒子指責父親在國家生死存亡的關頭不該哄抬糧價、投機倒把，後者則說：「笑話！國家生死存亡的關頭，不能說不叫我做買賣呀！」這種論調還不能簡單地定性為漢奸言論，一批了之。因為在 1949 年以後的電影中，往往只有一面倒的宣傳，看不到戰爭狀態下人們的日常生活和心理反映。

　　另一方面，影片在對人物的階級出身和社會背景的設計上，突破了《狼山喋血記》中的局限。在《狼山喋血記》當中，一致號召起來打狼的都是貧苦村民，持反對態度的，是有身份和地位的富人。就是說，國防電影當中的階級性在早期是很明顯的，但在《青年進行曲》當中得到一定程度的克服，出身資產階級的少爺王伯麟被設計成一個正面人物。國防電影在 1937 年真正做到了從階級性向民族性的過渡，而這一點是和《壯志凌雲》一脈相承的。

　　此外，《青年進行曲》的國防電影主題，並沒有排斥對次要人物的精巧設置及其娛樂功能的開發，代表人物是王家的二少爺，用王老爺的話來說就是遊手好閒、不務正業。這個人物的行為意識和表演都比較誇張和怪異，影片為之安排的一系列噱頭和笑點，既與他比較二杆子的性格邏輯相符合，也和他公子哥的身份地位相匹配。顯然，這是新市民電影對國防電影外在輻射的生動體現。

圖片說明：如果不知道《青年進行曲》的時代背景，胡萍扮演的女一號金弟，其形象和造型，很容易讓觀眾聯想到 1949 年後中國大陸電影中的紡織女工——它與左翼—國防電影的確是一脈相承。

戊、結語

就中國電影史的發展來看，相對於左翼電影的模式，國防電影當然不無新意。如果全面抗戰再推遲幾年，國防電影的生產再多一些時間，也許會克服許多缺陷、取得更多成就。但歷史不容假設；而且，事實是，十四年後的中國大陸電影在全面完成**意識形態**血緣譜系對應和身份識別密碼**對接**之後，大體上沿著左翼電影和國防電影的製作軌跡向前發展，甚至將前**兩者**的片面性和缺陷繁殖放大，又成功地完成了遺傳基因的隔代傳遞。

因此，「文革」時期電影的樣板效應就不足爲怪，原本是水到渠成、順理成章的結果。單從創作軌跡和人事組織關係上看，田漢在爲《青年進行曲》編劇之後，再度與導演史東山合作的《勝利進行曲》（中國電影製片廠 1940年出品），顯然是更爲正宗的國防電影——**此時應該叫做抗戰電影**。而 1949年前後，田漢編劇的影片《憶江南》（1947）、《梨園英烈》（1949）和《麗人行》（1949），基本上回到了早期圖解化的左翼電影的創作套路。

新的大陸中央政府成立後，那些二、三十年代加入中共、同時又是左翼文藝核心人物的領導者，基本上進入並主導藝術管理高層幾十年。

譬如，田漢在「文革」期間去世前，一直主管戲劇工作（先後擔任文化部戲曲改進局局長、藝術事業管理局局長、中國戲曲學校首任校長、中華全國文學藝術界聯合會副主席、中國戲劇家協會主席）[13]；夏衍（1900～1995），則以文化部副部長的身份主管電影[8]；陽翰笙（1902～1993）歷任政務院總理辦公廳副主任、文教委員會委員兼副秘書長、中國文聯黨組書記、副主席兼秘書長[14]；洪深（1894～1955）在 1949 年後任中國文聯主席團委員、中國戲劇家協會副主席、中華人民共和國對外文化聯絡局局長、文化部對外文化聯絡事務局副局長等職[15]。歐陽予倩雖然在 1955 年才加入中國共產黨，但 1949 年後歷任中央戲劇學院院長、中國文聯第一屆常委和第二、三屆副主席、中國戲劇家協會第一、二屆副主席等職務[16]。

從這一點也可以清楚地看到，中國**大陸**文藝與包括國防電影在內的左翼文藝之間的血統淵源，電影和戲劇當然是其中的主動脈之一。

圖片說明：胡萍主演的《夜半歌聲》（1937）不僅票房高，還就此
成爲新華影業公司的一線頭牌。這不僅印證了大臉女星的商業價值
和市場前景，也證明了左翼電影和國防電影的邏輯關聯。

　　僅從現存、公眾可以看到的國防電影而言，如果說，《狼山喋血記》和《青年進行曲》更多地強調所謂階級的天然本性：先進或落後、革命與否，那麼它們和《壯志淩雲》共同構成的是以宣傳性和鼓動性取勝的藝術特徵，而這顯然來源於左翼電影傳統。相對而言，這三部影片對群體命運的關注高於對個案的眞實演繹力度；而這種概括與簡略，淡化了個人命運在戰爭狀態下的走向，這種傾向在1949年以後就更爲嚴重。

　　就中國大陸的戰爭題材電影而言，人們幾乎看不到個人命運在戰爭狀態下的演進痕跡，只看到集體以及集體中的個體與之聯繫在一起的命運演變〔註14〕。就這一點來說，「新華」出品的《壯志淩雲》和《青年進行曲》要好

〔註14〕所以，一旦對戰爭中的個體命運給予更多的關注，就必然成爲一個非常出位的影片。譬如，長春電影製片廠1955年攝製《董存瑞》（編劇，丁洪、趙寰、董曉華；導演，郭維），影片的感人之處不在於主人公最後舉起炸藥包後到底喊了句什麼，而在於他與敵人同歸於盡之前從一個普通農民轉變爲革命戰士的歷程，而這種經歷既是非常個人化的，也是影片成功的重要因素。怎樣做到對個體命運的最大關懷？最成功的例證就是大陸2000年拍攝的《鬼子來了》（編劇：述平、史建全、姜文、尤鳳偉；導演：姜文：華藝影視娛樂有限公司、中國電影合作製片公司出品）。主人公馬大三是一個生活在自給自足環境中的普通農民，一個熱愛生活的正常人，結果半夜裏兩個麻袋的到來徹底改

於「聯華」出品的《狼山喋血記》。

反觀 1960 年代的中國大陸電影史研究，曾對《青年進行曲》的導演史東山有如次的責難：「在女工金弟的形象塑造上還流露出小資產階級的情調，沒有更好地顯示出這個女工的堅毅性格和風采，但整個說來，影片再現了原作的精神，也體現了史東山導演藝術的簡潔流暢的風格」[1] P492~493。這種論斷，既不尊重歷史也不尊重文本。

劇本是一劇之本，導演的二度創作顯然無力在整體上改變原作的宗旨和走向，況且，史東山當時並不是共產黨員；其次，這種褒貶分明的做法，顯然是看人下茶碟兒的庸俗學術作風，同時，也抹殺了張善琨及其主導的新華影業公司，忽略了其複雜的歷史製作環境以及對電影文本的約束。這種不正常的學術理念和政治化的表達，狹隘的黨派立場和偏頗的意識形態價值取是根本原因所在。

圖片說明：《青年進行曲》中金弟身邊只有妹妹（童月娟飾）的角色設定，既是左翼電影和國防電影正面人物家庭格局模式的體現，也是總經理張善琨對公司人脈資源配置考量的結果。

變了他的命運，這是人們所要關心的。中國的抗日戰爭結束七十多年了，那些昔日的抗日英雄和千千萬萬沒有被看作是英雄的普通經歷者健在的還有多少？他們的命運在那場戰爭中發生了怎樣的改變？從眾多中國大陸 1949 年以後涉及抗日題材的電影中，人們一直所知甚少，甚至感知不到他們的歷史性存在……譬如，對國軍的正面抗戰表現幾乎是一片空白……

己、多餘的話

子、青年人的精神風貌

現在再看《青年進行曲》，我最深切的感受是，不論什麼時代，青年人都**應該是意氣風發、朝氣蓬勃的群體**，這才是青年人正常的精神風貌。而 1990年代末期**中國**大陸大學擴招以後，學生們萎靡不振的心理狀態最是讓人痛惜，……。任何時代，青年人都應該以天下爲己任；都應該有點二百五的精神，雖然這種極端的話你可能不接受。一個人二十歲的時候老奸巨猾，這太恐怖了；當然有的人把這叫早熟。

丑、沒有體育的人生不完整

所謂的時髦，所謂的美麗、英俊，是一種能夠跨越時代的文化品質。譬如健美都與高大、挺拔的形象有關，當然這主要是對男生的要求；女生則是健康前提下的苗條。所以諸位要去上體育課甚至健美課。沒有體育的人生是不完整、不正常的人生；不具備這種意識就好比不上課還不知道請假一樣無禮。

寅、「門當戶對」的合理性

婚姻上的「門當戶對」是有一定的道理的。人在年輕的時候都不相信這一點，也很反感，但事實證明它的確有一定的道理。**這個觀點並不新穎**，同時僅供個人自行參考。

卯、質樸無華的場景

影片當中有一場戲，眾青年開會追悼被奸商暗殺的沈同學。雖然是電影，但還是可以看出那個時代追悼會樸素和眞摯的本來面貌。以前看《桃李劫》中畢業典禮那場戲的時候我就深有感觸：同學們齊聲高唱《畢業歌》，校長先做個樸素眞摯的開場白；然後是同學代表講話，講話樸素到講了一半就說不下去的地步，磕巴了，結果他女朋友就在下面大聲提示、補充。由此可見 1930年代的中國社會和學校裏務實與質樸的一面。

辰、「懇親會」

這個詞近年來在**中國**大陸出現得比較頻繁，應該是座談會的意思。《青年進行曲》中具體的情境是學生們與家長一同去看青年團體的宣傳演出，又有些家長會的性質。不論是懇親還是懇談，這個日文詞在 1949 年以後的中國大

陸消失良久。從這個語言現象我推測，是否是因爲在1930年代抗戰爆發前日本電影對中國電影的影響已經滲透到臺詞層面？如果此說不成立的話，那就是作爲早年的留日學生，編劇田漢下筆時的未曾留意的表現？

巳、經典臺詞

近些年來看電影看得比書多一些，我發現，同文學名著一樣，好電影都會有一些好臺詞，也就是名言名句的意思。譬如《青年進行曲》中，革命學生威脅奸商說：假如你再不覺悟的話，那麼，青年人的情感是很難壓制的。這種表達的確很振奮人心。前面提到，青年人之所以爲青年人，就是因爲比較二。年輕的時候你沒有一點二的勁兒，我覺得這有問題；當然了，像我這個歲數還要二的話也不見得沒有問題。

還有王老爺鼓動兒子去和梁小姐旅遊的那段話：一個年輕人在旅行的時候，心總是浮動的，最容易跟女人發生那個。這個的確是名言。人類兩性愛情的發生有一個非常合適的機會，就是在遷徙的過程當中，這個遷徙包括旅遊。譬如小說《圍城》，方鴻漸和蘇小姐，本來誰也沒看上誰，但兩人情感質變的根基就發生在去三閭大學的路途上。道理很簡單，人是動物的一種，當然要受動物性的制約，而在春天的時候這種情況頻率高；冬天就少，秋天分手的最多。因爲既然人是動物，那麼動物要不斷的遷徙以獲得更多的食物和更安全的地方。這時候相依爲命的感覺就體現出來了。如果總在一個村兒裏呆著，估計誰看誰都膩歪。

午、二杆子弟弟

影片中有個比較好玩兒的人物是王伯麟的弟弟。這個人物的性格，其實還有他所屬階級性的一面可以深入分析，因爲他是小老婆生的孩子。因此，他的不務正業、遊手好閒、喜歡和女人打情罵俏，與他的沒心沒肺、說話不著調是有內在聯繫的；換言之，編劇要在他身上體現剝削階級的惡劣傳統。因爲他的媽一天到晚既不愛國家也不愛民族，只是熱心支持老公的投機倒把事業、支持自己兄弟的投敵賣國行爲。

同時你注意，大奶基本上沒有什麼反動行爲，而且聽到金弟去世是消息後，她非常震驚，以致她看梁小姐的眼神都不無譴責的意思——當然，梁小姐也不無自責——也就是說，畢竟是人命關天。而二奶的反應就不那麼強烈

和震驚。所以，大兒子王伯麟最終投身革命運動，與他的生身母親有關，而二兒子比較二，也與他的生母是庶母有關。〔註15〕

初稿時間：2005 年 5 月 13 日
二稿修改：2007 年 2 月 3 日
三稿改訂：2010 年 12 月 22 日
四稿圖文：2011 年 2 月 3 日～8 月 11 日
圖文修訂：2016 年 9 月 17 日～12 月 23 日
文字校改：2017 年 3 月 3 日～9 日

參考文獻：

〔1〕程季華，中國電影發展史：第 1 卷〔M〕，北京：中國電影出版社，1963。

〔2〕陸弘石，舒曉明，中國電影史〔M〕，北京：文化藝術出版社，1998。

〔註15〕 本章的甲、乙、丙三部分的主體文字（約 10000 字），最初曾以《左翼電影-國防電影與新中國電影的血統淵源——以 1937 年新華影業公司出品的〈青年進行曲〉爲例》爲題，先行發表於《杭州師範大學學報》2011 年第 4 期；丁、戊兩部分的主體文字（約 7000 字），最初曾以《新電影的誕生是時代精神和市場需求的産物——以 1937 年新華影業公司出品的〈青年進行曲〉爲例》爲題，另行發表於《北京電影學院學報》2011 年第 3 期。本章的完全版（配圖）後作爲第八章收入拙著：《黑夜到來之前的中國電影——1937 年現存國産影片文本讀解》，題目是：《〈青年進行曲〉：爲何説左翼電影與新中國電影存在著血統淵源——兼及新市民電影精神對國防電影的外在輻射》。此次收入本書時，將成書版的閲讀指要與雜誌發表版的摘要合併，增補修訂的文字均以黑體字標識；此外，並排排列的圖片均爲此次新增（除第一、二幅和最後兩幅外，均爲影片截圖），共計下二十幅。特此申明。

〔3〕李道新，中國電影文化史〔M〕，北京：北京大學出版社，2005：128
～129。

〔4〕李少白，中國電影史〔M〕，北京：高等教育出版社，2006：87。

〔5〕袁慶豐，國防電影與左翼電影的內在承接關係——以 1936 年聯華影
業公司出品的《狼山喋血記》爲例〔J〕，佛山科技學院學報，2008（2）：
17～19。

〔6〕袁慶豐，《孤城烈女》：左翼電影在 1936 年的餘波回轉和傳遞〔J〕，青
海師範大學學報，2008（6）：94～97。

〔7〕袁慶豐，中國現代文學和早期中國電影的文化關聯——以 1922～1936
年國產電影爲例〔J〕，中國現代文學研究叢刊，2010（4）：13～26。

〔8〕〔EB/OL〕.http：//tieba.baidu.com/f?kz=861991050〔登錄時間 2011-2-6〕

〔9〕酈蘇元，胡菊斌，中國無聲電影史〔M〕，北京：中國電影出版社，1995：
332～333。

〔10〕艾以，上海灘電影大王張善琨〔M〕，上海人民出版社，2007。

〔11〕程季華，中國電影發展史：第 2 卷〔M〕，北京：中國電影出版社，1963。

〔12〕上海通志＞第四十四卷人物＞傳主＞張善琨〔EB/OL〕.http：
//www.shtong.gov.cn/node2/node2247/node4603/node79844/node79846/u
serobject1ai102762.html〔登錄時間 2010-1-6〕

〔13〕百度百科＞百科名片＞田漢〔EB/OL〕.http：//baike.baidu.com/view/
28997.htm〔登錄時間 2011-2-6〕

〔14〕百度百科.〔EB/OL〕.http：//baike.baidu.com/view/274502.htm〔登錄
時間 2011-2-6〕

〔15〕百度百科.〔EB/OL〕.http：//baike.baidu.com/view/140088.htm〔登錄
時間 2011-2-6〕

〔16〕百度百科＞百科名片＞歐陽予倩〔EB/OL〕.
http：//baike.baidu.com/view/70961.htm〔登錄時間 2011-2-6〕

Left-wing-defense Film and the Origin of Mainland China's Films：*Youth March*（1937）

Read Guide：*Youth March* produced by Xinhua Pictures in 1937 can be seen as an prototype of upgrade National Defense Film. There are many internal logical relationships in ideological nature and artistic expression between the Left-wing Film and the post-1949 mainland films. The two types of films have the same gene pedigree and form the de facto hereditary inheritance. For example, in the course of the historical development, the social class not only determines the positive and negative characters in the mainland films, but also labels the "Big face" as positive female face, while "Fox Face" is reduced to symbolic face of Money Class for bourgeois characters. As an important part of the mainstream films in 1930s, the National Defense Film and the New Citizen Film were both the result of the Chinese film market competition and the demand of the time. They were the cultural products which had penetrated and influenced each other under the same cultural ecology. Zhang Shan-kun's Xinhua Film Company built such a synthetic platform at the right time, which affords a perspective to analyze Chinese film industry before and after the Anti-Japanese war, and configures today's reference coefficient for the film production in mainland, Taiwan, and Hong Kong.

Keywords：National Defense Film; Left-wing Film, New Citizen Film; new China's film; social class; consanguinity;

圖片說明：中國大陸市場銷售的《青年進行曲》VCD 碟片（「俏佳人系列」）之一、之二。

第零陸章 《春到人間》（1937 年）
——左翼電影向國防電影轉型的新例證

圖片説明：中國大陸市場銷售的《春到人間》DVD 碟片包裝之封面（左圖）、封底（右圖）。

閱讀指要：

　　作為標準意義上的國防電影，1937 年「聯華」出品的有聲片《春到人間》，不僅在以往的電影史研究中倍受冷落和曲解，在現今的中國電影史研究中也默默無聞。造成這種情況的根源不是因為對文本的誤讀和歧義，而是以往的電影史研究對編導孫瑜的意識形態歧視。清除這些話語垃圾和口水殘骸就會再一次看到歷史真相，那就是國防電影不僅是左翼電影的升級換代版本，而且始終與同屬於新電影的新市民電影保持著品質和形式上的區別。影片時長 90 分鐘，表現敵我雙方行軍交戰的場景幾乎占三分之一，主題歌更是主題鮮明、直截了當。如果孫瑜導演的這部影片不是國防電影，那麼還有什麼影片可以被稱為國防電影？

關鍵詞：舊市民電影；新市民電影；左翼電影；國防電影；聯華影業公司；孫瑜；

專業鏈接 1：《春到人間》（故事片，黑白，有聲），（「聯華」）華安影業股份有
限公司 1937 年出品。DVD（單碟），時長 90 分 27 秒。

　》》》**編劇**、**導演**：孫瑜；**攝影**：黃紹芬。

　》》》**主演**：陳燕燕（飾小紅）、梅熹（飾玉哥）、尚冠武（飾老張）、
　　　　　劉繼群（飾劉老爹）、韓蘭根（飾老鼠）、洪警鈴（飾
　　　　　馮二爺）。

專業鏈接 2：原片片頭字幕及演職員表

資料影片

中國電影資料館複製收藏

湖北電影製片廠 1985 年洗印

華聯

片影華聯

品出司公限有份股業影安華

間人到春

任主片製

潔　　　陸

影　攝

芬 紹 黃

景　佈

臣 漢 張

務　劇

綱宏祝　謀君孟

錄音
廊贊
助理
傅繼秋　朱樹洪　耿幼庭
作曲
賀綠汀
演員表

陳燕燕…………小　紅
梅　薰…………玉　哥
尚冠武…………老　張
劉繼群…………劉老爹
韓蘭根…………老　鼠
洪警鈴…………馮二爺
宗　由…………老石匠
殷秀岑…………竹　匠
恒　勵…………甲　兵
溫　容…………乙　兵
邢少梅…………團　長
費柏青…………營　長
歐陽紅櫻……夢裏母親
客串
周文珠…………刁　氏
嚴　斐…………女　兵

編劇導演
孫　瑜

專業鏈接 3：影片鏡頭統計

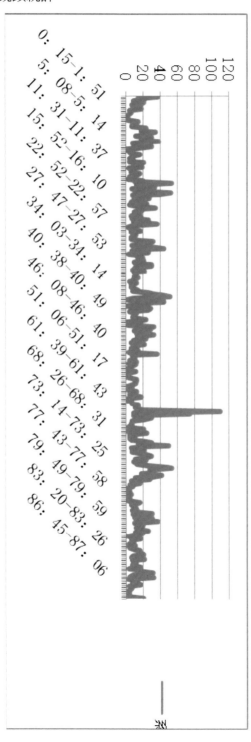

説明：《春到人間》全片時長時長90分27秒（DVD版），共378個鏡頭。
　　其中：

甲、小於和等於5秒的鏡頭72個，大於5秒、小於和等於10秒的鏡頭102
　　個，大於10秒、小於和等於15秒的鏡頭76個，大於15秒、小於和
　　等於20秒的鏡頭41個，大於20秒、小於和等於25秒的鏡頭26個，
　　大於25秒、小於和等於30秒的鏡頭23個，大於30秒、小於和等於
　　35秒的鏡頭13個，大於35秒、小於和等於40秒的鏡頭6個，大於
　　40秒、小於和等於45秒的鏡頭5個，大於45秒、小於和等於50秒的
　　鏡頭2個，大於50秒、小於和等於55秒的鏡頭4個，大於55秒、小
　　於和等於60秒的鏡頭0個，大於60秒的鏡頭2個。

乙、片頭鏡頭5個，片尾鏡頭1個；字幕鏡頭1個，其中交代劇情的鏡頭1
　　個，交代人物鏡頭0個；對話鏡頭0個。

丙、固定鏡頭300個，運動鏡頭78個。

丁、遠景鏡頭68個，全景鏡頭100個，中景鏡頭144個，近景鏡頭47個，
　　特寫鏡頭18個。

（數據統計與圖表製作：李豔）

專業鏈結4：影片經典字幕與臺詞選輯

　　　　「一天笑三遍，天王老子把我也沒法辦！」

　　　　「老張，你們這殺豬賣肉的，總有豬大腸吃啊？」——「教那些
大帥軍長們每年少打幾次仗，我們這豬大腸就有的吃了」。

　　　　「三個搖籃？那就是説，三個新的生命投到咱們的世界上了？」

　　　　「我看得很明白，時代是在變，新的已經產生在搖籃裏。讓我把
世界所有的舊的、不好的，完全送到墳墓裏去！」

　　　　「你不交人頭税？你不信問問桃源鎮上哪一個不交税？……我到
此地來，是為你們服務的……你敢不交？你不是革命黨吧？」

　　　　「這麼好的天氣，這麼好的風景，加上她這麼一副愁眉苦臉，風
景都完了」。

「不哭，哭就不疼了嗎？越疼你就越笑！」

「我明白了。越愁越恨，他不打我，我也不打他！」

「這彗星一出來，天下就要大亂」——「依我看來，這個彗星出來不出來都沒什麼，……我們政府打內戰，爭地盤已經很多年了，恐怕新的戰爭就要來了」。

（插曲歌詞，56 分處）

「春光短，春花殘，夏末玫瑰自哀怨；

秋風吹，秋雲暗，轉眼冰霜人煙斷；

雪地行人莫傷感，冬天春天是侶伴；

寒冬既已到人間，春天亦不遠！

不歎息，不畏寒，用你熱心化霜霰；

有勇氣，笑向前，用你強力破艱難；

雪地行人莫傷感，冬天春天是侶伴；

寒冬既已到人間，春天亦不遠！」

「我真不懂，你們為什麼這樣的高興，你們喜歡打仗嗎？喜歡殺人嗎？喜歡被人殺死嗎？」

「小妹妹，我明白你。你是恨打仗的，但是你還不知道我們這一次為什麼回來打仗嗎？小妹妹，你說錯了，我們是不喜歡打仗的，我們是因為不喜歡打仗所以才來打仗的！我們就是因為不喜歡殺人，不喜歡被人殺死，所以才會加入這次戰爭。我們的國家，我們的民族，現在是到了生死的關頭，我們不能再糊塗，再害怕了！我們要團結起來，拿戰爭消滅戰爭！」

專業鏈接 5：影片觀賞推薦指數：★★☆☆☆

甲、前面的話

7月7日抗戰全面爆發前的 1937 年，孫瑜先後編導了《瘋人狂想曲》（短片，《聯華交響曲》之七）和《春到人間》[1] P470。1960 年代初期，代表大陸官方立場的《中國電影發展史》認為，孫瑜這一時期的創作成不僅「不大」，「遠遠落後於《大路》乃至《小玩意》」，而且對當時的國防電影運動的態度也有「畏難情緒」，並因此「有意無意的規避了自己所處的時代」[1] P470；換言之，就是不承認《春到人間》是國防電影[註1]。

圖片說明：2011 年才在中國大陸市場上出現的《春到人間》（DVD）表明，中國電影資料館（北京）館藏影片豐富。據專家估計，至少尚有百部左右的民國時期電影拷貝可以公開放映。

[註 1]《中國電影發展史》的原話是：「孫瑜在完成《到自然去》之後，參加了《聯華交響曲》裏的《瘋人狂想曲》這個片段的拍攝工作，接著又編導了影片《春到人間》。《春到人間》寫軍閥時期一對青年男女——婢女小紅（陳燕燕飾）和舟子玉哥（梅熹飾）在經歷了軍閥混戰年代被壓迫的苦難後，先後參加了北伐的故事。劇本是作者 1932 年寫的，因此也僅僅保持著《火山情血》的水平。從這兩部影片，我們看出孫瑜在這一時期的創作成就是不大的，遠遠落後於《大路》乃至《小玩意》。這種後退現象，可以從孫瑜對於當時的國防電影運動所報的態度得到部分解釋。在國防電影討論中，對國防電影的攝製，孫瑜雖然也表示『這責任是應該負的，』但同時也流露了某些畏難情緒，以致他最後的結論是『只要在可能範圍內儘量去攝製就得了。』在這裡，問題並不完全在於作者沒有選擇直接描寫抗日的題材，而主要在於作者的創作激情有意無意的規避了自己所處的時代。這樣，孫瑜在這時拍攝出了《到自然去》和《春到人間》這樣的影片，就並不是偶然的了」[1] P470。

　　《中國電影發展史》的這種評價，既不客觀也不負責，實際上是一種政治立場上的否定性定論，延續的是 1950 年代初期最高當局對孫瑜拍攝《武訓傳》的嚴厲批判和全盤否定態度。因此，很可能是受這種政治正確至上的結論性影響，這部影片不僅最近（距離影片出品已經六十多年以後）才在中國大陸市場上出現，而且近十年的中國電影史研究也幾乎都沒有筆墨提及，只有當年《中國電影發展史》的一位主要編撰者，在把孫瑜列為「受新興電影運動影響的創作者」的同時，將《春到人間》歸於「反映健康社會道德觀念」的序列並給了一個「進步」[2] P75 的名號。

　　《春到人間》原片片頭，除了有「聯華影片」的字樣，還有「華安股份有限公司」的標識。這是因為，1936 年 8 月黎民偉和羅明佑被擠出聯華影業公司之後，原股東之一、現任新老闆吳性栽組織的銀團華安公司接辦「聯華」[1] P457~458，但對外仍然沿用「聯華」的名稱[1] P458。

　　現存的、公眾能夠看到的 1937 年出品的中國電影有 10 部，而且都是有聲片。聯華影業公司名下的有五部，依次是《聯華交響曲》、《前臺與後臺》、《如此繁華》、《春到人間》和《王老五》；屬於明星影片公司的三部，即《壓歲錢》、《十字街頭》和《馬路天使》；新華影業公司兩部，即《夜半歌聲》和《青年進行曲》。從時間順序上看，《聯華交響曲》的上映時間為 1937 年 1 月[1] P473，應該是本年度國產電影市場上最早上映的影片之一，最靠後的是《王老五》，此片雖然完成於抗戰全面爆發之時的 1937 年七、八月間，但直至 1938 年四月初，才在已經淪為「孤島」的上海，公映了一個修改後的版本[1] P467。

圖片說明：1936 年 8 月 1 日，原聯華影業公司股東之一的吳性栽，正式取代黎民偉、羅明佑的位置，組建華安公司接辦公司業務，但對外則依然沿用「聯華」名義出品和發行影片。

從影片內容/主題思想以及影片類型（形態）上看，上述影片的大部分都可以歸入1933年興起的、以有聲片時代的第一部國產高票房電影《姊妹花》（明星影片公司出品）爲標誌的新市民電影的大框架內[3]。《青年進行曲》是早已被定性的國防電影[1] P473，這裡接下去要討論的《春到人間》當然也屬於是國防電影無疑。但是由八個短片集合而成的《聯華交響曲》，則呈現出以國防電影爲主、左翼電影爲輔的雙重疊加特性，即其中的三個短片（《兩毛錢》、《三人行》、《鬼》）爲左翼電影的餘緒，五個屬於國防電影範疇（《春閨斷夢——無言之劇》、《陌生人》、《月夜小景》、《瘋人狂想曲》、《小五義》）。

圖片說明：孫瑜雖說是具有留學美國學習文學、戲劇和電影的科班出身背景，但他編導的影片，無論主題思想還是視聽語言，中國化的民族審美風格極爲鮮明，《春到人間》就是如此。

《聯華交響曲》的這種複雜面目，固然使得它在本年度由新市民電影引導的國產電影生產主潮中顯得比較特殊[註2]，但考慮到其中有孫瑜導演的

〔註2〕我對《聯華交響曲》和《青年進行曲》的討論，祈參見本書第四章和第五章。
我對《前臺與後臺》、《如此繁華》、《王老五》、《壓歲錢》、《十字街頭》、《馬路天使》、《夜半歌聲》的具體意見，祈參拙著《黑夜到來之前的中國電影——1937年現存國產影片文本讀解》之第六章《〈前臺與後臺〉：如何承載與展示民族精神和文化傳統——1937年抗戰全面爆發前新市民電影的內在品質》、第七章《〈如此繁華〉：如何體現新舊電影的邏輯關聯及其核心元素——

《瘋人狂想曲》屬於左翼電影，那麼就會發現，導演孫瑜隨後拍攝、而現今又剛剛可以看到的《春到人間》，二者之間既有製片策略上的外在關聯，又存在著主題思想上的內在邏輯。只要拋棄陳舊腐朽的意識形態偏見，稍微審讀文本就會承認，《春到人間》是典型的國防電影——左翼電影的升級換代版本，編導也從來沒有所謂規避「自己所處的時代」的立場問題。

乙、《春到人間》：劇本生成的電影歷史和時代背景

　　《春到人間》雖然是在 1937 年攝製的，但影片的劇本早在五年前就已經完成[1] P470，而就在 1932 年，孫瑜還爲聯華影業公司編導拍攝了《野玫瑰》、《共赴國難》和《火山情血》(均爲無聲片)[1] P605～606。現在，除了第二個影片公眾無從得見外，其餘兩部可以看到的影片，都是典型的左翼電影[註3]。這首先說明，當初的《春到人間》如果投拍，也只能是一個左翼電影。其次，無論是過去還是現在，中國電影史研究者們都承認，1932 年是「新電影」(或「新生電影」)興起之年[1] P185 [4] [5]，且「新電影」指的就是左翼電影[1] P200。而 1932 年新電影出現之前的國產電影，理所當然地被視爲舊電影——我同樣認可這種公認的結論——也就是我所總結的舊市民電影（形態）。

1937 年新市民電影的審美視角、世俗品位與藝術趣味》、第十章《〈王老五〉：藍蘋主演的到底是一部什麼樣性質的影片——1937 年全面抗戰爆發前後的國產電影面貌》、第二章《〈壓歲錢〉：1937 年的賀歲片呈現出怎樣的精神面貌——國防電影（運動）背景下新市民電影對意識形態的市場化規避》、第四章《〈十字街頭〉：是否可以看作 1930 年代的「蟻族」生活寫照——新市民電影對左翼電影元素和國防電影背景的世俗補充》、第五章《〈馬路天使〉：何以成爲新市民電影的經典之作——基於左翼電影和國防電影背景的考量》和第三章《〈夜半歌聲〉：國防電影背景下的恐怖片何以成爲賀歲片——1937 年新市民驚悚元素與大眾審美的再度狂歡》。

[註3] 我對《野玫瑰》和《火山情血》的讀解意見，祈參見拙作：《〈野玫瑰〉：從舊市民電影向左翼電影的過渡——現存中國早期左翼電影樣本讀解之一》（載《文學評論叢刊》第 11 卷第 1 期，2008 年 11 月，南京，季刊）、《中國早期左翼電影暴力基因的植入及其歷史傳遞——以孫瑜 1932 年編導的〈火山情血〉爲例》（載《河北師範大學學報》2009 年第 5 期）。這兩篇文章的完全版和未刪節版分別收入《黑白膠片的文化時態——1922～1936 年中國早期電影現存文本讀解》（列爲第十章、第十一章）和《黑馬甲：民國時代的左翼電影——1932～1937 年現存中國電影文本讀解》（列爲第一章、第二章），敬請參閱。

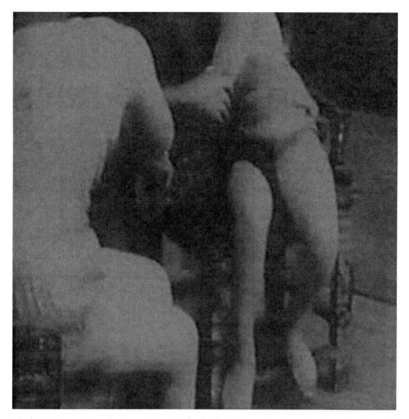

圖片說明：武俠片從一開始就與色情結緣，因爲在中國本土文化體系中，它與怪力亂神一樣遭到主流社會的排斥。現今友聯影片公司出品的影片只有《紅俠》（1929）尚爲世人所見。

從時間上看，舊電影的發生時代可以一直向前追溯到 20 世紀初期中國電影誕生，**延續興盛**的時間長達二十八年（1905～1932），在我的研究和表述體系中，我把這一時期的中國電影稱之爲舊市民電影。其主要特徵是：

第一，相對於 1910 年代出現的新文化運動和新文學誕生，其社會立場和政治立場保守，並以傳統文化範疇中的舊文化、舊文藝和舊文學（尤其是鴛鴦蝴蝶派作品）爲主要文化和文本取用資源；第二，主題和題材上基本上是圍繞戀愛、家庭、婚姻以及武俠、神怪，宣揚和維護傳統的倫理道德觀念，偏重噱頭、鬧劇、低級色情和大團圓結局等主要形式要素；第三，1908 年之前的舊市民電影，基本上是傳統的戲劇戲曲電子影像版（片段翻拍），1920 年代末和 1930 年代初，開始有意識、有選擇地借用和吸收新文化和新文學的一些新理念，譬如戀愛自由和男女平等觀念；第四，主要觀眾群體以中下層市

民爲主，上層社會尤其是知識分子階層很少涉足，因爲它屬於城市文化中的低端消費，雖然可以被視爲「文化產業」，但說到底，只是「一種市民文藝」和「一種都市娛樂」[6]。

圖片說明：1920 年代末期的舊市民電影已經開始滲入新的時代氣息，譬如出現了具有新思想的知識分子形象，但整體上還不是新電影，譬如聯華影業公司 1932 年出品的《南國之春》。

現存的舊市民電影全部是無聲片，公衆可以看到的、屬於 1920 年代的有八部：《勞工之愛情》（明星，1922）是鬧劇式的愛情喜劇，核心是噱頭；《一串珍珠》（長城畫片，1925）強調女性恪守婦德（不虛榮）的重要；《海角詩人》（殘片，民新，1927）以寫實的手法展示一個虛幻至極的愛情夢幻；《西廂記》（殘片，民新，1927）是才子佳人的古典戲劇翻拍；《情海重吻》（大中華百合，1928）說的是好男人忠貞不二、結果終於等來了壞女人的悔過自新；《雪中孤雛》（華劇影片，1929）看上去是講男女自由戀愛，實際的賣點是打鬥和驚悚；《兒子英雄》，又名《怕老婆》（長城畫片，1929），渲染一個窩囊男人和聰明兒子聯手戰勝姦夫淫婦的老故事；《紅俠》（友聯，1929）至今還是非專業人士難得一見的武俠大片，雖說是懲惡揚善的老套路，但觀賞起來還是相當雷人；《女俠白玫瑰》（華劇，1929）的主題思想

從片名上就一望而知，只不過女俠出去打架時裝扮成男子的模樣，也是同樣雷人。〔註4〕

現存的、公眾可以看到的1931～1932年的舊市民電影有六部，全部是無聲片，（除了一部出自明星影片公司，其餘均爲聯華影業公司出品：《戀愛與義務》講的是男女戀愛不守道德規範不僅要遭天譴，還會連累非婚生孩子的道理；《一翦梅》（1931）是青年男女從軍版的愛情群戲，突出的是玉女軍裝長靴秀；《桃花泣血記》（1931）與其說是典型和傳統的鄉村版的愛情悲劇，不如說是鴛鴦蝴蝶派小說常見的路數；《銀漢雙星》（1931）用的是新時代才子佳人愛情悲劇的包裝，出彩之處在於男女主人公分別作爲電影導演和女演員的時髦混搭；《銀幕豔史》講的是二奶俘獲男人不僅要靠顏值，更要靠智商和情商雙重支撐下的手段；《南國之春》（1932）對城市版的才子佳人愛情悲劇依然不遺餘力，但增添了男主人公留學海外（巴黎）的新戲碼〔註5〕。

〔註4〕我對這些影片的具體讀解意見，祈參見拙著《黑棉襖：民國文化中的舊市民電影——1922～1931年現存中國電影文本讀解》之第一～九章：《現在公眾能看到的最早、最完整的中國國產故事片——〈勞工之愛情〉（〈擲果緣〉，1922）：舊市民電影個案讀解之一》、《外來文化資源被本土思想格式化的體現——〈一串珍珠〉（1925年）：舊市民電影及其個案讀解之二》、《新知識分子的舊市民電影創作——以1927年民新影片公司的〈海角詩人〉（殘篇）爲例》、《傳統性資源的影像開發和知識分子對舊市民電影情趣的分享——〈西廂記〉（1927年）：民新影片公司的經典貢獻》、《積極搶佔道德制高點，而且要把戲做足——〈情海重吻〉（1928年）：表裏如一的舊市民電影》、《新時代中的舊道德，老做派中的新氣象——〈雪中孤雛〉（1929年）：舊市民電影及其個案讀解之六》、《陳舊依舊，依舊綠肥紅瘦——〈兒子英雄〉（〈怕老婆〉，1929年）：舊市民電影及其個案讀解之七》、《舊市民電影的題材、主題、藝術範式和文化資源的主要特徵——以1929年友聯影片公司出品的情色武俠片〈紅俠〉爲例》、《舊市民電影的情色、打鬥與噱頭、滑稽特徵的又一新證據——以1929年華劇影片公司出品的武俠片〈女俠白玫瑰〉爲例》。

〔註5〕我對這些影片的具體讀解意見，祈參見拙著《黑棉襖：民國文化中的舊市民電影——1922～1931年現存中國電影文本讀解》之第十～十五章：《舊市民電影的道德圖解與新民族主義電影的生長點——以1931年聯華影業公司出品的無聲片〈戀愛與義務〉爲例》、《配角比主角出色，女兵勝俠客百倍——〈一翦梅〉（1931年）：1930年代初期的舊市民電影讀解之二》、《舊模式的慣性遺存和新信息的些許植入——〈桃花泣血記〉（1931年）：1930年代初期的舊市民電影讀解之三》、《這豔麗，一半來自落日，一半來自朝霞——〈銀漢雙星〉（1931年）：1930年代初期的舊市民電影讀解之四》、《舊市民電影最後的輝煌——以新公映的明星影片公司1931年出品的〈銀幕豔史〉爲例》、《大眾審美、知識分子話語與新電影市場需求的時代共謀——1932年：「新」〈南國之春〉與「舊」〈啼笑因緣〉的對比讀解》。

圖片說明：侯曜自導自演的《海角詩人》（殘片，民新影片公司1927
年出品），與他同年爲「民新」編導的古裝片《西廂記》一樣，都
是借用舊市民電影表達新知識分子的審美情懷。

　　1930年代初期興起的中國新電影，最早出現的是左翼電影，以1932年孫
瑜編導、聯華影業公司出品的《野玫瑰》和《火山情血》（**均爲無聲片**）爲標
誌。何謂左翼電影？通俗的說就是反抗主流意識、倡導社會革命。因爲「左
翼」這個詞本身就意味著另類、前衛、激進，政治理念、社會立場和行爲意
識都與主流價值相異，所以才有與革新或改革有本質不同的「革命」一詞。
從現存的、公眾可以看到的影片來看，左翼電影具有如下特徵。

　　首先，階級意識貫穿始終：影片中的所有人物的出身和階級地位決定其
善惡、好壞，以及進步與落後、革命與反動，甚至美貌與醜陋；通俗地說，
就是窮人是善良忠厚之人，政治上的被壓迫者、經濟和生活中的被剝削者，
有錢人是道德敗壞之徒，對窮人實行政治壓迫、經濟剝削，同時掠奪和壟斷
優質性資源——欺男霸女、無惡不作。《野玫瑰》中，城市裏的老爺太太不僅
不關心國家大事，還看不起鄉下人，禁止兒子與窮苦姑娘戀愛；《火山情血》
中的地主不僅不勞而獲，還強搶民女、進而逼死對方一家老小。

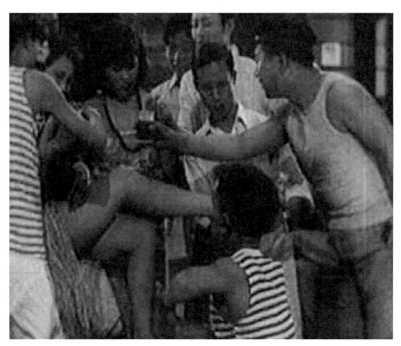

圖片說明：舊市民電影的低端顯示器使得色情與暴力的影像呈現低
俗色彩，左翼電影如《火山情血》植入的意識形態軟件程序，不僅
拓展了其政治內存空間，而且增添了話語顛覆功能。

　　其次，左翼電影以暴力革命手段反抗一切強權勢力：對外反對帝國主義
侵略、對內反對獨裁統治。左翼電影雖然是全球化左翼思潮的一部分，但在
中國有極為鮮明的時代背景和政治主張，那就是宣傳抗日救國、以暴力方式
反抗和消滅有錢階級。《野玫瑰》中的女主人公雖然出身於連自己的基本生活
都無法保障的赤貧階層，但卻能主動投身抗日救國的宣傳行列，並鼓動富家
少爺參加東北的抗日隊伍。《火山情血》中，被惡霸追殺中逃亡的男主人公，
最終以血還血，親手殺死仇人。近年剛流入市場不久的無聲片《奮鬥》（編導：
史東山，聯華影業公司 1932 年出品），乾脆把一箇舊市民電影俗套的三角戀
愛故事，強行轉換為一個去上前線殺敵報國的熱血勵志宣傳片。

　　實際上，在左翼電影「創作高潮」的 1933 年 [1] P200，以及其後的左翼電
影，無不是以階級性、革命性（暴力性）和宣傳性取勝，而與之相伴隨的其
餘特徵，就是對包括女性性工作者在內的弱勢群體——城市裏的農民工和鄉
下即使豐收也不得溫飽的農民——的普遍同情和打抱不平。

圖片說明：同樣是表現性和性工作者，舊市民電影大多是獵奇，左
翼電影譬如《神女》則在表達理解和同情之時，又對社會的現代性
和知識分子自身的立場性和旁觀性予以檢討反省。

就現存的、公眾可以看到的影片而言，1933 年，明星影片公司出品的《春
蠶》(配音片，編劇：夏衍，導演：程步高)，直接取材茅盾的同名左翼小說，
對處於社會底層的農民階級給予深切同情；聯華影業公司出品的《天明》(無
聲片，編導：孫瑜) 和《母性之光》(無聲片編劇：田漢，導演：卜萬蒼)，
鼓吹階級鬥爭、強調階級意識；《小玩意》(無聲片，編導：孫瑜)，表現由無
產階級主導的抗日宣傳；月明影片公司同年出品的《惡鄰》(無聲片，編劇：
李法西，導演：任彭年)，套用舊市民電影的打鬥模式，影射東北民眾的抗日
鬥爭。

1934 年，聯華影業公司出品的**《體育皇后》(無聲片，編導：孫瑜)** 倡導
思想暴力、曲折反映東三省問題，**《大路》(配音片，編導：孫瑜)** 直接反映
軍民一體、抗擊敵軍的犧牲精神，**《神女》(無聲片，編導：吳永剛)** 對底層
性工作者滿懷同情，並不乏知識分子的自我反省，**《新女性》(編導：蔡楚生)**
用苦情戲抨擊社會貧富差距造成的惡果；電通影片公司出品的有聲片《桃李
劫》(編劇：袁牧之，導演：應雲衛) 和《風雲兒女》(原作：田漢，分場劇

本：夏衍，導演：許幸之），也都具有**強烈的階級批判意識和鮮明的抗日宣傳品質**〔註6〕。

圖片說明：月明影片公司1933年出品的無聲片《惡鄰》，在寓言體、武俠打鬥和情色混搭的外表下，表現出鮮明的左翼電影特色，對傳統文化的憂慮和民眾抗日熱情的影射引人注目。

〔註 6〕我對這些影片的具體讀解意見，祈參見拙著《黑馬甲：民國時代的左翼電影
——1932～1937年現存中國電影文本讀解》之第三～十四章：《1930年代初期
舊市民電影向左翼電影轉型過渡的新證據——以史東山編導的〈奮鬥〉（1932
年）為例》、《「明星」版左翼電影的市場化嘗試與失敗及其歷史意義——〈春蠶〉
（1933 年）：早期左翼電影樣本讀解之四》、《革命與暴力的道德激情和階級意
識灌注的左翼電影——〈天明〉（1933年）：完全意義上的左翼電影樣本讀解之
一》、《階級意識、血統論的先行植入與人性的挖掘和遮蔽——〈母性之光〉（1933
年）：完全意義上的左翼電影樣本讀解之二》、《民族主義立場的激進表達和藝術
感染力的超常發揮——〈小玩意〉（1933年）：完全意義上的左翼電影樣本讀解
之三》、《現實政治的圖解和稀缺信息的影像傳達——〈惡鄰〉（1933年）：跟風
而起、順勢而作的左翼電影》、《左翼「精神」、市民「體格」與知識分子審美情
趣——〈體育皇后〉（1934年）：變化中的左翼電影之一》、《左翼精神強力貫穿
下的製作模式硬化與知識分子視角的變更——〈大路〉（1934年）：變化中的左
翼電影之二》、《左翼理念與舊市民電影結構性元素的新舊組合——〈新女性〉
（1934年）：變化中的左翼電影之三》、《天賦「神」權，女「性」無罪——〈神
女〉（1934年）：無聲片時代左翼電影的高峰與經典絕唱》、《批判，否定，抗爭，
毀滅——〈桃李劫〉（1934年）：有聲片時代經典左翼電影樣本讀解之一》、《宣
傳性、思想性、藝術性及其基於市場性的敘事策略——〈風雲兒女〉（1935年）：
有聲片時代經典左翼電影的巔峰絕唱和文化遺產》。

在上述左翼電影中，孫瑜一人編導的影片就有六部（《野玫瑰》、《火山情血》、《天明》、《小玩意》《體育皇后》和《大路》），而且時間都集中在 1932～1934 年之間。因此，劇本完成於 1932 年的《春到人間》，原本同樣應該是屬於左翼電影無疑。但問題是，1937 年全面抗戰爆發前，左翼電影已經被國防電影整合吸收；換言之，1936 年電影界發起的國防電影（運動）是左翼電影的升級換代版本[6]。而「七・七事變」爆發之前的中國電影主流，就現存的、公眾可以看到的影片而言，除了國防電影就是新市民電影（**國粹電影僅僅是支流**）。因此，影片投拍時的時代背景既然已經轉換，1937 年有聲片《春到人間》的類型/形態歸屬只能是非此即彼。

圖片說明：《春到人間》中的這些江南水鄉外景，原本是爲階級矛盾和階級衝突設置的背景選擇，但轉型爲國防電影後卻沒有與主題思想相衝突，相反倒有相得益彰、渾然天成的效果。

丙、《春到人間》：從左翼劇本基礎上轉型而來的國防電影

1933 年，即左翼電影出現後一年，明星影片公司出品了鄭正秋編導的《姊妹花》。它不僅是中國有聲電影史上第一部高票房電影，也是新市民電影出現的標誌。新市民電影雖然與左翼電影同屬於新電影範疇，但多有區別。

首先，左翼電影強調階級意識、倡導暴力革命，持激進的政治立場和批判態度；新市民電影總體上持保守立場，並不主張以暴力手段全面顛覆和反對社會主流價值觀念，這一點與舊市民電影的價值取向相同；其次，新市民

電影有條件地抽取和借助左翼電影的思想元素，並積極應用電影新技術，尤其是電影插曲的大量配置，以強化市場的商業賣點和傳播影響力，這一點又與左翼電影有重合之處。換言之，同樣是在舊市民電影基礎上生發的新電影，左翼電影以階級性、革命性、暴力性取勝，新市民電影則是在抽取左翼電影思想元素的同時，繼承了舊市民電影的傳統文化理念和普世價值觀念，二者共同的地方，是時代性的即時體現和對市場需求的迎合[3]。

圖片說明：現在看來，有聲片時代的第二部高票房國產影片《漁光曲》（1934，聯華）是新市民電影，因爲出身不同階級的男女主人公的愛情線索，無法與左翼電影的硬件配置兼容。

因此，當左翼電影直面現實，滿足民眾對時政信息索取需求，尤其是順應民眾日漸洶湧的抗日呼聲之時，便以新電影的姿態迅速取代舊市民電影，成爲電影市場的主流，並在1933年形成創作「高潮的出現」[1] P200。1936年年初，上海電影界救國會宣告成立，中國電影開始進入「國防電影運動的新階段」[1] P416。國防電影的核心內容之一是「攝製鼓吹民族解放的影片」[1] P416，就現存的、公眾可以看到的影片而言，譬如1936年聯華影業公司的無聲片《狼山喋血記》（編導：費穆）、新華影業公司的有聲片《壯志淩雲》（編導：吳永剛）和《青年進行曲》（編劇：田漢；導演：史東山），基本上是以（中日）民族矛盾和民族解放戰爭替代階級矛盾和階級革命。

　　（現在看來，聯華影業公司 1936 年出品的公司第一部有聲片《浪淘沙》，也應歸入國防電影序列——詳見本書第一章）。作為新興電影運動的「延伸」[7] P46，國防電影成為左翼電影升級換代版本的同時，實際上又宣告了後者的消亡 [3] 。

圖片說明：《春到人間》中的行軍場景之一。把故事背景設置在軍閥混戰時期或北伐革命時期，是 1930 年代所有國產新電影表現抗日救亡、規避政府電影檢查機關的通用手法之一。

　　作為新電影潮流中的一個重要分支，新市民電影的興起在很大程度上得益於左翼電影高潮的出現。而當國防電影興起後，同樣是出於應對市場需求的考量，新市民電影在弱化甚至剔除左翼電影思想元素的同時，又及時更新下載了國防電影的相關軟件程序，以提升市場擴充的硬實力。這種情形，被現今的一些研究者認為是「廣義的國防電影」[7] P46。我不這樣認為，因為這是新市民電影在新的歷史語境中的即時盤整：市場需求之手清晰可見。證據在於，就現存的、公眾可以看到的影片而言，1937 年全面抗戰爆發前出品的十部電影，除了短片合集《聯華交響曲》是左翼電影和國防電影的混合體外，其餘九部影片，除了《青年進行曲》和《春到人間》屬於國防電影，《前臺與後臺》屬於國粹電影，其他六部都屬於新市民電影。

圖片說明：左翼電影和國防電影外在的共同特徵就是號召性和鼓動性的群戲場面比較多，政府電影檢查機關對《春到人間》這種具有視覺衝擊力的畫面和歌詞只不過假裝不知道而已。

新市民電影最擅長的是對世俗生活和婚戀題材的把握，這源於舊市民電影的強項。譬如，《壓歲錢》用一塊輾轉於眾人之手的銀元折射民生百態，《夜半歌聲》以驚悚加愛情演繹傳奇故事，《十字街頭》喜劇性地呈現男女學生在「畢業即失業」後蝸居生活中的愛情奇遇，《馬路天使》用江南風韻的民間小調映襯市井升斗小民的情愛歷程，《如此繁華》著力於兩個婚外情人與各自男人鬥智鬥勇的都市景觀，《王老五》採用民間視角講述貧賤夫妻百事哀的辛酸艱難。

圖片說明：男女主人公先後加入政府軍的細節刻畫，清晰地顯示出《春到人間》的國防電影特性。但充斥畫面的青天白日徽章，使得這部早有拷貝留存的影片直至2011年才公開面世。

　　上述影片中，都有愛情這個公因式可以提取。但新市民電影之所以**與舊市民電影有所區別**，是因為它又時刻不忘添加時代性元素。因此，以男女主人公的愛情為主線的《夜半歌聲》、《十字街頭》、《馬路天使》、《如此繁華》、《王老五》，都或多或少、隱晦或直接地反映民眾的抗日呼聲與社會思潮——這也就是為什麼時至今日，還有許多人把這些影片看作是左翼電影或國防電影的原因。如果說，新舊市民電影的區別在於年代和有聲與否的話（包括1931年之前的影片都是舊市民電影，**1932年的無聲片除了舊市民電影就是左翼電影**），那麼，新市民電影與左翼電影的區別，在於是否用階級性和暴力性統攝全片；而左翼電影和和國防電影的區別，則在於是否以民族性取代階級性。換言之，左翼電影和國防電影具有極強的即時性，而新市民電影的時代性往往不會被本身所局限。

圖片說明：左翼電影中階級矛盾的體現，往往借助於具有視覺衝擊力和心理震撼力的暴力場面與細節刻畫。《春到人間》的這種左翼電影先天性質被1949年後的中國大陸電影繼承光大。

　　之所以說《春到人間》是國防電影而不是左翼電影或新市民電影，根據首先在於，現存影片依舊保持著五年前左翼電影劇本的基本模式，譬如對男女主人公與其對立人物的階級定位和矛盾衝突的根源設置。女主人公小紅，不僅出身下層社會，而且還是有錢人家的婢女；不僅在沒有社會地位，還要在肉體上飽受虐待，動輒被施以鞭刑；她那個同樣出身赤貧的男朋友、窮苦

漁民玉哥鼓勵她反抗壓迫時，告訴她的辦法就是「奪過鞭子抽他」〔註7〕。這種暴力壓迫和暴力反抗的行為意識，顯然是左翼電影固有的階級性和暴力反抗性在人物及其模式建構上的特徵性和遺傳性反映。

其次，階級對立和階級鬥爭的色彩與比重被強行淡化和降低，甚至影片的高潮和結局都因此被置換。如果當年的劇本投拍，主線應該是小紅與雇主夫婦的衝突對立，其最終矛盾的解決（結局）即影片的高潮，一定是小紅和玉哥這樣的無產階級奮起反抗，從肉體上消滅雇主家這樣的有錢階級（資產階級和地主階級），然後，要麼追隨革命隊伍走向抗戰前線——當初的《野玫瑰》和《大路》）就是如此；要麼揭示黑暗之後，發出啟蒙式的吶喊，《天明》、《小玩意》就是這樣；要麼血刃仇敵、報仇雪恨，就像《火山情血》那般。但《春到人間》卻讓雇主夫婦在影片的三分之二處（第60～61分鐘）死於亂兵之中。而這，意味著主要矛盾已經得到解決。

圖片說明：《春到人間》強行轉型為國防電影的證據之一就是壓迫者在影片的三分之二處，而且也不是出自於被壓迫階級的暴力反抗：老爺手中的鈔票說明他們死於亂兵的謀財害命。

〔註7〕左翼電影不僅與1949年以後的中國大陸電影存在著血統淵源，還與1949年以後的中國大陸文化有著千絲萬縷的血緣關聯。例如《春到人間》中的這句臺詞，與傳唱至今的《唱支山歌給黨聽》（作詞：蕉萍；作曲：朱踐耳）有異曲同工之妙：唱支山歌給黨聽，我把黨來比母親／母親只生了我的身，黨的光輝照我心／舊社會鞭子抽我身，母親只會淚淋林／共產黨號召我鬧革命，奪過鞭子揍敵人／共產黨號召我鬧革命，奪過鞭子、奪過鞭子揍敵人／唱支山歌給黨聽，我把黨來比母親／母親只生了我的身，黨的光輝照我心，黨的光輝照我心。
產生於1963年的這首歌曲，源自同年八一電影製片廠攝製的黑白故事片《雷鋒》（編劇：丁洪、陸柱國、崔家駿、馮毅夫；導演：董兆琪；主演：董金棠）。

　　再次，從第 62 分鐘開始直至影片結束，影片先是用了 10 分鐘的篇幅表現戰鬥和混亂場面。隨著玉哥被迫加入軍隊（第 71 分鐘）和小紅後來主動參軍（第 83 分鐘），影片主要圍繞兩人隨同軍隊行進和作戰展開。至此直到影片結束，可以看作是男女主人公的隨軍行動史：連續不斷的行軍和作戰場面。《春到人間》全片時長 90 分 27 秒，一共 378 個鏡頭，而表現行軍作戰的有關鏡頭竟有 142 個鏡頭之多，時長達到 29 分 58 秒，這兩項比例均為全片的三分之一。而且，影片開始和結束的固定遠景鏡頭顯然都是同一場景的剪輯套用。（詳見下表）

鏡頭起止時間	時長	景別	鏡頭
1：52～2：06	15	行軍	俯拍，固定鏡頭；遠景
第 1 組行軍鏡頭段落　共 15 秒			
9：51～9：59	9	行軍	遠景；固定
第 2 組行軍鏡頭段落　共 9 秒			
45：26～45：36	10	軍人在戰壕	中景；搖
45：37～45：54	18	軍官訓話	全景；搖
45：55～46：07	13	老百姓	中景；固定
46：08～46：40	33	軍官訓話	全景；固定
46：41～46：54	14	軍人拉東西	遠景；固定
46：55～47：17	23	地主和軍人勾結	全景；固定
第 3 組行軍鏡頭段落　共 1 分 51 秒　共 6 個鏡頭			
50：33～50：43	11	兵走上橋	全景；固定
50：45～50：49	5	眾人敲門	全景；固定
50：49～51：01	13	劉玉哥等人進來遭遇地主	全景；固定
51：02～51：05	4	用力頂門	近景；固定
51：06～51：17	12	扭打	全景；拉
51：18～51：24	7	橋上炮火	遠景；固定
51：25～51：28	4	炮火	全景；固定
51：29～51：32	4	遭遇戰	遠景；固定
51：33～51：34	2	打仗	遠景；固定
51：35～51：46	12	兵進城喊殺	遠景；固定
51：47～51：50	4	兵跑	中景；固定

51：51～51：53	3	劉玉哥等人愣住	全景；固定
51：54～51：55	2	地主喊	近景；固定
51：56～51：57	2	地主婆喊	近景；固定
51：58～60：01	4	兵跑出去	全景；固定
60：02～60：14	13	劉玉哥幾人不知如何是好	全景；固定
60：15～60：27	13	幾人往外跑	全景－遠景；搖
60：28～60：38	11	攻城	遠景；固定
60：39～60：50	12	一片混亂	遠景；固定
60：51～60：57	7	地主被打死	中景；固定
60：58～60：59	2	混亂	遠景；固定
61：00～61：06	7	地主婆被打死	中景；固定
61：07～61：13	7	混亂	遠景；固定
61：14～61：17	4	小紅等人逃去	中景；固定
61：18～61：30	13	幾人逃去	遠景；搖
61：31～61：38	8	混亂	全景；固定
61：39～61：43	5	有人鑽在車下	全景；固定
61：44～61：54	11	混亂	全景；固定
61：55～62：12	18	人們躲避	中景；搖
62：13～62：15	3	混亂	遠景；固定
62：16～62：17	2	拿刺刀刺	中景；固定
62：18～62：19	2	村民倒地	中景；固定
62：13～62：18	7	戰火	全景；固定

第4組行軍鏡頭段落 共11分45秒 共31個鏡頭

68：32～68：38	7	追逐，撞上了軍官	遠景；移、搖
68：39～68：42	4	二人後退	中近景；固定
68：43～68：46	4	軍官看	中近景；固定
68：47～69：07	21	軍官讓劉玉哥搬東西	中景；搖
69：08～69：19	12	搬運東西	全景；固定
69：20～69：22	3	劉玉哥看	中近景；固定
69：23～70：05	25	劉玉哥被強拉走	遠景－中景；搖
70：06～70：11	5	小紅喊	中景；固定
70：12～70：23	11	劉玉哥被迫扛槍	中景；固定

70：24〜70：29	5	小紅喊叫	中景；固定
70：30〜70：35	5	劉玉哥回頭看，被兵逼走	中景；固定
70：36〜70：42	6	小紅喊叫	中景；固定
70：43〜71：02	19	行軍，哥們累得倒在地上	全景；固定
71：03〜71：43	30	劉玉哥和朋友說話	中景；固定
71：44〜71：49	15	戰壕	全景；固定
71：50〜72：32	50	戰壕	中景；跟
72：33〜72：43	21	朋友坐在戰壕上玩槍	中景；固定
72：44〜72：49	6	帽子上彈孔	特寫；固定
72：50〜73：01	22	劉玉哥戰壕甩到對方戰壕	中景；要
73：00〜73：06	7	對方大兵	中近景；固定
73：07〜73：13	7	對方戰壕	全景；固定
73：14〜73：25	22	對方大兵（屠夫老張）抽煙搖到劉玉哥朋友抽煙	中景；搖
73：26〜73：39	24	老張煮飯	中景－全景；搖、拉
73：40〜73：49	30	劉玉哥三人離開戰壕	近景；搖
73：50〜74：04	24	三人在地上爬	全景；跟
74：05〜74：15	11	三人匍匐	遠景；跟
74：16〜74：29	24	三人匍匐	近景；跟
74：30〜74：38	9	三人匍匐	遠景；搖
74：39〜74：42	13	幾個哥們吃飯	全景；固定
74：43〜74：55	13	老張說笑	近景；固定
74：56〜75：11	26	玉哥和朋友吃東西	中近景；固定
75：12〜75：30	49	朋友幾個吃飯	中景－全景；拉
75：31〜75：44	54	玉哥幾人回去	全景；固定

第 5 組行軍鏡頭段落 共分 7 分 12 秒 共 33 個鏡頭

76：59〜77：09	32	軍閥視察	全景；移
77：10〜77：19	11	老鼠和玉哥背影	中景；固定
77：20〜77：29	28	軍閥視察	全景；跟
77：30〜77：35	6	看表	特寫；固定
77：36〜77：42	7	衝出戰壕	遠景；固定
77：43〜77：58	16	混戰	遠景；固定

77：59～78：03	5	混戰	遠景；搖
78：04～78：07	8	衝上去	中景－遠景；搖
78：08～78：11	4	指揮	全景；固定
78：12～78：14	3	一個兵被打中	遠景；固定
78：15～78：17	4	混戰	遠景；固定
78：18～78：20	5	小紅和老人	中景；固定
78：21～78：24	4	衝殺	全景；固定
78：25～78：29	6	衝殺	全景；搖
78：30～78：31	2	互掐	中近景；固定
78：32～78：34	3	互掐	近景；固定
78：35～78：38	5	衝鋒	全景；仰拍、固定
78：39～78：44	5	拿刺刀刺	中景；固定
78：45～78：47	3	被刺死	中景；固定
78：48～78：54	16	混戰	全景；固定
78：55～79：01	12	老鼠被打死	近景；固定
79：02～79：07	6	玉哥悲憤	中景；固定
79：08～79：14	9	玉哥衝上去	全景；搖
79：15～79：26	12	玉哥殺敵	中景；固定
79：25～79：35	13	老張被玉哥殺	近景；固定
79：36～79：43	7	玉哥丟掉手中的刀	近景；固定
79：44～79：48	14	玉哥去扶老張	中景；固定
79：49～79：59	31	老張死去	近景；固定
80：00～80：07	8	玉哥悲憤	近景；固定
80：08～80：14	16	玉哥被擊中	全景；固定
80：15～80：24	10	小紅和老人在屋中害怕	中景；固定
80：25～80：45	31	玉哥醒來呼喚小紅又暈死過去	近景；固定
80：46～80：47	12	小紅在街上看來來往往的傷員	全景；固定
80：48～81：05	37	小紅得知老鼠被打死，玉哥失蹤	中景；固定
81：06～81：15	10	小紅和老人在船上	全景－中景；推
81：16～81：21	14	傷員被船拉走	遠景；固定

第6組行軍鏡頭段落 共4分22秒 共36個鏡頭

82：45～82：47	12	行軍	全景；固定

82：48～82：50	3	行軍	近景；固定
82：51～82：57	7	行軍	遠景；固定
82：58～83：05	17	行軍	中景；固定
83：06～83：11	6	行軍	遠景；固定
83：12～83：19	8	夜間駐紮在小鎮	遠景；固定
83：20～83：26	9	夜間駐紮在小鎮	遠景；固定
83：26～83：29	4	夜間駐紮	全景；固定
83：30～83：39	11	眾人歡呼	中景；移
83：40～83：43	4	駐紮	全景；固定
83：44～83：47	5	小紅憂鬱	近景；固定
83：48～83：56	10	小紅離開	中景；固定
83：57～84：02	16	小紅找戰士說話	全景；固定
84：03～84：17	15	小紅質問戰士	中景；固定
84：17～84：33	18	戰士解釋	近景；固定
84：33～84：43	21	戰士解釋	中景；固定
84：43～84：50	8	小紅	特寫；固定
84：50～84：55	6	戰士講演	中景；固定

第 7 組行軍鏡頭段落　共 2 分 10 秒　共 18 個鏡頭

85：35～85：43	8	軍隊在鎮中	全景；跟
85：43～85：50	7	整頓	遠景；固定
85：50～86：11	17	玉哥整頓	全景；固定

第 8 組行軍鏡頭段落　共 32 秒　共 3 個鏡頭

87：55～88：01	7	早晨吹號	中近景；固定
89：2～89：10	9	軍隊在鎮中	遠景；固定
89：11～89：28	17	軍隊行軍	遠景；固定
89：29～89：33	4	劉玉哥	中景；固定
89：33～89：39	7	小紅	中景；固定
89：40～89：45	6	劉玉哥與小紅走在軍隊中	中景；固定
89：46～89：51	5	行軍	遠景；固定
89：52～89：54	3	行軍	全景；固定
89：55～89：59	4	二人行禮	中景；固定
90：00～90：04	4	行軍	遠景；固定

90：5～90：4	2	玉哥行禮	中景；固定
90：05～90：06	2	小紅行禮	中景；固定
90：07～90：27	21	行軍 結束字幕	遠景　固定

第9組行軍鏡頭段落 2分32秒 共13個鏡頭

（圖表製作與統計：李槼雄；數據統計核實：李豔）

很明顯，這種打破常規的畫面強調和鏡頭、時長的比例分配，只能是左翼電影劇本被強力轉型爲國防電影的結果。

圖片說明：當年備受有錢人欺辱的丫環小紅成爲革命軍隊中的一員。《春到人間》的這種人物造型設計再次說明：左翼電影與1949年後中國大陸電影在主題思想上存在著親密的血統淵源。

丁、結語

因此，一方面，1937年的《春到人間》無法從根本上改變五年前左翼電影劇本的基本屬性，另一方面，由於時過境遷，國防電影已經替代當年左翼電影的主流地位，這就迫使編導不得不強行轉型，用民族解放戰爭取代階級矛盾和階級鬥爭：那些大篇幅的戰爭場面，尤其是中國軍隊歌聲嘹亮、激昂前行景象，當時的觀眾不會不明白這是用北伐軍掃蕩敵寇的場景象徵、指代抗擊日軍侵略的民族解放戰爭。

正因爲1937年7月抗戰全面爆發之前的風雲變幻，才使得中國電影表現出紛繁複雜的歷史面貌。正如人們已經看到的那樣，抗戰全面爆發之前的電

影主流是新市民電影和國防電影的合流，**國粹電影是支流**。因此，即使是以社會批判立場相對溫和見長、從不挑戰主流意識形態的新市民電影，這一年出產的影片，也於世俗生活和愛情題材的主旋律中，多多少少地增添一些抗戰背景的邊邊角角，以表明自己的藝術良知，爭取市場也就是民眾的認可。這也是爲什麼至今還有一些研究者把《馬路天使》等影片劃入廣義的國防電影的原因[7] P46。

如果是在 1936 年國防電影運動興起之前投拍，《春到人間》就一定會是一個左翼電影；而只要孫瑜還是導演，那麼即使是在 1937 年，即使是在改組後失去黎民偉和羅明佑的後「聯華」時期，《春到人間》也絕不會是新市民電影的面目，而只能是國防電影——雖然不無扭曲之處，就像現在觀眾看到的那樣。這個原因其實也很簡單：作爲中國左翼電影的開山鼻祖和始終不渝的代表人物之一，孫瑜的思想理念和他的藝術表現手法一樣，始終沒有本質性的改變；1937 年抗戰爆發前後是這樣，1949 年後的新中國大陸電影初始時期也是如此。而這樣忠實於自己——哪怕是落後於時代的自己、這樣忠實於藝術追求——儘管是不合時宜的追求，其結果就是一再地被官方打壓，甚至被有意識地改篡、侮損他眞實可敬的本來面目直到今天。

圖片説明：編導爲《春到人間》設置的這個結尾有雙重含義：戰火遍地、滿目瘡痍的現實並不僅僅是中國剛剛過去的歷史，因爲，軍歌嘹亮、民眾覺醒的抗日救亡運動正在風起雲湧。

戊、多餘的話

子、青天白日滿地紅

其實，只要你看一遍《春到人間》就會明白，這部七十多年前公映的電影為什麼會被長久地屏蔽在**中國大陸**的電影資料館裏不對世人開放：影片中國民黨黨化色彩太濃了，國民黨黨徽太多、太顯眼了。現今它流入市場，應該說與近十年來大陸的意識形態掌控和海峽兩岸國共兩黨關係緩和有直接的關聯。

譬如，2005 年的四、五月間，遠在臺灣的國民黨主席連戰公開返回**內地**訪問，當連戰去西安參觀母校（後宰門小學）時，校方組織小學生集體朗誦獻詞，最著名的一句就是：「爺爺您回來啦！！！您終於回來啦！！！」小學生們的此番表演除了被當做「搞笑視頻在海峽兩岸廣為傳播」外，這句話還曾「一度成為臺灣流行的熱門彩鈴」[8]。這首「詩」的作者顯然不是朗誦者（們）本人，應該是在大陸成長的成年人。因為這首詩的句式明顯套用了文革時期一部著名電影《閃閃的紅星》中的著名臺詞：「我胡漢三，又回來了！」

你還別不服氣，一般人還真寫不出這種充滿豐富歷史信息和具有強烈時代氛圍的話語。

丑、膠片修復版

中國大陸市場上發售的《春到人間》DVD 顯然是個膠片修復版**翻拍**。但儘管做了修復，音質還是太差了。這應該是原始拷貝的膠片磁粉掉得太多的緣故，除了忽高忽低，有的地方乾脆就沒有聲音——面對歷史，技術其實並不是萬能的。然而另一方面，技術上的修復也又讓人欣喜之處。如果你多少看過幾部 1930 年代的中國電影就會發現，1937 年的這部《春到人間》，它的畫質好得出奇，最讓人驚異的是影片層次、景深極好，甚至有立體感。

　　譬如有幾場戲是在桃花樹叢中拍的，前景是桃花，俯拍，男女主人公穿行其中，美不勝收。再譬如男主人公的走位：從小紅的房間出來，繞過這個桌子後從右邊出畫。這種鏡頭內部的調動手法，可以依稀感受到編導孫瑜當年美國留學的功底——左翼電影鼻祖的稱號不是白給的。當然，其他可圈可點還有很多，譬如用光。就當時的技術條件，夜景戲拍起來很難，但現在你看，佈光、光效和景別，甚至不比現在的導演、攝影差多少。其中一場夜景戲，編導把光打在水面上，結果男主人公臉上的光斑是活動著的，這個很讓人佩服。

寅、移植或創造？

　　影片有一場兩軍廝殺的戰場戲，這邊的人把對方捅死以後才發現是村裏的老三。這種兄弟、熟人互相殘殺的橋段，顯然是當年左翼電影最有爆發力的筆墨之一，本來是用來強調階級情誼的，所以說現在認定它是國防電影，在改編時有不得已的扭曲之處。我感興趣的是，這場戲明顯是編導從哪裏借來的，（前幾年莫言的長篇小說《豐乳肥臀》中就有類似的場景橋段）。我看到這裡的時候就想到《西線無戰事》。這個有一定道理。美國電影《西線無戰事》是1931年出品的，而孫瑜當時是應該看到過的。

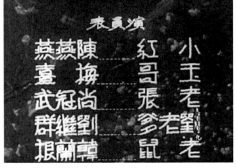

卯、音響的魅力

《春到人間》中的槍炮聲音，我聽出來的都是鞭炮的聲音，因為節奏彎對路，但你不能因此嘲笑當年製作時音效的簡陋。你聽過1930年代的槍炮聲響嗎？也許《春到人間》中的槍炮聲音倒更符合歷史真實。拋開製作技術層面的原因不說，那時的槍炮聲音響和今天的顯然是不一樣的。第一，空氣質量不一樣了，第二，槍械的構造和彈藥的成分不一樣了。今天火藥是什麼火藥？那會兒大多是黑火藥，所以我判斷當時的槍炮音響，尤其是槍聲還真就是與鞭炮的音效相同，至少非常接近——當然當年的鞭炮質量也好，不像現在。此外，這些有槍炮聲音響的戲份顯得特別長，這應該是市場考量的結果：除了想要真實再現戰場效果，觀眾還要從聽覺上過這把癮。

1970年代末、1980年代初中國大陸改革開放，進來大批的外國電影，電影院是經濟效益最好的文化產業之一。除了觀眾多——就像現在的電視或電腦的觀眾一樣多——電影院常常把音箱掛在場外，想來是招徠觀眾的營銷手段之一。當時有個美國電影，忘了叫什麼，最後一場是飛車戲，大批警察開著眾多警車拉著警笛滿大街追捕壞人。這場戲沒有十分鐘也有八分鐘，所以警笛自始至終響個不停。當時包括我在內的一些觀眾可以說是百聽不厭。為何？既沒見過也沒聽過唄。

要知道僅僅在幾年前的1976年，內地國人聽的最多、印象最深的音樂是什麼？哀樂：一月（周恩來）、七月（朱德）、九月（毛澤東）。有種病叫斯德哥爾摩綜合症，就是人被長時間虐待以後，會對虐待形成依賴，要不虐待他他就受不了，會哭著喊著要求再來一遍，以便獲得快感和慰藉。當人們聽哀樂聽的時間長了，沒哀樂的時候大家覺得受不了了。這個時候出現警笛聲，恰好可以作為一種替代——所以我現在看到有些人特別喜歡開著警報器駕車狂奔，就難免懷疑這位應該是當年的警笛愛好者之一。

辰、《春到人間》＝ 國防電影

當年的國防電影，從出品公司的角度來說，擔負著「攝製鼓吹民族解放的影片」[1] P417 的義務，而就編導而言，又難免對民眾啟蒙式的教育職責。但是藝術生產跟人們做板凳蒸饅頭還不一樣。物質生產見效相對快一些，藝術生產相對就慢，而且還不是你說能做就一定會做出來，做出來還有個好看不好看的問題，何況電影生產有自己特殊的規律。作為綜合藝術，電影的生產週期相對較長。從劇本、改編、拍攝、剪輯、洗印、上映，怎麼也得幾個月。

因此，《春到人間》一開始讓我有些困惑。無論編導本身還是影片中的基本元素，肯定是左翼的傾向和左翼電影的基礎、架構；也可以肯定它不是新市民電影。為什麼？因為新市民電影最後一定要以溫和的、和諧的社會觀照角度收場。可這個電影從開始到結束，又通篇充斥著對民眾保家衛國理念的啟蒙式號召。這一點主要體現在影片的主題歌詞上：

進啊！進啊！同胞們！/警醒起來向前進！/鐵蹄已經聲聲踏緊，無數同胞在呻吟，/誰再去埋頭做甜夢？誰又能忍氣又吞聲？/團結起來向前進！高舉戰旗滅戰爭！

進啊！進啊！同胞們！/警醒起來向前進！/脫下你的大袖長袍，洗去你的胭脂粉，/我們要去推動時代，我們要去找光明，/團結起來向前進！新的中國在誕生！

這是典型的國防電影口號的具體體現。在國防電影運動興起的 1936 年，政府當局依然不允許電影以及其他的藝術作品正面提及抗日。雖然影片的故事背景被刻意設置於軍閥混戰時期，正面提及的只能是革命軍北伐，但誰都知道影片裏的敵軍指的是日軍，（其實電影檢察機關也是假裝不知道而已）。因此，一方面，《春到人間》不得不在左翼電影的基礎上強行轉型，弱化階級矛盾；另一方面，又借用主題歌和大量的行軍作戰篇幅來表現民族危亡在即、抗戰軍興的民族解放戰爭主題。

主題歌在影片中出現了三次（片頭以及影片的第 82 分鐘和 89 分鐘處）。大篇幅的畫面雖說是寫軍閥混戰，但給人印象最鮮明的是國民黨政府軍的官兵制服和青天白日帽徽。況且，歷史上的革命軍北伐就是黨軍由南向北掃蕩北方軍閥，而當時日軍的侵略是從東北和華北南下過來的，顯然這裏的正面和正義的一方指的就是國軍。至此你會恍然明白，《春到人間》的國防電影性質，既通俗易懂也是相當明確的。

　　換言之，這個影片的確是像編導孫瑜自己表述的那樣，拍攝國防電影的這個「責任是應該負的」，「只要在可能範圍內儘量去攝製就得了」[1] P470，這裡沒有什麼「畏難情緒」[1] P470，也沒有什麼「規避了自己所處的時代」[1] P470 的問題。觀眾現在看到《春到人間》，首先是一個藝術家真誠嚴肅的創作態度：作品的轉型雖然吃力，但國難當頭，還是應該盡自己的可能修改劇本以適應時代需求。因此，才有了《春到人間》左翼電影的外表和身架、國防電影的靈魂與體魄——左翼電影和國防電影本身就有一種血緣傳承關聯[3]。

　　所以，以往電影史研究對孫瑜的評價是不切合實際的；至於說《春到人間》是一個「反映健康社會道德觀念」的影片[2] P75，顯然還是一種不得已為之的轉圜說辭，而不知就裏的人看了，肯定會不知所云為何。[註8]

初稿時間：2011 年 6 月 7 日
二稿圖文：2011 年 6 月 27 日～8 月 7 日
圖文校訂：2017 年 3 月 10 日～15 日

[註 8] 本章文字的主體部分（不包括戊、多餘的話）約 7500 字，最初曾以《〈春到人間〉：從左翼電影向國防電影的強行轉化——辨析孫瑜在 1937 年為中國電影所做的歷史貢獻》為題，先行發表於《當代電影》2012 年第 2 期（北京），後作為第九章收入拙著《黑夜到來之前的中國電影——1937 年現存國產影片文本讀解》，題目是：《〈春到人間〉：左翼電影是怎樣被強行轉化為國防電影的——最新公諸於世的 1937 年孫瑜早期代表作》。此次收入本書，修訂之處均以黑體字標出以便讀者對比批判，此外，除了將成書版的閱讀指要和雜誌版的摘要合併，又新增插圖十九幅（除了影片 DVD 封面封底照之外，均為雙幅並排的影片截圖）。特此申明。

－212－

參考文獻：

〔1〕程季華，中國電影發展史：第 1 卷〔M〕，北京：中國電影出版社，1963。

〔2〕李少白，中國電影史〔M〕，北京：高等教育出版社，2006。

〔3〕袁慶豐，1922～1936 年中國國產電影之流變——以現存的、公眾可以看到的文本作爲實證支撐〔J〕，學術界，2009（5）：245～253。

〔4〕丁亞平：影像時代——中國電影簡史〔M〕，北京：中國廣播電視出版社，2005：51。

〔5〕李道新：中國電影藝術史〔M〕，北京：北京大學出版社，2005：60。

〔6〕范伯群，「電戲」的最初輸入與中國早期影壇——爲中國電影百年紀念而作〔J〕，江蘇大學學報（社會科學版），2005（5）：1～7。

〔7〕陸弘石，舒曉明，中國電影史〔M〕，北京：文化藝術出版社，1998。

〔8〕〔EB/OL〕.http://focus.scol.cn/zgsz/20050426/2005426111757.htm，〔登錄時間：2011-8-2〕

Spring to the World（1937）：A New Example of Transformation of Left - wing Film into National Defense Film

Read Guide：As a typical National Defense Film, the sound film *Spring to the World* by Lianhua Film Company in 1937 was not only neglected and distorted in the past research on history of film, also unknown in today's studies. The cause of this situation is not due to the misreading and ambiguity about the film text, but the ideological discrimination to the editor and director Sun Yu in the past research on film history. Cleaning up the garbage words and saliva wreck, we will once again see the truth of history, that is, Defense Film is not only the upgrade version of the Left-wing Film, and always different in quality and forms from New Citizen Film which, the same as Defense Film, also belongs to the new type of film. In the 90 minutes' film—*Spring to the world*, the fighting scenes between the enemy and us occupies almost one-third, and the theme song shows the theme very clearly and straightforward. If the film directed by Sun Yu were not Defense Film, then what film could be called a Defense Film?

Keywords：Traditional Chinese Film; New Citizen Film; Left-wing Film; National Defense Film; Lianhua Film Company; Sun Yu;

圖片說明：中國大陸市場上銷售的《春到人間》DVD 碟片。

主要參考資料目錄

01、《中國影戲大觀》，徐恥痕編纂，上海合作出版社民國十六年（1927 年）版；

02、《西遊記盤絲洞特刊》，上海影戲公司編，上海影戲公司 1927 年版；

02、《現代中國電影史略》，鄭君里著，上海良友圖書印刷公司 1936 年版；

04、《民國畫報彙編·聯華畫報》微縮複印版，全國圖書館文獻縮微複製中心版。

05、《感慨話當年》，王漢倫等著，北京：中國電影出版社 1962 年版；

06、《中國電影史話》，公孫魯著，香港：南天書業公司 1962 年版；

07、《中國電影發展史》第一卷、第二卷，程季華主編，北京：中國電影出版社 1963 年版；

08、《電影論文集》，夏衍著，北京：中國電影出版社 1963 年版；

09、《電影求索路》，袁文殊著，北京：中國電影出版社 1963 年版。

10、《中國銀壇外史》，關文清著，香港廣角鏡出版社 1976 年版；

11、《孤島見聞——抗戰時期的上海》，陶菊隱著，上海人民出版社 1979 年版。

12、《魯迅與電影》，（資料彙編），劉思平、邢祖文選編，北京：中國電影出版社 1981 年版；

13、《六十年代國片名導名作選》，蔡國榮主編，臺灣：中華民國電影事業發展基金會民國七十一年（1982 年）版；

14、《影壇舊聞——但杜宇和殷明珠》，鄭逸梅著，上海文藝出版社 1982 年版；

15、《影壇憶舊》，程步高著，北京：中國電影出版社 1983 年版；

16、《我的探索和追求》，吳永剛著，北京：中國電影出版社 1986 年版；

17、《銀海泛舟——回憶我的一生》，孫瑜著，上海文藝出版社 1987 年版；

18、《胡蝶回憶錄》（內部發行），胡蝶口述，劉慧琴整理，北京：新華出版社 1987 年版。

19、《滿映——國策電影面面觀》，胡昶、古泉著，北京：中華書局 1990 年版；

20、《民國影壇紀實》，朱劍、汪朝光著，南京：江蘇古籍出版社 1991 年版。

21、《中國左翼電影運動》，陳播主編，北京，中國電影出版社 1993 年版；

22、《三十年代中國電影評論文選》，陳播主編，北京：中國電影出版社 1993 年版；

23、《劍橋中華民國史：1912～1949 年》（下），【美】費正清、費維愷編，劉敬坤、葉宗揚、曾景忠、李寶鴻、周祖義、丁於廉譯，謝亮生校，北京：中國社會科學出版社 1994 年版；

24、《世界電影史》，【法】喬治·薩杜爾著，徐昭、胡承偉譯，北京：中國電影出版社 1995 年版；

25、《中國電影史》鍾大豐、舒曉鳴著，北京：中國廣播電視出版社 1995 年版；

26、《中國無聲電影劇本》，上、中、下卷，中國電影資料館編，北京：中國電影出版社 1996 年版；

27、《中國無聲電影》（中國電影文獻資料叢書）一～四卷，中國電影資料館編，北京：中國電影出版社 1996 年版；

28、《中國無聲電影史》，酈蘇元、胡菊彬著，北京：中國電影出版社 1996 年版；

29、《中國無聲電影》（1～4 卷），中國電影資料館編，北京：中國電影出版社 1996 年版；

30、《現代中國電影史略》，鄭君里著，北京：中國電影出版社 1996 年版；

32、《中國現代文學三十年（修訂本）》，錢理群、溫儒敏、吳福輝著，北京大學出版社 1998 年版；

33、《上海電影志第一編——第八編》，上海：上海電影志編纂委員會 1998 年版；

35、《中國淪陷區文學大系：史料卷》，南寧：廣西教育出版社 1998 年版；

36、《中國淪陷區文學大系：詩歌卷》，南寧：廣西教育出版社 1998 年版；

37、《中國淪陷區文學大系：戲劇卷》，南寧：廣西教育出版社 1998 年版；

38、《中國淪陷區文學大系：通俗小說卷》，南寧：廣西教育出版社 1998 年版；

39、《中國淪陷區文學大系：評論卷》，南寧：廣西教育出版社 1998 年版；

40、《中國淪陷區文學大系：散文卷》，南寧：廣西教育出版社 1998 年版；

41、《中國電影史》，陸弘石、舒曉鳴著，北京：中國文化藝術出版社 1998 年版；

42、《中國當代文學史教程》，陳思和主編，上海：復旦大學出版社 1999 年版；

43、《中國電影電視》，章柏青著，北京：文化藝術出版社 1999 年版。

44、《中國電影藝術史教程（1949～1999）》舒曉鳴著，北京：中國電影出版社 2000 年版；

45、《何非光圖文資料彙編》，黃仁編，臺北：國家電影資料館 2000 年版；

46、《中國電影史 1937～1945》，李道新著，北京：首都師範大學出版社 2000 年版；

47、《香港電影之父——黎民偉》，DVD，監製：蔡繼光、羅卡；資料、編劇：羅卡、吳月華；導演：蔡繼光。香港藝術發展局資助，（香港）龍光影業有限公司 2001 年出品；

48、《童月娟——回憶錄暨圖文資料彙編》，左桂芳、姚立群主編，（臺灣）行政院文化建設委員會、財團法人國家電影資料館 2001 年版；

49、《行雲流水篇：回憶、追念、影存》，黎莉莉著，北京：中國電影出版社 2001 年版；

50、《影史椎略：電影歷史及理論續集》，李少白著，北京：文化藝術出版社，2003 年版；

51、《上海警察：1927～1937》，【美】魏斐德著，章紅、陳雁、金燕、張曉陽譯，周育民校，上海古籍出版社 2004 年版；

52、《上海妓女：19～20 世紀中國的賣淫與性》，【法】安克強著，袁燮銘、夏俊霞譯，上海古籍出版社 2004 年版；

53、《霓虹燈外——20 世紀初日常生活中的上海》，盧漢超著，段煉、吳敏、子羽譯，上海古籍出版社 2004 年版；

55、《中國電影文化史》，李道新著，北京大學出版社 2005 年版；

56、《老電影、老上海》，DVD，編導：朱晴、彭培軍、劉麗婷；監製：褚嘉驊、應啓明；上海電視臺紀實頻道製作，中國唱片上海公司 2005 年出版發行；

58、《影像時代——中國電影簡史》，丁亞平著，北京，中國廣播電視出版社 2005 年版；

59、《中國電影史研究專題》，李道新著，北京大學出版社 2006 年版；

60、《日本電影 100 年》，【日】四方田犬彥著，王眾一譯，北京：生活・讀書・新知三聯書店 2006 年版；

61、《流氓的盛宴——當代中國的流氓敘事》，朱大可著，北京，新星出版社，2006 年版；

62、《上海灘電影大王張善琨》，艾以著，上海人民出版社 2007 年版；

63、《我的成名與不幸——王人美回憶錄》，王人美口述，解波整理，北京：團結出版社 2007 年版；

64、《雙城故事——中國早期電影的文化政治》，傅葆石著，劉輝譯，北京大學出版社 2008 年版；

65、《歐美電影與中國早期電影（1920～1930）》，秦喜青著，北京：中國電影出版社 2008 年版；

66、《影像時代——中國電影簡史》，丁亞平著，北京：中國廣播電視出版社。2008 年版；

67、《黎民偉評傳》，鳳群著，北京：中國文化藝術出版社 2009 年版；

68、《早期香港電影史 1897～1945》，周承人、李以莊著，上海人民出版社 2009 年版。

69、《中國電影史研究專題Ⅱ》，李道新著，北京大學出版社 2010 年版；

70、《中國早期電影史：1896～1937》，胡霽榮著，上海人民出版社 2010 年版；

71、《國民政府電影管理體制（1927～1937）》，顧倩著，北京：中國廣播電視出版社 2010 年版；

72、《滿映電影研究》，【日】古市雅子，北京：九州出版社 2010 年版；

73、《何非光——圖文資料彙編》，黃仁編，（臺灣）財團法人國家電影資料館 2011 年版；

74、《民國時期的上海電影與城市文化》，【美】張英進主編，蘇濤譯，北京大學出版社 2011 年版；

75、《民國影壇的激進陣營——電通影片公司明星群像》，臧傑，北京：中央編譯出版社 2011 年版；

76、《中國電影人口述歷史叢書——海上影蹤：上海卷》，周夏主編，北京：民族出版社 2011 年版；

77、《中國電影人口述歷史叢書——銀海浮槎：學人卷》，李鎮主編，北京：民族出版社 2011 年版；

78、《中國電影人口述歷史叢書——影業春秋：事業卷》，邊靜主編，北京：民族出版社 2011 年版；

79、《中國電影人口述歷史叢書——長春影事：東北卷》，張錦主編，北京：民族出版社 2011 年版；

80、《中國無聲電影翻譯研究（1905～1949）》，金海娜著，北京大學出版社 2013 年版。

81、《「電戲」的最初輸入與中國早期影壇——爲中國電影百年紀念而作》，范伯群著，《江蘇大學學報》2005 年第 5 期。

後記：「天意從來高難問」？

圖片說明：《黑棉襖：民國文化中的舊市民電影——1922～1931 年
現存中國電影文本讀解》（上下冊，「民國文化與文學研究」文叢第
三編第十一、十二冊，臺灣花木蘭文化出版社 2014 年 9 月版）

這本《黑布鞋：1936～1937 年現存國防電影文本讀解》（*Black Cloth Shoes：Textual Interpretation of the Chinese National Defense Films from 1936 to 1937*）實際上去年（2016 年）年中就以大致編好，但我直到今年年初還在不斷修訂，以致今日。主要是我一直在反覆考量《浪淘沙》的歷史定位和屬性歸類問題。現在好了，我將吳永剛這部空前偉大的影片劃入國防電影序列，既使其恢復了本來面目、享有應有之榮耀，也直接為他洗刷了曾經蒙受的不公正的評價。

說起那些曾經在電影史和學術研究史上被誤解的中國電影編導，還有費穆（1906～1951）。費穆 1948 年的《小城之春》曾經被誤讀幾十年，但終於在他去世四十多年後的 1990 年代後期，獲得中國大陸電影界內外的一致認可，得享大師美譽。2002 年，內地導演田壯壯甚至專門翻拍了這部影片以示敬意。我的下一本書就準備以國粹電影為專題，而談到國粹電影乃至 1949 年之前的中國電影，費穆是一座繞不過去的豐碑。

　　相對於《浪淘沙》曾經遭受的污名化和對《小城之春》的誤讀誤判，最不幸的是同一時代的孫瑜（1900～1990）。左翼電影明明肇始於 1932 年，但以往的中國電影史談左翼電影卻偏偏是從 1933 年說起，而後來幾乎所有的研究者都跟著這麼說；孫瑜明明是左翼電影的首創者和代表人物之一，但以往的電影史卻僅僅將其視爲一般性的參與者，而幾乎所有的研究者也都跟著不予辨析、不予糾正。

　　原因說起來其實既簡單又可笑，那就是因爲 1951 年孫瑜編導的《武訓傳》被中共大陸最高領導人點名批判否定。結果，影片成了禁片，人也成了罪人。

　　就是個這。

圖片說明：《黑馬甲：民國時代的左翼電影——1932～1937 年現存中國電影文本讀解》（上下冊，「民國文化與文學研究」文叢第五編，第二十三、二十四冊，臺灣花木蘭文化出版社 2015 年 9 月版）

　　如果僅從類似的線索、角度和現象入手，重新審視 1949 年以後在大陸出版和發表的有關 1949 年前中國電影歷史研究的絕大多數著述甚至回憶性文字，就會輕而易舉地發現，那些被否定、批判和污名化的「壞人」諸如「鴛鴦蝴蝶派文人」、「資產階級買辦」、「小資產階級知識分子」、「反動派」甚至「漢奸」等，譬如 1920 年代初期的朱瘦菊（1892～1966）、張石川（1890？～1953？），1930 年代的羅明佑（1900～1967）、史東山（1902～1955），1940年代末期的吳性栽（1904～1979）、張善琨（1905～1957）等，不僅不「壞」，甚至比你想像的還要「好」許多。相反，那些一再被表彰的「好人」和「正面」標籤人物，反倒是面目可疑。

　　這十幾年間，僅就 1949 年前的中國電影歷史和電影文本而言，我先後寫了至少兩百多篇文章。其中，發表的幾十篇論文和由此而來的幾本論文集，不過是想從學術層面反覆論證、做實了如下幾條常識：

　　以「鴛鴦蝴蝶派」和「禮拜六派」為代表的舊文藝、舊文學，是（包括）1932 年之前中國電影的文化取用資源，因此，在最早的新電影形態之一的左翼電影出現之前所有的中國電影只能是舊市民電影；新電影除了左翼電影，還有新市民電影和國粹電影；新市民電影的基調和基礎是有條件地抽取借用左翼電影思想元素，國粹電影既反對左翼電影激進、暴力的社會革命立場，又同時反對新市民電影的都市文化娛樂和消費，主張徹底回歸傳統，以農耕文明抵制城市文化；孫瑜既是左翼電影的開創者也是主要代表，更是國防電影的主要跟進者，他的《春到人間》就是證明，他從來也沒有落後於時代；吳永剛的《浪淘沙》不僅是國防電影，而且是高端版本；國防電影是左翼電影的升級換代產品，二者的主題意識和藝術範式跨時代地嵌入 1949 年後中國大陸的電影本體模式並影響至今；……。

　　我相信這些思考和相關的後續工作，會為更多跟進的同行尤其是青年一代研究者提供更廣泛的理論體系空間、更多的學術生長點。

圖片說明：《黑乳罩：1949 年後外國電影在中國大陸的文化傳播和世俗影響》（上下冊，「人民共和國文化與文學叢書」第二編，第十五、十六冊，臺灣花木蘭文化出版社 2015 年 9 月版）

　　這一年兩來，尤其是從去年到現在的大半年裏，北京乃至中國大陸大部分地區的霧霾現象也就是空氣污染愈發嚴重，稱得上是暗無天日、民不聊生。對此，官媒要麼避重就輕、推諉塞責，要麼視而不見、閉口不言，同時瘋狂地刪除、封殺民眾在網絡上的正當言論和正義呼聲。有權有勢有能力的階層和群體，則能走的就走、能躲的就躲。時至今日，這種令人憂慮的情形不僅日益嚴重、未見任何改觀，甚至連霧霾這個詞也成了話語禁忌，官方的《天氣預報》更是在今年全面取消了對空氣污染指數的播報——不再允許提到霧霾這一項技術指標。

　　現今中國大陸的自然生態環境和社會文化生態，在很大程度上很像中國電影歷史研究乃至大部分文藝研究的歷史和現狀：面對歷史、現實尤其是文本，一些盤踞主流地位的研究者、紙媒、出版機關，常常是顛倒是非、混淆黑白、不許人講話，至於拒絕發表我的文章、大肆刪改包括注釋和參考文獻在內的事情更是司空見慣的家常便飯。更可笑的是，一些出版物甚至不允許我使用「中國大陸」和「中國大陸電影」這個詞組，非要把「大陸」去掉不可——真是匪夷所思、不知是何居心——這幾天，我在新浪的實名博客（「袁慶豐教授的博客」，網址：http：//blog.sina.com.cn/yuanqingfeng918）已被禁言多日。

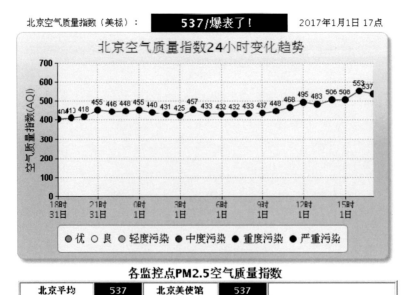

圖片說明：這是 2017 年 1 月 1 日新浪微博上發佈的北京空氣質量嚴重污染指數表（截圖）。

　　霧霾直接毒害全體民眾的身心健康，是亡國滅種的有形殺手。而把防民之口、打壓民意的做法直接搬用到學術研究領域，戕害的是民族心智，毀滅的是文化歷史。正因如此，我才要一再感念臺灣花木蘭文化出版社秉承的「爲往聖繼絕學」的規劃和出版宗旨。

　　感謝杜總編潔祥先生、高社長小娟小姐、李主編怡教授對我的一再垂青、提攜和期許，感謝北京辦事處楊博士嘉樂小姐的信任和協助。中華文化雖然孤懸海外，但血脈尚存、體魄健在：天恩浩蕩，千秋萬代。

　　茲抄錄南宋詩人張元幹的《賀新郎・送胡邦衡待制赴新州》以慰心緒：

　　夢繞神州路。悵秋風、連營畫角，故宮離黍。底事崑崙傾砥柱，九地黃流亂注。聚萬落千村狐兔。天意從來高難問，況人情老易悲難訴。更南浦，送君去。

　　涼生岸柳催殘暑。耿斜河，疏星淡月，斷雲微度。萬里江山知何處？回首對床夜語。雁不到，書成誰與？目盡青天懷今古，肯兒曹恩怨相爾汝！舉大白，聽《金縷》。

　　撫今追昔，痛何如哉？

袁慶豐　2017 年 3 月 18～19 日
北京東郊定福莊養心廊第三分廊

圖片說明：《黑皮鞋：抗戰爆發前的新市民電影——1933～1937 年現存中國電影文本讀解》（上下冊，「民國文化與文學研究」文叢六編，第八、九冊，臺灣花木蘭文化出版社 2016 年 9 月版）。

六部影片信息集合

《浪淘沙》（故事片，黑白，有聲），聯華影業公司 1936 年 2 月出品。VCD（單碟），時長 68 分 32 秒。

>>> **編劇、導演**：吳永剛；**攝影**：洪偉烈。

>>> **主演**：金焰（飾水手、逃犯阿龍），章志直（飾警察探長）。

《狼山喋血記》（故事片，黑白，有聲），聯華影業公司 1936 年 11 月出品。VCD（雙碟），時長 69 分 47 秒。

>>> **原著**：沉浮、費穆；**編劇、導演**：費穆；**攝影**：周達明。

>>> **主演**：黎莉莉（飾村姑小玉），張翼（飾獵戶老張）、劉瓊（飾村民劉三）、藍蘋（飾劉三的妻子）、韓蘭根（飾啞巴牧羊人）、尚冠武（飾小玉的父親李老爹）。

《壯志淩雲》（故事片，黑白，有聲），新華影業公司 1936 年出品（年底完成）。VCD（雙碟），時長 93 分 41 秒。

>>> **編劇、導演**：吳永剛；**攝影**：余省三、薛伯青。

>>> **主演**：金焰（飾順兒）、王人美（飾黑妞）、宗由（飾老王）、田方（飾田德厚）、韓蘭根（飾韓猴）、章志直（飾章胖）、王次龍（飾賣藥老人）、施超（飾華老先生）。

《聯華交響曲》（短片集，黑白，有聲），聯華影業公司 1937 年出品，1937 年 1 月上映。VCD（雙碟），時長 102 分 45 秒。鏡頭總數：429 個（不包括片頭片尾字幕）。

　　》》》 **編劇、導演**：司徒慧敏、蔡楚生、費穆、譚友六、沉浮、賀孟斧、
　　　　　朱石麟、孫瑜。

　　》》》 **主演**：藍蘋、梅熹、陳燕燕、黎灼灼、洪警鈴、鄭君里、劉瓊、韓
　　　　　蘭根、劉繼群、殷秀岑、宗由、羅朋、黎莉莉、恒勵、尚冠武、梅
　　　　　琳、王次龍、葛佐治。

《青年進行曲》（故事片，黑白，有聲），新華影業公司 1937 年出品。VCD（雙
碟），時長 105 分 45 秒。

　　》》》 **編劇**：田漢；**導演**：史東山；**攝影**：薛伯青。

　　》》》 **主演**：施超（飾少爺王伯麟）、胡萍（飾女工金弟）、許曼麗（飾梁
　　　　　小姐）、顧而已（飾老爺王文齋）、童月娟（飾金弟的妹妹）。

《春到人間》（故事片，黑白，有聲），（「聯華」）華安影業股份有限公司 1937
年出品。DVD（單碟），時長 90 分 27 秒。

　　》》》 **編劇、導演**：孫瑜；**攝影**：黃紹芬。

　　》》》 **主演**：陳燕燕（飾小紅）、梅熹（飾玉哥）、尚冠武（飾老張）、劉繼
　　　　　群（飾劉老爹）、韓蘭根（飾老鼠）、洪警鈴（飾馮二爺）。